出来損ないの次男は
冷酷公爵様に溺愛される2

登場人物紹介
CHARACTER
ライア・ダルトン
若くして公爵家当主となった。
冷酷かつ辛辣な性格と
恐れられているが
ジルには過保護気味。
ジル・シャルマン
シャルマン子爵家の次男。
実家を出てライアと共に暮らす。
溺愛されているが
自分に自信が持てずにいる。

ウェス・シャルマン
ジルの兄。大規模密輸入を
企てたとして港建設に携わる
「労役」を課せられている。
ミーネ・サイネン
国防を司るサイネン侯爵家の令嬢。
人見知りで気弱だが、
実は怪力の持ち主。
カイン・エリオット
大学で政治経営を学ぶ学生。
領民心理に詳しい。
ジルに親切にしているが……

目次

出来損ないの次男は冷酷公爵様に溺愛される2

プロローグ

サルタニア王国のシャルマン子爵家の次男である俺、ジルは前世の記憶を持ちながらも、誰にも言わずに実家で過ごしていた。

しかしある日父から、妹のリリーがライア・ダルトン公爵との婚約を解消し、第一王子のアル・サルタニアと婚約を結んだことを告げられる。代わりに公爵家から『算学ができる有能な者を差し出せ』と和解条件が出されたので、実家で邪険にされていた俺が公爵家に行くことに……

一方ライア様は、無能と噂の次男を寄こされ激怒。最初は俺に冷たく接する。しかし、俺の人となりなどを知ってくれ、関係が変わっていく。税率変更の知らせを機に困難が訪れたが、テニスを通じて心を通わせ、俺は前世から抱えていた『同性愛者であることの劣等感』を吐露《とろ》する。それを聞いたライア様は「（同性愛者である）ジルはなにも、悪くないじゃないか！」と強く否定し、前世も含め初めて人に自分の性的嗜好を認められて、ライア様へ淡い恋心が芽生えた。

後日、俺は執事のセバスさんから、ライア様のご両親が八年前に亡くなり、辛い幼少期を経て、わざと周りに侮られないよう高圧的な態度を取って公爵家を維持していると聞く。また、税収処理が終わり、ライア様から「一緒に学園に行かないか？」と提案された。

俺は悩んだ末に、ライア様への恋心を自覚し、そばにいたいと考えて学園行きを決める。

そして恋心を抱えたまま迎えた学園への登校初日。俺はリリーから『実家の家計が厳しいから、帰ってきてほしい』と懇願される。しかし俺はライア様のそばにいたいため断るが、一緒にいたアル様になぜか猛反対された。

そのころ、ライア様はアル様の元婚約者であるフェル・メネシア侯爵令嬢と会っていた。アル様が身分の低いリリーと婚約を結び、王室の損になる税率変更をするなど、動きが怪しいと教えられる。

不穏な空気が漂う中、それでも俺とライア様は楽しい学園生活を過ごしていたが、『ジルが実家に帰らないのは、公爵様が自由を制限しているから』という噂がアル様の仕業により広まり、事態を深刻に受け止める。フェル様の助言もあって俺は最優秀奨学生《モナークスカラー》の資格を取り、新年度祭《ノイエス・ヤール》でライア様への感謝と実家での冷遇を述べ、表面上は事態が解決する。

穏やかな日々が訪れたのもあり、ライア様から俺はデートに誘われ、思いを告げられる。俺は戸惑いつつも受け入れたが、アル様の行動の原因がわかってから正式に付き合いたいと返した。

そんなある日、兄であるウェスから「父に謝罪をさせるから、一度実家に戻ってきてほしい」と連絡があり、一度実家へ帰ることに。手紙を不審に思ったライア様は、アル様が密輸入港をつくっているという情報を元に、ウェスの関係を調べ、すべてはアル様ではなく兄さんの仕業だったと気づく。

一方俺は、実家で兄さんから屈折した憎悪をぶつけられる。というのも、父の育児放棄や母の死去の影響などを兄さんも受けた結果、兄さんは俺が公爵家で幸せになることを許せなくなっていたのだ。

俺は家族の問題に関わってこなかった自分の行動を反省し、ライア様と協力して建国記念祭でアル様と兄さんの不正を暴く。

また自分を冷遇し、兄さんの性格を歪ませた父を殴り、罪を償わせることで事件を丸く収めた。

その後、学園のプロムが終わり、ライア様へ「本当に俺でいいんですか？」と再度付き合う意思があるか尋ねた。ライア様は俺の問いに「ジルがいい」と答え、愛をたしかめ合った俺たちは、正式に付き合うことになった。

◇◇◇

学園を卒業してはや数か月。先週領地報告業務を終えた公爵邸には、穏やかな時間が流れていた。

かくいう俺も、サンルームで咲く麗しい植物たちに水を与えるぐらいには余裕がある。

余裕というか、暇つぶしだ。

なんせやることがない。

「はぁ……」

しんみりとしたため息とともに、霧吹きで葉に水を与える。

公爵邸の使用人には「ジル様がやる必要は……」と控えめに断られたけれど、「いやいや、暇なのでやらせてください」となかば強引に仕事を奪い取ってきた。

数日前までは領地報告業務があったため少しは忙しかったが、ライア様が新しく使用人を雇ったから、去年と比べたらだいぶ楽だった。

公爵家に仕事がないわけではない。

現にライア様は学生だと免除されていた高位爵位貴族の集まりに出席しなければならなくなったそうで、最近は一週間に一度顔を合わせられればいいほうだ。

けれど、俺は暇だ。

それはそれは猛烈に、暇を持て余していた。

おかげで学園を卒業してから乗馬もできるようになったし（セバスさんに「なにかと便利ですよ」と勧められたので）、ある程度の護身術も身につけた（「身を守れて損はないかと」と使用人のナティさんから提案を受けたのだ）。

でももうふたつともある程度できるようになっちゃったしなぁ……ほかにやれる仕事といったら植物に水やりぐらいで、図書室の本も二周目に入りかけている。

「ああ、どうしよう。これが終わったら、編み物でも始めるしか……」

物言わぬ植物に話しかけていると、背後でサンルームの扉が開く音がした。

「ジル！　ここにいたのか！」

「あ、ライア様！」

二週間ぶりに聞く愛しい声に、俺はぱっと振り向く。久しぶりに会う実物のライア様は相変わらず美しい。艶やかな黒髪は会合用に整えられ、紅玉の瞳は甘く細められている。

凛々しい正装を着ているにもかかわらず、全身からは俺に会えた嬉しさが滲み出ていて、俺はぱぁあと顔が綻《ほころ》んだ。

「ライア様、今日はお帰りが早いですね！　なにかあったんですか？」

霧吹きを止め、ライア様の元へ駆け寄る。

壁にかけられた時計はまだ三時過ぎだ。たしか今日は週一回ある政策定例会だったはず。いつもなら夕食間際に帰ってくるのに、どうしたんだろう？

「今日は早く切り上げてきたんだ。どうでもいい老人たちの話にずっとは付き合ってられんしな」

「そ、そうですか……」

さすがライア様。もし俺だったら場の空気を呼んで、先に帰りますなんて絶対に言えない。

いつものごとく俺以外の前では冷酷公爵様をしていて、「はは……」と苦笑いで返した。

正直、俺にだけに優しくしてくれるのは嬉しい。誰彼かまわず愛想よくしていたら、ちょっぴり嫌だし。

一方で、ライア様への誤解がひどくならないか心配ではある。

中身は心根の優しい方なのに……

「ジル？　どうした？　なにか心配事か？」

「あ、いえ、なんでもありません」

表に出さないようにしていたのに、あっさりばれてしまったらしい。

俺は慌てて顔を笑顔に戻し、「今霧吹きを片付けてきますね」と答えた。

「そうだ。ジル、使用人に聞いたぞ。水やりなんてジルがする必要はない」

「うーん、けどほかにやることがないですし……」

「なら好きなことをすればいい。絵画でもいいし、音楽でもいいし……なにかないのか？　私が手配させるぞ？」

「あ、ありがとうございます……」

後ろからついてくるライア様に俺はもごもご返す。棚に霧吹きを置きながら、心の中だけでため息を吐いた。

ライア様のお気遣いはとてもとても嬉しい。それこそ、惚れ直してしまうほどに。

だけど、おかげで暇だ。

俺に仕事がないのも、時間が有り余っているのも、すべてライア様のお考えによるもの。

本人曰く「ジルは仕事なんてせず、自分のしたいことをしてほしい」らしい。

でも、俺のやりたいことはライア様の役に立つことだし、自分のしたい『なにか』を聞かれても……まだよくわからない。

とりあえず役に立ちそうな乗馬とか、護身術とかやってみたけど、どれももう人並みにはできるようになっちゃったしなぁ……

「あの、お仕事のほうって……」

「ああ、新しく使用人を雇ったからな。ジルはやらなくて大丈夫だ」

「そ、そうですか……でも、じゃあ俺がここにいる意味って……」

「なにを言っている。ジルは私のそばにいるだけでいい」

急にライア様の甘い香水の匂いが近づいたかと思えば、後ろから抱きしめられる。布ごしでも伝わる人肌の温かさに、頬が熱くなった。

「な、ならいいんですけど……」

家にいるだけでいいなんて、前世でも今世でも初めてだ。

シャルマン家にいたときは使用人のブランの代わりに仕事をしても追い出されたのに。

だからなにもしないのも落ち着かない。できれば仕事をさせてほしいけど、ないとはっきり言われてしまえばそれまでだし……

このまま公爵邸にいるだけでいいのだろうか？

いつか役立たずと言われて捨てられないだろうか？

なんて心配が声に乗って現れてしまったのか、ライア様は体を離し、俺の顎を掴んで唇に触れるようなキスをする。

「心配するな。仕事は私に任せておけ」

「そうは言っても……んぅ」

すべて言い切る前に、再びライア様が唇を重ねる。

頭の後ろを優しく掴まれ、一気に深くなるキスに身を捩《よじ》った。

「ふっ……んぅ」

わずかに空いた隙間からライア様の舌が入り込み、上顎を舌で撫でられる。二週間ぶりに撫でられる口内は敏感に刺激を拾ってしまって、俺は立てなくなる前に慌ててライア様の厚い胸板を押した。

「……はぁ、ラ、ライア様、これ以上は……」

「久しぶりなんだ。いいだろう？」

ぐりぐりと甘えるように、ライア様の額が俺の肩に押し付けられる。

な、なんだその可愛い仕草は……！

「うっ……」と萌えに胸を痛めていたら、首筋にぬるっとしたものが触れる。

「ひっぁ……！」

そのままライア様はちゅーっと吸い付き、俺のシャツのボタンを二個ほど外した。

「ま、待ってくださいっ！　こ、ここじゃ嫌です……！」

全面ガラス張りな上に真っ昼間で明るすぎる！　もし使用人の誰かが庭で作業をしていたら丸見えだ！

慌てていやいやと抗議すると、ライア様はニッと笑った。

え、なんか怖い。

「わかった。ここじゃなきゃいいんだな。部屋でしよう」

「えっ!?」

時刻はまだ昼過ぎ。今日は仕事も早く終わったようだし、そういった行為があるとは思っていたけれど……にしてもコトを始める時間が早くない!?

けれどライア様には昼も夜も関係ないのか、俺の背中に腕を回してお姫様抱っこでサンルームを出ようとする。

「ラ、ライア様！　ちょ、ちょっと待ってください！　この状態を誰かに見られたら、俺恥ずかしくて死んじゃいます！」

「なにを今さら。いつぞやの催淫剤飲んだときのほうがすごかったぞ」

「わっ、わぁあー!!　そ、それは言わないでください！」

ぎゃーぎゃー言ってるうちにライア様はサンルームを出る。俺を歩かせる気はまったくないらしく、仕方なく俺は落とされないようライア様の首にしがみついた。

不幸中の幸いなのは、サンルームからライア様の部屋までが近いことだ。階段を登るだけですぐに着いた。

しかし、不幸中の不幸は途中でセバスさんに見つかったこと。ライア様は平然と「私とジルの夕食は部屋の前に置いといてくれ」って言っていたけれど、こっちは穴があったら入りたいぐらい恥ずかしかった。

「うぅ、だから歩くって言ったのに……！」

「別にセバスぐらいいいだろう」

そういう問題じゃない！

『あ、察し……』みたいな生暖かい目が恥ずかしくないのか、この人は！

「悪かった。機嫌を直してくれ、ジル」

ライア様は俺をベッドにおろし、不満で唇を尖らせた俺にキスをする。

「んっ……」

俺も本気で怒っていたわけではないので、あっさり受け入れてしまう。

こういう流されやすいところがいけないのかもしれない。でも、俺なんかの機嫌を健気に取ろうとするライア様が、愛おしくて仕方なかった。

ライア様ほどの美麗な容貌があれば、誰でも言いなりにできるだろうに。そんな麗しい人が俺の機嫌取りをしているなんて信じられないし、優越感がすごい。

奢ってはだめだとわかっていても、ライア様に求められる行為は己の尊厳を保たせてくれる。

「はぁ……」

幸せのため息が出る。

ライア様がその間に上着を取り、シャツを頭から抜くように脱いだ。カーテンは閉められているが、日の光が隙間から漏れていて、ほどよく鍛えられた筋肉が映える。

思わず見惚れていると、ライア様がふふっと笑った。

「一人じゃ脱げないか？」

「へ？　いや、別に……」

けれどライア様は自分で俺の服を脱がせたいのか、シャツに手をかけボタンを外していく。

……なんか俺、お世話されてない？

横抱きで運ばれ、服を脱がされ、一人じゃなにもできない子みたいだ。

俺、一応年齢はライア様より上なんだけどな……と思いつつ、男として素晴らしく成熟した肉体を前に、自分のほうが貧相な子供のような体に見えるのは事実だ。

ちょっと複雑な気持ちになっていると、脱がされ晒された俺の素肌の胸にライア様が顔を寄せる。

右の突起の縁を熱い舌で舐められ、背筋がぞくっとした。

「んっ……」

けれど肝心の敏感な部分に刺激がこない。俺の反応を楽しむように際どい部分だけをなぞり、空いた手の親指で左側の乳輪を触る。

わざと気持ちよくなる先端部分を外されて、俺はもどかしさに自然と腰が動いてしまった。

う、うぅ……久しぶりだから、こんな刺激でもやばい……！

お腹の奥がものほしそうにぎゅん、と疼《うず》く。ライア様と付き合ってから体を重ねる数が多くなり、今じゃ前を触るより中のほうが快感を拾いやすくなっていた。

でも、だめだ……！　あまりにもすぐ気持ちよくなってたら、ライア様だって引いちゃう……！

俺は体が動かないよう、足のつま先でシーツを掴んで耐える。

それを知ってか知らずか、ライア様がさっきまで頑なに触らなかった突起をぴんっと指で弾いた。

「あっ！　ひぅっ！」

「……最近していなかったからな……ずいぶん、感じやすいな」

胸に熱い息を当てたあと、ライア様が突起を食む。

唇で柔らかく挟まれ、吸われ、甘い痺れがじくじくと下股に集まっていく。

「……あっ……ひっ」

感じやすい自覚はある。欲も普通の男なみにはあるとも思う。

でも、性に淫らな自分を知られて嫌われるのが怖い。

だから主張し始めたものを隠すように腰を引いた。

「ジル、逃げるな」

「っ⁉　あっ！」

逃げたつもりはないけれど、ライア様にはそう見えたようだ。

柔い腰肉を強く掴まれ、スラックスと下着を一気に外される。

一瞬、下着に屹立した性器が引っかかり、脱げた拍子にぐんっと持ち上がるのが恥ずかしい。しかも擦れた刺激で先走りが溢れ、下腹部に粘性のある水滴が落ちる。

ああ……！　これじゃ、隠した意味なんて全然ないじゃん！　もう、堪え性がないのがバレバレだよ……！

あまりの羞恥で顔を覆う。

すると、ライア様が俺の太ももの裏を掴んで持ち上げ、余計に恥ずかしい格好をさせた。

「ラ、ライア様っ……！　そ、そんな持ち上げなくても……っ！」

「じゃあ自分で持つか？」

それはより恥ずかしくてできない！　と思って大人しく恥部を晒す。次になにをされるか考えるだけでどきどきし、ぎゅっと目を瞑った。

ライア様は案の定、俺のこぼした水滴をすくい取り、後孔に指をぷつと入れる。

たぶん、まだ人差し指の先っちょだけ……なのに、一週間ぶりに感じる違和感にごくりと喉が鳴った。

うぁ……あれが、くる。一人じゃ届かない部分に、重い刺激がくる。

俺はこれまでの経験からふっと力を抜いて、なるべく指を受け入れやすくした。一本、二本と増えていくたびに、頭の中がどんどん淫らなことしか考えられなくなっていく。

「……もう、大丈夫ですから……」

俺はもどかしくて、羞恥を覚悟で訴える。

ライア様も余裕がないのか「わかった」と短く答えて、ベルトを外す金属音を響かせた。

先ほどまで指が入っていた場所に質量のあるものが当たる。指とは比べ物にならないほど大きなそれは、俺を求めるように圧力を増してきた。

「……ふっ、あっ」

「久しぶりだからきついな……」

けれどライア様は腰を深めるのをやめない。みっちりと合わさり隙を許さない挿入は、入るだけで気持ちのいい箇所を押して、俺の性器から透明な液体を溢れさせる。

やばい……どうしよう、勝手に締め付けちゃう。

力を抜かないといけないのはわかっているのに、中のしこりに固いものが当たって腰が動きそうになる。

「ジル……動くぞ」

でもライア様は俺に怪我をさせないよう、絶対に最初は緩やかな動きから始める。それが嬉しくもあり、歯がゆいときもある。

……そんな甘やかさなくても、俺は大丈夫ですよ。体だって頑丈だし、多少はライア様の欲をぶつけられても、受け入れられると思うんです。

ただ、ライア様がそう動きたいのなら、俺からはなにも言えない。

愛し合うとは相手を思うこと。ライア様が気持ちいいなら、それでいい。

「んっ、ふぅ……あっ」

だんだんと激しくなっていく抽送に合わせて、短く声が漏れる。

自分では到底届かない奥を突かれるたび、甘い快感が背筋を走った。

そう。これ、この奥にくる感じ……

ずんずんと気持ちいい部分が押され、理性が熱い波に攫われていく。

体も心も果てることに一直線で、自分の声などどうでもよくなる。

「あっ、ああっ、いっ、いっちゃ、う……！」

「……ジルっ、私も、いくっ……っ」

先ほどまで考えていた愛だとか気遣いとかが、張り詰めた快楽を前に霧散する。

積み上げられる射精感にあと少し、あと少し、と淫らに腰を揺らすと——

「あっ、ああっ……！」

ある一点を境に、びくっと大きく腰が跳ね、目の奥が白に包まれる。

同時にお腹の中がびくびくっと痙攣《けいれん》し、熱が広がった。

「……っ、ジル、愛してる……っ」

「あっ……んっ……お、俺もで、す……」

肩で息をしながら、ライア様の降らす接吻を受け入れる。

何度も体を重ねているはずなのに、いつも優しい夢のような終わり方だ。

憧れの人と肌を合わせ、愛をたしかめ合う。この上ない幸せなはずなのに、どこか現実味がなくふわふわしている。

……なにが欠けているんだろう。

心を埋めているはずの幸福を、もっとくっきりはっきりと感じたいのに。

なにをどうすればいいのか検討もつかない。

久しぶりに人肌の温もりを感じながら、俺は悶々とした感情を抱えて眠りについた。

第一章　自分のやりたいこと

ライア様と体を重ねたあくる日の午後。

俺は虚ろな目で、オーブンの中で膨らむ小麦のお菓子を眺めていた。

オレンジの世界の中で、砂糖とバターでできた生地はふわぁと大きくなる。しかし中につまっているのは膨張した空気で、特に具は入っていない。

……俺の現状と同じだ。

幸せで満たされているはずなのに物足りなさを感じている。

なのになにが足りないのか説明できない。

人は強欲な生き物ってよく言うけど、まさか自分が欲で悩むなんて。

これ以上の幸福を望む俺、傲慢すぎない!?

「ジル様、どうされたのですか？」

「はっ！　あ、い、いえ！　なんでもありません！」

不甲斐なさから沈んでいた顔を、普段の表情に戻す。

ナティさんはお菓子作りで使っていた道具を片付け終えたのか、両手には鍋つかみを持っていた。

「そうですか？　では、もうキャパティをオーブンから取り出しましょうか」

「あ、はい！」

キャパティとはライア様の領地である北部の郷土菓子らしい。小麦粉とバターと牛乳、あとは砂糖でつくられていて、北の大地で嫌いな子はいないという。

暇を持て余して公爵邸を徘徊していたら、たまたまナティさんを見つけたので「なにか手伝えないですかね？」と相談したら、「じゃあライア様の好きなお菓子でも作りますか？」となったのだ。

ナティさんも元は北の出身。郷土料理は公爵邸のシェフより詳しい。

「じゃあ開けますね」

オーブンを開けると、バターの甘い香りがあたりいっぱいに広がる。見た目はシュークリームにそっくりで、きつね色の焼き目がとっても美味しそうだった。

「わぁ……！　これがキャパティ……！　ナティさんのお家ではよくつくるんですか？」

「ええ。夫が好きなのでよく作りますよ」

『夫』という言葉に、一瞬だけ体が固まる。

そうだ。ナティさんは、結婚してるんだった……

「……いいですね、夫って響き。でもナティさん指輪をしていないから、最初旦那さんがいるって聞いたときは驚きましたよ」

以前図書室でライア様にナティさんのことを教えてもらった日の出来事を思い出す。

あのときはライア様がナティさんを好きなんじゃないかと焦ってたけど……今思うとそんな勘違いも微笑ましい。珍しく慌てていたライア様の姿が脳裏をかすめて、懐かしさに口元が緩んだ。

「さようでしたか。指輪は仕事の邪魔になるので、いつもは首から下げているんです」

「へぇ……」

「……見ますか？」

「えっ、いいんですか？」

「ええ」

俺があまりにも興味津々な瞳をしていたせいだろう。ナティさんが「大したものじゃないですけど……」と言ってメイド服の中からチェーンを引っ張り出し、指輪を外に出した。

「わぁ……綺麗な石……」

銀のリングには薄い紫の宝石が埋め込まれている。よく見ると内側には数字が彫られていて、二人にとって大事な日付なんだろうなと推測できた。

「この石は夫が選んでくれたんです。あまり高価ではないと言ってましたけど……」

「高価かどうかは関係ないですよ……！　ナティさんによく似合う、素敵な石です」

俺は憧憬と諦観の眼差しを、指輪に向ける。

……本音では、羨ましい。

婚約も、婚約の証である指輪も、ナティさんが自分で掴んだものだ。

そこには性別も身分も関係ない。

でも俺はどうしても考えてしまう。

もし俺が女だったら……健康な体を持った女性なら、ライア様に永遠の愛を契ってと告げられるのかなと。

――あなたの子を生《な》すから、と。

「ジル様……？　大丈夫ですか？」

「あ、はい。すみません、じろじろ見て……」

ナティさんが心配そうに顔を覗いてくるので、なんでもないとでも言うように微笑みを返す。

ライア様は公爵家の当主だ。平民や貴族の次男や三男ではない。その上、ライア様以外跡を継ぐ者がいないため、必然的にライア様が後継者をおつくりになるはずだ。

となったら、男の俺が正式な相手になるのは難しいわけで……いつかは女性の正妻を迎えるのだろう。

今の幸せも、永遠には続かない。

「指輪……素敵です」

だが暗い未来への不安とは別に、心から純粋な気持ちでナティさんの指輪を褒める。

俺には一生手に入らない物を、彼女は持っている。指輪が羨ましくないと言えば嘘だけれど、手に入らないとわかっている分、心の対策は準備万端だ。

もしライア様が正妻となる女性を連れてきても、俺は受け入れる覚悟ができている。

……たぶん、だけど。

「ありがとうございます」

ナティさんはちょっとだけ頬を赤く染めて、指輪を服の中に戻した。

俺は照れたナティさんが珍しくて、ついにこにこ顔で見つめ返す。

すると俺の視線に耐えきれなくなったのか、ナティさんが急に立ち上がった。

「あっ！　せっかくですからキャパティをライア様に持っていかれますか？」

ナティさんはもう私的なお話はお終《しま》いとでも言うように、話をすり替える。

もうちょっと話を聞きたかったなぁ……と思いつつ、本人が嫌なら俺も深追いはしない。

俺は頭の中で、今日のライア様の予定を振り返った。

「今日は執務室で仕事のはずだから……はい。お茶と一緒に持っていってみます。もしかしたら手伝える仕事があるかもしれませんし」

お菓子作りも終わってしまったから、次の暇つぶしを見つけないといけない。

行ったところで仕事はないと返されてしまうだろうけど……聞くだけ聞いてみようかな。

「わかりました。ではお茶も用意いたしますね」

ナティさんは鍋つかみでキャパティの載った天板を取り出す。

俺も立ち上がって、棚からティーセットを取り出した。


「ライア様、ジルです。入っても大丈夫ですか？」

「ああ」

片手で執務室の扉を開けると、デスクで仕事をしていたライア様が顔を上げた。

ちょうどお盆に載っているものが見えたのだろう、赤い瞳がきらりと輝く。

「もしかして、キャパティか？」

「はい。ナティさんに教えてもらいながら、つくってみました」

キャパティが嫌いな人がいないというのは事実らしい。

ご褒美を前にした子供のような目をするライア様に、ふふっと笑う。

俺はデスクの横に行って、お盆に載せたキャパティとティーセットを机上に置いた。

「ありがとう。ジルはお菓子作りが好きなのか？」

「いえ、特には……ライア様はお仕事がお忙しいみたいなので、甘いものでも差し入れできたらなと」

たまたまナティさんとお菓子作りをしていただけで、好きかと尋ねられると微妙なところ。やっぱり、ライア様の役に立ちたいという思いのほうが強い。

「ありがとう。でもジルはお菓子作りの才能があると思うぞ。手先も器用だし、いつぞやつくってくれたチョコレート菓子も職人のような出来だった。キャパティも綺麗に膨らんでるしな」

ライア様が「すごい」と言って嬉しそうに微笑む。

さっきまで将来の不安に頭を悩ませていたのに、好きな人の笑顔が見られただけでほわっと胸の内が温かくなった。

「いえいえ、そんなでも……あ、今度港の視察に行くんですか？」

照れ隠しで目線を下げると、デスクの上に置かれた書類が目に入る。

題目のところには大きく【元シャルマン子爵領地沿岸工事計画】と書かれていて、視察に行く日程表が記されていた。

「ああ。三日後に出発して、向こうで一泊して戻ってくる」

「へぇ……」

元シャルマン家領地で行われている港建設工事は、最新の埋め立て技術が使われており、サルタニア王国全土が注目している。もちろん、ライア様も総責任者として月一回ほど視察に行っていた。

けれど俺が興味を持っているのは、大きな事業だからという理由だけじゃない。

「ウェスに会いたいか……？」

ライア様の問いかけに、つかの間の静寂ができる。

会いたいと言えばライア様は嫌な気持ちになるかと思ったけれど、わずかな沈黙が俺の肯定を示していた。

俺の兄であるウェスは、今年の春に大規模密輸入を企てた犯人として捕まった。幸いにも恩赦を求める声と劣悪な家庭環境を加味して、無賃で港建設に携わる『過酷な労役』を課されて死刑は免れた。

だが犯罪者であることには変わりない。ライア様が俺を傷つけた兄さんを完全には許しているかもわからないし、会いたいとも言いづらかった。

「そう、ですね……」

一応、俺はあの事件から反省して、なるべく兄さんと交流を持つようにしている。

密輸入だって前から二人で話し合っていたら起こらなかっただろうし。

おかげで今では月二回ほど手紙のやり取りをしているが、文面で見る兄さんは過酷な労役を課されているわりにとっても元気そうで、実際に会って話したい思いはあった。

でもライア様がどう感じるか……そっちが気になって、はっきり『会いたいです』と口に出せない。

しかしライア様は俺の内心を察してか「……もしジルがよければ、視察に来るか？」と提案をしてくれた。

「えっ！　いいんですか!?」

港の建設工事は一般の人間は簡単には立ち入れないが、工事の最高責任者はライア様だ。ライア様がいいと言えば入れるだろう。

「ああ。最近一緒にいる時間が少なかったからな。視察についてきてくれれば、ずっとそばにいられるだろう？　しかしジルが嫌なら……」

「ぜ、全然嫌じゃないです！　むしろ嬉しいです！」

ライア様と一緒にいられるのも嬉しいし、兄さんに会えるのも嬉しい。

いいことばかりの視察同行提案に、俺は食い気味で返事をした。

「ふっ、そうか。よかった。これでしばらくは一緒にいられるな」

ライア様が俺の腰に手を伸ばす。さわさわと撫でる触れ方に昨日の情事が想起され、頬が熱くなった。

「ラ、ライア様、さ、触り方が……」

「……三日後の出立の日までは会えないかもしれないからな」

拒める強さで抱き寄せられたけれど、ライア様の甘い声に誘われ、されるがままに抱きしめられる。

二週間会えない日もざらだ。三日なんて可愛いもん。

でも寂しいものは寂しい。俺は惹き寄せられるがままに、ライア様の唇に軽くキスを落とした。

三日後の視察の日はすぐに訪れた。

公爵邸を出立する日は快晴で、「幸先がいいな」とライア様が玄関ホールで笑っていた。

俺も久しぶりに連日ライア様と一緒にいられるのもあってわくわくした気持ちのまま、公爵邸から馬車に乗った。

公爵邸から元シャルマン領までは馬車で丸一日かかる。けれどライア様が言うには、もっと短時間で移動できる街道を整備中らしい。

「今は途中の街で一泊する必要があるが、もう三か月ほどすれば一日で行けるようになるだろう」

馬車に揺られながら、前に座るライア様が外を見ながら言う。

「じゃあ朝出て夜には着く感じですかね？」

「ああ。なんならもう少し早いかもな」

そしたら今よりもっと便利になるだろう。王都からの距離を考えれば、フェル様の実家であるメネシア家の港より近い。

ほかにもライア様とあれこれ話し、途中の街で一泊する。

翌日も馬車に乗ること数時間。

「……わぁ！　すごい！　こんなに変わって……！」

「まだ基礎工事中だがな」

爽やかな潮風の匂いと夏の強い日差し。

馬車を降りて防風林を抜けた先には、俺が最後に見たときとはまったく違う元シャルマン子爵家領地が存在していた。

「あんな遠くにまで防波堤が……」

砂州の海側には防波堤が築かれており、かつてのまっさらな水平線はどこにもない。反対の陸側は、埋め立ての基礎となる杭を打っているところのようだ。

俺は感嘆の声を上げながら、ライア様とともに仮設テントへ向かう。

工事の設計図や進捗表はそこにまとめているらしく、ライア様は基本テントの中でお仕事をするらしい。

現場の担当者らしき人に連れられてライア様とともに歩いていると、途中で見知った茶髪が目に入った。

「あ、兄さん！」

俺の声に気がついたのか、白衣を着た兄さんがこちらを振り返る。話していた従業員と思《おぼ》しき人たちに声をかけると、兄さんはこちらに向かってきた。

「ライア様、お久しぶりでございます。ジルも、久しぶりだね」

約四か月ぶりに会う兄さんは少し肌が焼けて、生気に溢れているように見える。顔もやつれておらず、従来の、人を惹きつける瞳が輝いていた。

手紙でどういう生活を送っているかは知っていたけれど、前の兄さんとは別人みたいだ。過酷な労働環境なはずなのに、前より元気そうでほっと安堵する。

「工事も順調に進んでいるようだな。チャールズ教授はどこにいる？」

ライア様の物言いは俺に向けるものよりやや硬い。やっぱり兄さんを許したわけじゃないのかな……と思いつつ、俺以外と話すときはいつもこんな感じかも、とも考え直す。

外では外のライア様の顔がある。きっと公の場では冷酷公爵様のほうがなにかと都合がいいのだろう。

兄さんもライア様の冷めた態度をまったく気にしていないようだった。

「たぶん第七開発現場にいらっしゃると思います。案内しますね」

「わかった。私一人で行けるから案内はいらない。代わりにジルを案内してやってくれ」

「えっ」

俺はびっくりして隣に立つライア様を見つめる。

表情は変わらず冷めていたが、瞳の奥には少しだけ温かな光が灯っていた。

たしかに会いたいとは言ったけれど、まさか二人だけの時間をくれるなんて……

「ラ、ライア様、でも……」

兄さんが断る前に、ライア様は「頼んだ。これは命令だ」と応えて歩き出してしまう。

俺と兄さんはぽつんと残された。

「あ、ジル、あの……」

「……兄さん、久しぶり。元気にしてた？」

今さらだけど、手紙のやり取りはしていても直接話すのは四か月ぶりだ。実家にいたころも会話という会話をした記憶がないし、急に二人きりになってもなんて話しかけていいかわからない。

それは向こうも同じなのか、社交的な兄さんには似合わず、そわそわ落ち着かない様子だった。

「うん……僕は元気だよ。ジルはどう？」

「うん。俺も元気にしている」

場を和まそうと俺が笑うと、ちょっとだけ兄さんの表情も柔らかくなる。

「そっか。よかった……にしても今日はどうして視察に？　いつもはライア様だけなのに……」

「あ、俺が兄さんに会いたくて」

「えっ、僕に？」

「うん。元気にしてるかなって。手紙で事情は知ってたけど」

たまに届く兄さんの手紙には、チャールズ教授の人使いが荒いとか、建設現場の仕事が大変だとか、辛い内容もたくさん書いてあったけれど、言葉の隅々で楽しんでいるのが伝わってくる内容だった。

だから余計、会ってみたくなったのだ。俺が知ってる兄さんはどこか近寄りがたくて、自分とは住む世界の違う人だと思っていたから……

「……僕に、会いたかったんだ……」

「ん？　どうしたの？　あ、もしかして急に来て迷惑だった？」

兄さんは口元に手を当て、なにかつぶやいている。

変な返事をしたつもりはないけれど……ひょっとしたら急に来たのを怒っているのかも？

俺がしゅんと落ち込むと、兄さんが慌てたように「いやいや、全然違うよ！」と否定した。

「その、いつでもおいでよ……僕も、ジルに会いたいし」

「えっ！　ほんと？」

こっちが一方的に会いたいだけかと思っていたから、兄さんも同じ気持ちだなんて嬉しい。

「やったっ」と目を細めると、兄さんが「ふっ」と吹き出した。

「ジルってほんと……お人好しというか、天然というか……」

「えっ、あ、ご、ごめん」

「違う、違う。謝らせたかったんじゃなくて……」

短い沈黙の間があったあと、「本当にごめん」と突然兄さんが頭を下げた。

「ジルは優しくていい子なのに……僕が不甲斐ないばかりに傷つけて……」

「えっ！　ちょ、ちょっとやめてよ！　もうその話は終わったんだから！」

俺は慌てて兄さんの肩を掴み、頭を上げさせる。

「元はと言えば父上が悪いんだから、兄さんがいつまでも俺に謝る必要はないよ」

領主としても、父としての仕事も放棄し、兄さんと俺の考えを歪ませた張本人。

でも俺はライア様のおかげで歪みに気づけた。

だからきっと兄さんも、正しいものの見方を身につけられるはず。この開発現場を通してか、これからの新しい出会いを通してかはわからないけど……

「……ありがとう。ジル、こんな僕を許してくれて」

「当たり前じゃん。悪いのは全部父上なんだから」

兄さんはふっと笑みを作り、もう一度小さく「ありがとう」と返すと「じゃあ港の建設現場を案内するよ。僕に今できるのはそれだけだから」と歩き出す。

俺はその背中に「あ、もし今仕事中ならあとででも……」と声をかけたが、

「いいのいいの。ほかの仕事はあとに回せるし、さっきライア様が『ジルを案内してくれ』って言ってたでしょ？　なら最高責任者のご命令を優先しなきゃ」

兄さんは朗らかに返事をして新港建設現場の奥へ足を進める。

……迷惑かと思ったけど、本人がいいって言ってるならいっか？

俺は浮き立つ歩みをなるべく抑えて、兄さんのあとを追いかけた。


「ここは土砂を入れているところだよ」

「へぇ……じゃあ、あの人たちはなんの仕事中？」

「ああ、あれは……」

兄さんに連れられながら、港工事の説明を受けること数時間。

第一開発現場から案内が始まり、今は第六開発現場の手前まで来ていた。

従業員はほとんどが元シャルマン領に住んでいる領民らしく、兄さんを見かけると「ウェス様～！」と声をかけてくれる。

てっきり俺ら兄弟は領民には嫌われていると思っていたから、最初声をかけられたときはびっくりした。シャルマン領が公爵領に変わってしまったわけだし、恨まれてもおかしくない。

けれど兄さんが「ライア様がしっかり説明してくださったんだ」と教えてくれた。

ライア様は港をつくるにあたり、領民へ向けて書面を出したらしい。シャルマン家元党首である父の悪行や兄さんの罪の償い方など。新港ができる利点も踏まえて、領民が不安に感じている部分を的確に補った書面だった。

また領民への待遇も父が治めていたときよりもよくなっているようで、小麦や乳製品など公爵領で育てている作物は以前よりだいぶ安く買えるのだとか。

「でも、まだ新港建設に反対する人はいるんだけどね……」

「そうなの？」

ちょうど第六開発現場に入り、現場を見渡せる安全柵に寄りかかりながら、左に立つ兄さんが悔しそうにつぶやく。

へぇーと俺は生返事をしつつも、「あ、兄さんあの木材はなにに使うの？」と目に入った気になる木材を指差した。

「あれは地盤が緩いところで使う……」

俺は隣で説明を聞きながら、うんうんと頷く。

兄さんの話はわかりやすい。難しい単語は使わずに、うまい例えで話してくれる。

わけのわからないカタカナや専門用語で『ハッ、そんなのもわからないの？』みたいな態度だったらどうしようかと思っていたけど、兄さんの案内は完璧で、俺はずっと知識欲が刺激されっぱなしだった。

「兄さん、あっちの高い建物はなに？」

「あれは見張り台だよ。現場全体を見渡すときに必要で……」

「ねぇ、この柱はなんであるの？」

「この柱は埋め立てるときに……」

「ねぇ、兄さん、これはなんのために……」

「うーん、どれどれ？　ああ、あれは……」

兄さんは打てば響くようにすぐ答えてくれる。

しかもすごいことに、全部ちゃんと答えが用意されているのだ。『あれなんだろうね～？』『うーん、わかんないなぁ～』なんて会話がひとつもなく、つい気になったものをぽんぽんと尋ねてしまう。

「ねぇ、兄さん、あれは……」

「ふふっ……ジルは好奇心旺盛だね」

兄さんの笑い声に、俺はハッと我に返った。

「あ、ご、ごめん！　いっぱい聞いて……」

「いや、僕も研究について話すのは好きだし、ジルも楽しそうで嬉しいよ」

「え、あ……うん……」

……楽しそう、か。

なぜか兄さんのふとした一言が耳に残る。

思えば最近、楽しいことってあっただろうか……？

ライア様との生活は幸せそのもので不満はない。俺のやりたいことはなんでも叶えてくれるし、満たされた毎日のはずだ。

けれどわくわくした感情は、ライア様と恋仲になる前――学園にいたころのほうがあった気がする。

未知の世界を知り、新しい発見に胸を躍らせる。

公爵邸でのんびり過ごしているだけでは得られない高揚感。

「もしかして、なにか足りないと思ってたのって……」

満ち足りた生活をしながらも、ずっとなにかが欠けていた。うまく言葉にできないくせに、空いた感覚だけがあった。

それってきっと――

「ジル、どうしたの？」

大きめの独り言に兄さんがきょとんとする。

俺は飛んでいた思考を現実に戻して「な、なんでもないよっ！」と答えた。

「にしても、兄さんは博識だね。案内がわかりやすくてずっと聞いちゃう」

これまでの案内を振り返り、しみじみと頷く。本当に頭のいい人の案内の仕方だった。

「僕は大学で学んだ内容を喋ってるだけだよ……あっ、そうだ。ジルは大学に行こうとは思わないの？」

「え、大学？」

考えてもいなかった案に、ぽかんと兄さんを見つめる。

「うん。ジルは頭もいいし、ただ公爵邸にいるのはもったいないんじゃないのかなって」

「でも、俺、大学行ける頭じゃ……」

「最優秀奨学生《モナーク スカラー》になっておいてなに言ってるの。ジルなら余裕だよ」

あ、それはそっか……

俺は昨年の新年度祭《ノイエス・ヤール》の光景を振り返り、歓喜に沸いていた会場の様子に納得する。

いまだに自分の頭脳には自信を持てないけど、世間一般的に見たら最優秀奨学生《モナーク スカラー》は頭がいい部類だろう。

一方兄さんは本気で俺を大学に入れたいようで、興奮気味に語り続ける。

「大学に行ったら専門的な知識も学べるし、大卒の資格はなにかと便利だよ？　きっとライア様も喜ぶ」

「え、本当？」

「ほんと、ほんと。だって公爵家は常に人手不足なんだろう？　なら学識を持った優秀な人が一人でも多いほうが嬉しいに決まってる」

俺は自信満々に言う兄さんから目を逸らし、「そっか……」と考える素振りをする。

ライア様が喜んでくれるなら、大学進学もいいかもしれない。

兄さんの言う通り、公爵家には十分な人員がいるわけではないし、俺が専門知識を身につけたら喜んでくれる気はする。

でも……

「ライア様は俺に公爵家にいてほしいみたいなんだ」

「え？」

「だから今は進学はいいかな……」

「……そっか」

兄さんがなにか言いたげに口を開き、また閉じる。

せっかく進めてもらったのに断ってしまって申し訳ないけれど、俺はライア様の『私のそばにいるだけでいい』という言葉を優先したかった。

今だってライア様が忙しくて会えないのに、これで俺が大学へ行ってしまったら、もっと一緒にいられる時間が少なくなるわけで……

それって、ライア様が望んでいる生活だろうか？

ライア様の希望を最大限叶えるのが俺の望み。

なら今は、なるべく公爵邸にいるべきだろう。当主の仕事が忙しいライア様のつかの間の休息にいつでも寄り添えるように。

愛しい人の事情に自分の予定を合わせるのは、好きな者同士なら当然だ。

「そっか……ジルはライア様が大好きなんだね」

「えっ！　あ、いや、まぁ……」

急な指摘に頬をかく。

が、「よかったね、ジル。ライア様に守ってもらえて」と続いた兄さんの発言に手が止まった。

「守って、もらえて？」

「え？　うん。だってそれって『ジルの生活は俺が守るから、ずっと家にいてくれ』ってことでしょ？　さすがだなぁ～ライア様は」

心底羨ましそうに口に出す兄さんの横で、俺は突然胸に立ちこめたもやもやに一人動揺していた。

なんでなんだろう。兄さんは俺を傷つけるような悪口を言ったわけでも、ライア様を貶《けな》すような発言をしたわけでもないのに。

でも『守ってもらえて』が頭の中で反芻するたび、未知の違和感が心を焦らせる。

「ま、乗り気じゃないのに無理に進学を進めるのも違うよね。聞かなかったことにして」

俺が瞳を震わせたのを察してか、兄さんが明るく応えて話題を変えた。

「うん……あ、でもやっぱり、進学ちょっと興味あるかも」

湧き出た暗いもやを隅にやり、俺は大学進学に意識を向ける。

たしかにライア様のそばにいたい気持ちもあるけれど、兄さんと話をしていて新しい世界を知る楽しさも思い出してしまった。

だから進学を聞かなかったことにするのも難しくて……

「本当!?　半期だけ通える短期制度とかもあるんだよ」

「あ、へぇー……短期かぁ。お試しにいいかも……」

「うんうん、きっと今以上に公爵家の役に立つよ」

早くも兄さんは、俺の行動基準が『公爵家の役に立つか立たないか』なのを察したようだ。的確に俺の心を揺さぶる。

……もし俺が大学で新しい知識を身につけて、公爵家になくてはならない存在になったら、ライア様は正妻を迎えても、俺をそばに置いてくれるだろうか？

ふと想像した未来が明確な像を結ぶ前に、俺は脳内で手を振って打ち消す。

勝手な期待は、実らなかったときが辛い。

なら最初から夢想なんてせず、考えないようにするのが一番だ。

今は不たしかな未来など考えずに、ライア様にとってどちらが利点が多いかで決めよう。

俺は埋め立てられる領地を見渡しながら、今後の策を考えた。

「教授、久しぶりだな」

「あっ！　お久しぶりでございます、ライア様」

第七開発現場まで辿り着き、従業員に指示を出していたチャールズ教授に声をかける。

チャールズ教授は口髭を触りながら、黒縁眼鏡の奥の瞳を輝かせていた。

「ライア様、すごいですぞ！　従来の方法だともっと時間がかかっていたのが……」

チャールズ教授から渡された紙束を見ながら、設営された仮設テントへ向かう。

興奮気味に早口で話す教授の様子から、いかにこの建設が知的好奇心をそそるのかがわかった。

私は領地運営の観点から建設を見守っているが、教授は教授で、探究心を元に新港と向き合っている。利害が一致しているのは大変ありがたかった。

「ほう、もうここまで進んでいるのか」

渡された書類に目を通すと、たしかに指摘された項目は予定日より早く進んでいる。

けれど紙をめくると出勤名簿が出てきて思わず顔が歪む。

「やはり、欠勤が増えたな……」

「……ええ」

仮設テントの垂れ幕を開け、中に足を踏み入れる。中には大きなテーブルと私が仕事で使うデスクと椅子、ほかには書類をまとめて置いておく書棚がふたつあるだけで、かなり質素なつくりだ。

私は建築資料が置かれた大きなテーブルに書類を載せる。

教授も反対側から書類を覗き込み、「はい……今はまだ早く進んでいますが、来週には遅れが出てくるでしょう」と沈鬱な表情で答えた。

教授がひどく面目なさそうにしているが、悪いのは彼ではない。

「……やはり、ダン・ドリトアか」

「ええ、さようです」

はぁ……という二人分のため息が、テントの中に漂った。

ダン・ドリトアは元シャルマン家領地で漁港組合の組合長をしている中年の男だ。大きな体躯とよく通る声は地元では有名で、毛深い腕をしているのもあり、最初は熊のような男だと思った。

初めて見たのは一か月ほど前。「ここを掘り返すとは何事だ!!」と建設現場入り口で喚き散らしているのを遠目で確認した。

「まだ反対してるのか……」

「はい。領民に働きかけ、欠勤を促しているようです」

新港で働いている従業員は、教授やウェスのように専門知識を持った学者もいれば、元シャルマン領で集めた地元民もいる。

公爵領から連れてきてもいいが、宿泊費など費用がかさむし、新港をつくっている間は漁が制限されるため、元シャルマン領で溢れた漁師たちを雇用するのも目的だった。

しかし、まさか反対運動が起こるとはな……

今回の視察で最初に感じたのが働いている人員の少なさだ。一か月前はもっと人がいたのに、欠員が目立つ。

「くそ。ダンさえどうにかなればな……」

ダンは新港建設によって漁獲量が減ると信じ込んでいるらしい。

なにを根拠にそんな主張を繰り返しているのかわからないが、こちらが何度説明しても聞く耳を持たない。

まるで狂信者のように一方的に言ってくるので、手のつけようがなかった。

「本当に、なんでこんなに反対するんでしょうか」

「さあな。自分が蚊帳の外なのが嫌なんじゃないか？」

貴族界でも幅を利かせている迷惑なご老人たちを、ダンに重ねる。

ああいう上に立つ人間は、どんなに小さな案件でも一々お伺いを立てないと機嫌が悪くなる。

冷静に考えれば最良の選択肢なんてひとつしかないのに、自分の権限を蔑《ないがし》ろにされると誰も得しない最悪の決断を推し進めようとする。

ああ、忌々しい。分別のついていない大人は大嫌いだ。

「まぁ、今は様子を見るしかないだろう。最悪領主命令として無理やり進めるさ」

無駄なお茶会でもよくやっている手法だ。公爵としての権力を使い、強制的によき方向へと促す。

しかし……できればしたくない。

独裁的な方法は効率がよくとも、周りがついてこない。

冷酷な公爵としての悪名はときには便利だが、いつかは自分の首を絞めるだろう。

それに、変に恨みを買うとジルにも危害が及びかねない。

私だけならどうとでもなるが、今は守るべきものがある身だ。

慎重に物事を進めなければ。

「たしかに、最後は強制ですかね……」

チャールズ教授が曖昧な同意をしたとき、テーブルに陽の光が入り込む。

誰かが垂れ幕を開けたのだ。

声もかけずに勝手に開けるとは何事だ、と入り口を睨みつけると、背の高い白衣を着た男が立っていた。

「あ、カインくん」

教授のつぶやきに、どうも知り合いらしいと察する。

「チャールズ教授、すみません。ここにいると伺ったもので……」

私に凄まれ萎縮した男は明るい茶髪を短く切り揃え、少し垂れた瞳をへにょっと弱らせた。

どうぞ入って、と教授に招かれて入室してきた彼は、白衣の上からでもがっちりとした体つきなのがわかり、健康的で活発そうな印象を受けた。

「すみません、教授しかいないものかと思って……」

「ライア様、申し訳ございません。言い忘れておりましたが今日学生が来る予定だったんです。まぁ、彼は学生といっても、大学院生なんですが」

「ほう」

院生ならばウェスより年上の二十五か六あたりだろう。年齢のわりには見た目が若い。

私は教授の知り合いだとわかったので無礼な態度は咎《とが》めず、目元を柔らかくする。

するとカインが安堵したように表情を和らげ、「カイン・エリオットと申します」と手を差し出してきた。

「ライア・ダルトンだ」

……エリオット。どこかで聞いた名だ。

爵位を持った名ならすぐに思い出せるが、貴族社会にエリオット姓はいない。

だがたしかに聞いた覚えのある名だ……はて、どこだっただろうか。

「彼はエリオット商会会長の三男なんです。だから貿易や財務系も詳しいんですよ」

「ああ、なるほど。エリオット商会の……」

教授の紹介でやっと思い出した。

エリオット商会といえば、メネシア家に本拠地を置く豪商だ。東の大国の情報をいち早く察知し、サルタニアで国内で流行らせる手腕は誰にも真似できないといわれている。

公爵家にもいくつかエリオット商会経由で輸入されてきた衣服や調度品があったはず。

だから聞いた覚えのある名前だったのか。

「いえ。所詮は平民ですから。あまり期待されても……」

照れたように頭をかくカインは、どことなく謙遜慣れをした感じがする。

きっとこれまで何度も言われてきたのだろう。社交会で似たような人たちをたくさん見てきたからこそ、謙遜しつつも瞳の奥に揺るがぬ自負を感じた。

……ジルとは真反対だな。

ふと、謙遜を超えて己を卑下してしまう恋人を想起する。優秀なのにどこか自信なさげで、いつもおどおどしているのがいじらしい。

けれど、最近は前にも増して顔が曇っている気がする。不安があるのか聞いても「なにもないです」と眉を八の字にするだけだし……気のせいならいいのだが。

「カインくんは知り合いの教授からの紹介で、今回の反対運動の件を話したら、彼を遣わせてくれたんですよ。政治経営学部に所属していて、領地運営や領民心理学に詳しいとかなんとか……だよね？　カインくん？」

てっきりチャールズ教授が紹介したい人物だと言うので、港建設に関わる学生かと思ったが、違ったようだ。チャールズ教授自身も彼の経歴を詳しく知らないのか、カインが自ら自己紹介を引き受ける。

「はい。専攻は政治経営学部で、主に領民心理と経済的効果などを研究してます。今回は現地まで赴かなくてもよかったのですが、ぜひ現場の声を実際に聞きたいと思い、お伺いしました」

「ほう、遠方までわざわざすまない」

たしかにエリオット商会の息子であれば、経営や消費者心理を学んだほうが将来のためになるだろう。

しかし他学部の教授に呼ばれて遠くの領地まで来るなんて、よほど熱心な学生だ。

心の内で感心していると、カインが「いえいえ」と爽やかに答えた。

「現地で実際に領民がどんな不安や不満を抱えているか見ないと始まりませんから」

「なるほどな……では早速君の意見を聞かせてもらいたいんだが、君は現状、私たちはどうするべきだと考える？」

「それなんですが……一旦外に出て確認してもいいですか？」

いいだろう、と答えて、三人でテントの外へ出る。

いつの間にか時間が経っていたようで、わずかに傾いた日が目に刺さった。

「今出勤している彼らは、地元の人たちですよね？」

「ああ。たぶん彼らは元は農民だ。今は手が空いているときだけここで働いている」

「さすがライア様ですね。働いている人の職まで覚えているなんて」

尊敬の目を向けられて、背中がむず痒くなる。

冷酷公爵として畏敬の対象にはなっても、純粋な敬いは滅多にない。慣れない視線に居心地が悪くなる。

「ちょっと彼らと話してきてもいいですか？」

「ああ」

「おーい！　ちょっと話いいか？」

カインは気さくな感じで従業員に声をかけ、なにやら楽しげに話している。

「へぇ、これって結構重いんだな。え？　これでも軽いほう？　嘘だろ？」

　教授と私の前では丁寧な口調で話していたが、素はあっちの喋り方なのだろう。

「あはは」「あんちゃん意外と非力だね〜」なんて従業員の笑い声も飛んでくる。

　数分後に会話を切り上げたカインは「すみません、お待たせしてしまい」と口調を元に戻して帰ってきた。

　身分の差がある自分にはできない芸当だ、と思いつつ「いや、大丈夫だ。結論は出たか？」と尋ねる。

「そうですね、まだはっきり決めつけるのは早いかと思いますが……今はなにもしなくていいかと」

「ほう」

　カインは悩みつつも、先ほどまで教授と話していた結論と同じ内容を告げる。

　けれどカインは、より深い話をした。

「ここに来るまでにダンの新港建設反対の調書をすべて見ましたが、どれも憶測の域を出ておりません。また反対運動に参加しているのも漁師のごく一部だけですし、今はダンの妄言と割り切って、放っておくのがよろしいかと」

　その後もカインはメネシア家の過去の事例を挙げ、建設が進むにつれ沈静化するでしょうと若干早口でまくし立てる。

　私と教授はなかば呆然としながら聞いていると、はっと我に返ったカインが「あっ！　喋りすぎましたよね？　す、すみません！」と謝った。

「いや、謝らなくていい……君はなかなか優秀なんだな」

まだこちらに来て数時間だろうに、すべてに目を通したというのは驚きだ。しかもメネシア家の事例も覚えているなんて、記憶力もいいらしい。

「いやぁ、公爵様に褒めてもらえるなんて、嬉しいです」

さすが豪腕で有名なエリオット商会会長の息子だ。伊達に大学院で勉強していない。

そのとき、照れたカインの後ろ、ジルとウェスが歩いてくるのが視界に入る。

ウェスは従業員に話しかけられ用事ができたのか、ジルを置いてどこかへ行ってしまった。

「ライア様、どうされ……あ、今回はジルくんもいらっしゃってるんですね」

隣にいた教授が私の目線の先に顔を向け、ジルに焦点を合わす。

カインもちらっと後ろを振り向き、「ジルくん？」と首を前に戻して尋ねた。

「ああ、カインくんはお目にかかるのは初めてか。遠くに見えるすらっとした茶色い癖毛の青年。彼がジル・シャルマン。ウェスくんの弟君だよ」

「あっ、へぇ……」

教授の話を聞いて興味が出たのか、カインは再度振り返る。体も横に向け、じっとジルを眺めていた。

「……どうした？」

ちりっと胸の内が焦げ付く感覚がしてそのまま言葉が口をつく。

いつもなら一度思考してから話すのに。なぜか逸る気持ちが抑えられない。

わずかに冷たさを含んだ私の声色に、カインは動揺したようだった。

「あ、いや、噂に聞いていた話と雰囲気が全然違うなと……第一王子と実の兄を摘発した方と聞いていたので、もっときつい印象なのかと……」

「思っていたより、親しみやすそうか？」

嫌な聞き方だ。

頭の中でもう一人の冷静な自分がつぶやく。

カインは気づいていないようだったが、先ほどよりも険のある声音になっていた。

「ええ。彼、どういった人なんですか？」

興味ありげな瞳がうっとうしい。ジルを知ってどうする。公爵家の者に手を出すなんて考えていないよな？

加速度的に増えていく暗い感情を無理やり心の奥に押し込める。

カインは優秀な人物だ。話も通じる。ただ知らない人物に興味があるだけだろう。

「そうだな。長年実家に軟禁されていたのに、恨み言ひとつ言わない優しい心の持ち主だ。優しすぎて、恋人である私のほうが心配になる」

――あと、非常に鈍感だ。

最後の一文は言わずにおく。わざわざ愛しい人の付け込みやすい部分を教える必要なんてない。

私がカインの視線でさえ心配になってしまうのも、ジルが粘り着くような好意の視線に疎いからだ。周りから自分がどう見られているか、ひいては自分自身の影響力について関心がなさすぎる。

ふとした笑みの華やかさも、伏せた瞳の甘さも、どれだけ人を惹きつけるか……ちゃんと自覚してほしい。

そしたらきっと、こんなにも胸の内はざりざりとしないだろう。

「へぇ……実家で軟禁……」

カインは同情を帯びた声でつぶやくと、突然「彼と話してきていいですか？」と聞いてきた。

「あ、ああ……まぁ……」

やめてくれ、と喚くほど子供ではない。

しかし快く承諾できる余裕もなくて微妙な返答をしてしまう。

カインは私の返事を肯定と受け取ったのか、「ありがとうございます！」なんて嬉しそうに答えて、ジルの元へ駆け出した。

ああ、痛い。胸のあたりを小さな針でちくちく刺されてるみたいだ。

ぐさりと貫かれていない分、微妙な不快感が増していく。

ここから見えるジルは、カインに話しかけられてひどく驚いているようだった。

だがまぁ、それだけだろう。

いつものようにジルは眉尻を下げて、あとで私に『知らない人に話しかけられて疲れました』と困ったように報告するのだ。

……と、最初は考えていたのだが。

「……はぁ？」

思わず、怒りに似た鋭い音が口から飛び出る。

――ジル、なんで晴れるような笑顔を向けているんだ？

カインに話しかけられ、明るく微笑む恋人に息が止まる。

私の前では滅多に見せない、好奇心に満ちた表情。心の底から楽しいと全身から溢れていて、無邪気な笑顔をほかの男の前で晒している。

心臓がぞわっとした。

私と話すときは、困ったように微笑むことが多いのに。

でも赤の他人の前では朗らかな顔を浮かべていて……どうしても、許せない。

――許せない？

私はぎゅっと拳を握りしめて変な動きをし始めた心を落ち着かせる。

ジルがどこでなにをしようと、本人の自由だ。それに、ジルは最近まで実家の縛りを受けて生活していたし、軟禁に近い日々で制限まみれの人生だっただろう。

だから私と一緒に過ごす上では、なに不自由なく暮らしてほしい。

一方で、ジルが自由を得ることに焦りを感じる自分がいる。新しい世界を知れば、選択肢が増えるということ。

公爵邸を離れて独り立ちしたいと思うかもしれない。

もしかしたら私以外の人間に心移りして……

そんなの耐えられない。なら、ジルを家に縛り付けてしまいたい。この手を離れる可能性があるものをすべて排除したい。

「……くそっ」

小さな暴言に隣の教授が怪訝な顔をする。

私は「なんでもない」と返して、一人先にテントに戻った。

つぶやいた独り言はカインでも、ましてやジルに対してでもない。

自分に向けて。初めて自覚した己の醜い部分に、軽蔑が止められない。

心臓は嫌な音を立て続け、握りしめた拳は、一向に開けなかった。

◇◇◇

「ジル、視察は楽しかったか？」

「はい！　とっても楽しかったですよ！」

俺は海沿いに面した屋敷のバルコニーで、ワインを片手に報告する。

ここは新港建設現場の近く、元シャルマン子爵領地の崖の上に立っている豪奢な建物だ。扱いとしては公爵家の別邸らしい。

ライア様曰く「視察で何度も来るのだから、宿泊施設がないと困るだろう？」とのことで、この使われていなかった屋敷を買い付け、改築したのだとか。

すごい、公爵家。泊まるためだけに屋敷を買うなんて、本当の金持ち。

部屋の中もシャンデリアが吊るされ、天蓋付きのベッドはふわふわだった。

でも一番の売りはバルコニーから見える海らしい。

残念ながら俺らが部屋に着くころには日が完全に沈んでしまって、一面暗闇だった。

「今度また来よう。次は明るいうちに視察を終わらせて」

お風呂上がり、暗い外を見て落ち込む俺にライア様は優しく声をかけてくれた。

今度、また、次。簡単に未来の約束をしてくれるところに胸が熱くなる。

俺はじーんとしながらもライア様に誘われるがまま、バルコニーに用意された晩酌を楽しんでいた。

「にしてもここに屋敷があるなんて知りませんでした」

ワインを飲みながら、右手に座るライア様へ体を向ける。

あまり領地運営に関わっていなかったとはいえ、こんな素敵な建物があったなら気づかないほうが難しい。

けれど以前崖の上にあったのは、崩れかけの怪しい一軒家だけだったはず……

「ああ、最初は廃屋同然だったからな。ほとんど改築した。このローテーブルもソファも、公爵家から使っていないのを持ってきた」

ライア様がグラスを置くテーブルは猫足の曲線が美しく、家具の知識に疎い俺でもいい品物とわかる。

たしかにソファも触り心地がいいし、さぞ高いのだろう……と気づいて、俺はワインをこぼさないようにしようと肝に銘じた。

「それよりも、今回の視察の感想を聞かせてくれ。ウェスとは話せたか？」

「あ、はい！　兄さんもすごく元気そうで、いろいろ教えてくれました！」

甘く目を細めるライア様に、連れてきてくれてありがとうございます、という感謝を込めて興奮気味に話をする。

「兄さんがなんでも答えてくれて、あとライア様の采配とか管理が細かく整っていて、すごくやりやすいって言ってました！」

ほかにも従業員の方と話して、ライア様を褒めていた話や恫喝《どうかつ》する怖い指導者がいなくて働きやすいなど、視察で見聞きした情報を事細かに伝える。

「そうか……それはよかったな」

ライア様が左腕をソファの背に投げ出し、こちらに体を向けて聞き入る。

おかげで白いナイトガウンの前がはだけて、目のやり場に困ってしまった。

「あ、はい……ライア様が連れてきてくれたおかげです……」

ランプの明かりに照らされて、ほどよく凹凸《おうとつ》のある胸板の陰影が美しい。醸し出る色気に目が釘付けになり、慌てて顔を逸らした。

や、やばい……ライア様、すごくえろい……！

アルコールではない別の要因で頬が熱くなる。

……って、自分のばかばかっ！　すぐ発情して、どんだけ淫らなんだっ！
溢れ出る性への欲求を誤魔化すために、俺は一気にワインを飲み干した。

「なに、感謝はいらない。ジルが楽しかったならいい」

「そんな……あ、でも、本当に楽しかったです。兄さん以外にもカインさんっていう大学院生の人ともお話できて、いろいろ聞けましたし」

　グラスを取ろうとしたライア様の動きがぴたっと止まった。が、すぐに何事もなかったかのように「ああ、エリオット家の三男坊だろう？」と返ってきたので、俺は気にせず話を続ける。

「そうです！　カインさん、距離の詰め方が上手で、俺が年下なのを知ると『じゃあ親しみを込めてジルって呼んでいいか？』って言って……敬語が苦手らしくて俺にもう爵位がないのを知ると、最後のほうはすっかりタメ口でした」

　俺なんていまだにライア様なのに。敬語で話すのも様付けで呼ぶのも嫌ではないけれど、カインさんの巧みな会話術があればもっとライア様と早く親密になれたかな……とは想像した。

「しばらくはライア様と一緒にお仕事をされるそうで、いい人そうでよかったです」

「……ああ、まあな」

ライア様も薄く微笑んで、グラスを取る。
ついでに俺のグラスが空いているのも気になったのか、ボトルも取ってワインを注いでくれた。

「あ、す、すみません」

「いいんだ。ジルが楽しいと私も嬉しい」

ふと、ライア様の声が硬く聞こえた気がして、俺はグラスを持つ手が止まる。

けれどライア様は変わらず優しい笑みをつくったまま、ワインのボトルをテーブルに置いていた。

……まぁ、俺の気のせいだろう。いい感じにお酒が回ってきて、耳が遠くなったのかも。

さして俺は気にせずに、ワインを口に含んだ。

――しかし、数分後……

「ら、らいあさ、ま……も、もう、だいじょう……ぶです」

「いや、ジル。遠慮するな。好きなだけ飲めばいい」

ライア様はまた俺のグラスにワインを注ぐ。

せっかくライア様が注いでくれたのに、そのままにはしておけない。

俺はぐらつく視界でなんとか口をつける。しかしライア様はまたすぐにワインを注ぐ。で、俺は飲む。また注がれる。飲む、注ぐ、飲む、注ぐの応酬で、気づいたら俺はソファの背もたれに顔を埋めていた。

「ら、らいあ、さま……も、もう、い、いらないれす……」

「どうしたジル？　さっきまで楽しそうに飲んでいたじゃないか。カインがどうとか言って」

カイン……？　楽しそう……？　なんの話……？

どうしてここであの人の名前が出てくるのだろう？　今俺はワインが飲めないって話をしてるのに……と頭の片隅で考えようにも、思考がまとまる前に酔いのせいでほどけていく。

もうちょっとも飲めない。なのにライア様はまたグラスにワインを注いでいて、俺は震える瞳で見つめ返す。

いつもなら俺が「もういいです」と言えば「そうか」と言って切り上げてくれるのに。こんなに強引に飲ませようとするなんて初めてだ。

「ジル、どうした？　遠慮するな」

ライア様は無理やり俺の手にグラスを持たせて口に運ばせる。

俺はどうしようかと迷ったけれど、ライア様の端正なご尊顔を前に、『こんな綺麗な人が俺のために酒を飲ませてくれるなら、少しでも飲まないと』という謎思考に陥った。

「んっ……」

ミルクを舐める子猫のようにちみちみとワインに口をつける。なんとか最後はぐっと胃の中に納め、もう次はないだろうと思っていたら、ライア様がまたグラスにお酒を入れた。

「も、もう、む、むりれす……！」

「無理じゃない。私に、酔ってとろけたジルの顔を見せてくれ」

俺は震える瞳で、グラスを持つライア様を見上げる。普段ならここで止めてくれるのに。

視界が歪みすぎて、ライア様がどんな表情で飲ませてくるのか判別できない。

怖くなって俺はライア様の胸板を軽く押した。それでもライア様は止まらずに、俺の唇にグラスの縁を当てる。俺がむっと口を閉じたままでいると、ライア様が「残念だ……私の言うことは聞けないのか？」と言って自分で飲み始めた。

もしかして嫌われてしまったのだろうか？　やっぱり無理にでも飲むべきだった？

酔いのせいで不安定な情緒は、些細な言葉でひどく沈む。

と、とりあえず謝ろう……

そう思ったとき、グラスをテーブルに置いたライア様に唇を奪われた。

「んっ……ふっ」

無理やりにでも開けようとする舌の動きに、限界まで飲まされた体はあっけなく降伏する。

じんわりと熱い唇から、濡れた舌が入り込む。と同時にぬるい液体が流れ込んできて、あ、もう飲めないのに……と遠くのほうで理性が音《ね》を上げた。

でもライア様は俺に酒を飲ませるのをやめない。顔を逸らそうにも顎を掴まれ、大人しく喉を鳴らすしかない。

「んぅ……くっ……」

受け止めきれなかった液体が唇から垂れる感覚がする。

あ、どうしよう、服を汚しちゃう。

わかっているはずなのに酔いで麻痺した唇はうまく動かなくて、つーっと溢れた赤い液体が顎を伝い、ぽたっと離れた。

ライア様も気づいているはず。けれど唇は離さずに、最後の一滴まで俺に飲ませてから「ああ、汚してしまって……ジルはいけない子だな」と囁き、首筋から鎖骨にかけてワインの垂れた軌跡を舐めとった。

「ひっ、ん、あ」

途中、強く吸われて鼻にかかった声が漏れる。

ふわふわっとした頭に、性の快感がじんわりと広がる。

「ここも汚れてる……」

「あっ……あっ、ん」

ガウンをはだけさせ、下に降りてきた唇が胸のつぼみに辿り着く。ぺろっと舐められ、吸われ、いつもより激しく弄られる。普段だったらこれで下半身が痛くなるほど張り詰めるのに、今は緩く盛り上がるだけでびくともしない。

お酒が入りすぎて、快感がうまく性器に直結していないのだ。

なのにぐるぐると熱は下に蓄積していって、それがなおのこと切なくなる。

「ジル、服が汚れてるから、中で着替えよう」

ライア様は俺の体を抱え、ベッドに寝かせる。

ガウンはあっという間に脱がされ、緩く立ち上がった性器があらわになった。

「ら、らいあさ、ま……か、らだが、へ、へんれす……」

「あれだけ飲めば、変になるさ」

えっ……？　じゃあ、わかってて飲ませたってこと……？

頭の片隅で湧いた疑問は同じく服を脱いだライア様の体に目を奪われ、すぐに消える。視線を下に落とすと、血管が浮き出た性器が凛々しく主張していた。

「……ジル、昨日慣らしたから、もう入れていいか？」

「んぇ……？」

たしかに昨日街に泊まったときも体を重ねた。だから今日はないかもと思っていたけれど……そんな考えははなからライア様にはなかったようだ。

いつもなら指でほぐしてから入れるのに、ライア様はベッドサイドから取り出した香油を雑に自身の性器に垂らすと、俺の足を持ち上げて直接熱い塊を当ててきた。

珍しく、ライア様の余裕がない……

心臓がばくばくと脈打つ。優しいライア様も大好きだけれど、こんな野生味溢れる情欲的な瞳は、否が応でも下腹部を疼《うず》かせる。

俺は小さく頷き、「だ、だいじょうぶ、れ、す……」と興奮する声音を必死に抑えて答えた。

「……すまない。んっ……よかった。柔らかいな……」

「あっ……んっ……」

酔いのせいで力が入らないせいもあってか、痛みもなく咥え込んでいく。

でも普段ならもっとゆっくり挿入されるのに、なにかに急かされているような速さで根元まで打ち付けられた。

やっぱり今日のライア様はどこかおかしい。焦りなのか、苛立ちなのか。どこか粗野を感じる行為だけれど、俺はそれさえも気持ちよくて、体がしなる。

「ジル……よがってる顔は、私だけのものだよな？　ほかの誰かに、見せたりしないよな？」

「んっ、え？　……あっ、うっ」

そんなの当たり前だ。こんな恥ずかしい姿、誰にも見せられない。

でも言葉にする余裕なんてなくて、俺は必死に頷く。

早くも体がぶつかる音の間隔が短い。

それに合わせて内臓が押し上げられ、「あっ、ああっ」と声が溢れた。

なのに、いけない。熱がぐずぐずと溜まっているのに、精子が上がってこない。

「あ、あっ、い、いきたい……のにっ……」

もどかしさと、いけない不安で目元が湿る。こんなの嫌だ。

出したい、いきたい。気持ちいいのに、辛い。

「別にここから出すだけが、いくじゃない」

えっ？　と定まらない視界で首を傾げると同時に、一気にライア様が弱い部分を突いた。目の前で星が飛ぶ。

「ひっ……あっ……っ！」

あまりにも激しい行為に背中が弓なりにのけぞる。顎が上を向き、引きつれた声が耳に届く。

まるで、自分の声じゃないみたいだ。誰？　こんな、淫らな声を上げてるの。

「や、やめっ、は、はげしっ……あっ、ああっ！」

声を抑えようにも両手首は掴まれ、ライア様のほうに引っ張られている。おかげで腰の交わりがより深いものになり、きてはいけないところまでライア様の性器が届く。

「ここ、きっと気持ちいいぞ……？」

「あっ、だめ……っ！　……っ！」

ずんっと腰を打ち付けられた瞬間、びくびくっと脳まで快感の痺れが伝播する。

あっ、本当に、やばいっ。これ、戻ってこられなくなるっ。

ずっと、いけなくて。ずっと、気持ちいい。体が壊れそうなほど、快楽が体を駆け巡る。

けれど突然、腹の奥から未知の震えが迫《せ》り上がってきた。

あっ、なっ、なにこれ、怖い。

無理やりいかされるような、今までの熱の放出とはまったく違う、恐ろしいほどの痺れ。

「ジルっ、そのまま、いけっ」

「あ、あっぅ、ああっ！」

なんの前触れもなく容器から水が溢れたように、突然どくっと体が跳ねた。足先がぴんっとはり、強烈な絶頂の波に意識が飛ぶ。

体の痙攣《けいれん》がまったく治らない。

いつもならすぐにやってくる快感の引き潮が、時間が引き延ばされたかと思うほどに遠い。

なにより怖いのが、あそこからはなにも出ていないということ。

「……すまない、ジル。やりすぎた。でも、本当に可愛い。誰にも見せたくない」

びくっびくっと跳ね続ける体を、ライア様が抱きしめる。

もちろんですよ……と返すには声が掠れすぎていて、俺はいつの間にか意識を手放した。

次の日。俺は目覚めとともにライア様の謝罪を浴び、ついでにひどい二日酔いで盛大にトイレで吐いた。帰りの馬車の揺れも嘔吐感に拍車をかけ、途中途中休憩を挟んでもらうはめに……

そのたびにライア様が「本当にすまんっ！」と心底申し訳なさそうにしているのが、唯一の救いだったけれど、結局なんであの日だけ普段より意地悪だったのかはわからなかった。


視察から三日後の夕方。俺は公爵邸の図書室で、王立セネアード大学の資料と、公爵家の領地地図を見ながら、物思いにふけっていた。

王立セネアード大学の資料は視察に行った日にもらったものだ。カインさんがたまたま持っていて、一部を渡してくれた。内容は学部学科の紹介と入学試験の日程や専攻課程の説明、それと学費の詳細が記してある。

俺は学費と学部の面を見ながら、うめいた。

「い、いけるじゃん……！」

最初は『え、嘘でしょ？』と思った。

だって大学ってすごく高いし、プリンシア学園なんてちょっとした屋敷が買える金額がかかる。

絶対に無理だと思ってたのに……

「最優秀《モナーク》奨学生《スカラー》、なっておいてよかったぁ……！」

誰もいないのをいいことに、図書室で小さく叫ぶ。

そう、この資格があるかないかで、大きく金額が変わるのだ。

普通入学だと、半期で新品の馬車が買える学費がかかる。まぁ今の俺の貯金なら行けなくはないけど……教科書とかほかに必要なものを買ったら、どうしてもライア様に頼らざるを得ない。けれど最優秀《モナーク》奨学生《スカラー》だと元の学費の半額程度で通える。

しかも入学試験もなく、願書を提出しただけで入れるらしい。

まさに万能資格。どこにでも行ける。

「でもなぁ……」

俺は後頭部に手をやり、なんとはなしに虚空を見つめる。

ライア様は『ジルはここにいるだけでいい』と言っていた。大学に行けば、勉強する分公爵邸にいる時間は短くなる。なら大学に行かずに、おそばで仕えていたほうがライア様は嬉しいだろうか？

「けど、視察楽しかったしな……」

未知の世界を知ることがこんなにも胸を弾ませるだなんて。好きな人とずっと家にいるよりも、心を惹かれるとは思ってもいなかった。

「ライア様は俺が大学で学ぶのと、家にいるの……どっちがいいんだろう」

うーん、と考えていると、セバスさんが図書室に入ってくるのが見えた。

「ジル様、お夕食の準備が整いました」

「あ、はい。この本戻したらすぐに行きますね」

「でしたらこちらでお戻ししておくので、そのままで大丈夫ですよ？」

「いえ、さすがに申し訳ないので」

公爵家の領地分布図が載った本と大学の資料をまとめる。

領地分布図は、もし大学に行くならどの学部にするか検討するために出したものだ。

やはり進学するなら、公爵家で一番役に立つものを学びたい。

さてこの本はどこにあったっけ……と図書室を見渡していると、目前の老紳士から視線を感じた。

「えっと、セバスさん、どうされました？」

「あ、申し訳ございません。ジル様の持っていらっしゃる本が懐かしくてですね……つい、気になってしまいました」

「この本ですか？」

「ええ。私も昔、さまざまな領地を調べていた時期があったので」

セバスさんは公爵家の筆頭執事だ。仕える主人の領地を詳しく調べるのも仕事の内だろう。

けれど俺の予想に反して、セバスさんは意外な回答を口にした。

「昔はサルタニア全土を旅していたので、懐かしいですね……」

「え？　旅？」

セバスさんと旅の衣装が結びつかなくて、疑問符が頭の中で浮かび上がる。

それを察してか、セバスさんがにっこり笑った。

「はい。執事になる前の話です。先々代のご当主……ライア様の祖父に当たる方ですね。その方が『もっと広い世界を見てきなさい』とおっしゃってくださって。なので執事になる前にさまざまな勉強をさせていただきました。あのころの学びは、今でも大変役に立っております」

「そうだったんですか……」

初耳だ。セバスさんが執事になる前に旅をしていたなんて。

でも、先々代のご当主も先見《せんけん》の明《めい》がある。

執事業しか知らない人よりも、広い世界を知って多角的に思考できる人のほうが、公爵家にとって有益だろう。

「私の姉、アンナも若いころは北のほうで商いをしておりまして。そこで出会った人と婚約し、使用人としてこちらに戻ってきたのです。今もアンナの息子夫婦は手広く商いを続けていて、ライア様の領地運営を支えてくれているんですよ」

「へぇ……」

ということはやはり、アンナさんも広い世界を知っていたわけで……

公爵家の重要な職を任されるには、公爵邸にいるだけではだめなのかもしれない。

そしたらやっぱり……

「セバスさん。ライア様は俺が大学で学ぶのと、公爵邸にいるの、どっちが嬉しいと思いますか？」

俺の進学発言に、セバスさんはわずかに目を丸くする。

けれどすぐに平常に戻り、ふむ、と考える素振りをしたが、すぐに答えは決まったようだった。

「ジル様のなさりたいほうを選ぶのが一番ですね」

「俺のしたいほう……」

「はい。ライア様に付き従うのがジル様のやりたいことならよろしいのですが……ジル様は本当にここにいるだけで満足されていますか？　もし心動くものがあれば、ご自身のお気持ちを大事にされるのがよろしいかと。きっと、ライア様もジル様の意志を尊重されておりますよ」

セバスさんの微笑に、俺は自分に問いかけた。

俺がやりたいのはライア様の役に立つことで、ライア様がどう思うか、ライア様にとって利点があるかどうか。それが一番重要だ。

けれどライア様は俺にずっと「自分のしたいことをしろ」って言ってくれていたじゃないか。なら、公爵邸にいるか外の世界で知識を身につけるか……俺のやりたいほうは、はっきりしている。

「……そう、ですね……ちょっとライア様に相談してみます」

「ええ。ちょうど先ほどライア様もご帰宅されたようなので、ぜひ夕食のときにご相談されてみては？　きっとジル様のお話なら真剣に考えてくださいますよ」

セバスさんの言葉を信じて頷く。

そうだ。ライア様は俺のしたいことを理由もなく否定するような人ではない。

まだ心の中ではわがままを言っているようで不安になるが、話題に出してみて少しでも嫌な顔をされたら取り下げればいいし。

すでにライア様は帰宅していると聞いたので、俺は本の片付けをセバスさんにお願いして急いで食堂へ向かう。

扉を開けるとライア様はいつもの定位置に座っていて、まだ並べられた料理には手をつけていないようだった。

「すみません、遅くなってしまい」

「いや、大丈夫だ。なにかあったのか？」

俺が席に着くのを待ってから、ライア様はナイフとフォークを持つ。

前菜の野菜の酢漬けをライア様が口に運ぶ前に、「あの、お話してもいいですか？」と相談を持ちかけた。

「ん？　どうした」

食事を止めさせてしまうのは申し訳なかったので「食べながらでいいんですが……」と前置きをしつつ、先ほどセバスさんに相談した内容を話す。

「俺、大学に行こうか迷ってて……」

「ゴホッ！」

「だ、大丈夫ですか!?」

酢が強かったのか、突然むせ出したライア様の背中をさする。水を飲んでなんとか落ち着いたライア様は「だ、大学？」と目を見開いた。

「あ、はい。九月から二月ぐらいまでだけなんですけど、学費も自分で出すので……その、公爵家の役にも立つと思いますし……」

恐る恐る提案すると、ライア様は表情を固まらせる。

これは……嫌なのか？　驚いてるだけなのか？　判断が難しい。

「あ、もしライア様が嫌ならやめて……」

「そ、そうじゃない。ジルのやりたいことなら、もちろん応援する」

先ほどの表情は驚きのほうだったようで、拒絶や否定をされなくてほっと胸を撫で下ろす。

ライア様は俺の頭に手を伸ばし、「公爵家のために無理はしてないだろうな？」と尋ねた。

もちろん、無理なんてしていない。公爵家のためでもあるが、自分のためでもある。

「はい。俺が行ってみたいと思ったんです」

「そうか……ならよかった。学費も自分で出さなくていい。私から出そう」

「いえ、俺が自分でやりたいことなんで、大丈夫です」

ライア様ならそう言ってくれるかもと予想していたので、俺は丁重にお断りする。

できればライア様に手間をかけさせたくなかった。

頼るのが嫌なのではなく、自分でできることをライア様に頼るのはなにか違うと思ったからだ。

「ジルがそこまで言うなら仕方ないが……でももし、なにか困ったら言うんだぞ？　わかったか？」

「はい。絶対にライア様に報告します」

付き合いだしてからライア様はよく俺を気にかけてくれる。きっとそれだけ、愛されているということだ。なら俺を大事に想ってくれるライア様のためにも大学生活を無駄にはできない。

俺が決意を新たにしていると、ライア様の沈んだ瞳が目に入った。

「ライア様、どうされました？」

「いや、なんでもない……ジルは半期の間、寮に入るのか？」

「いえ、今のところはここから通わせていただこうかと……」

セネアード大学には、プリンシア学園と同じように学生寮がある。けれど大学から公爵邸までは馬車で三十分ほどだ。邸宅から通えなくはないので、寮に入るつもりはなかった。

「……わかった」

ライア様は思いつめていた表情を和らげ、安心したように言う。

けれどどこか声音が硬く聞こえたのは、俺の気のせいだろうか。

第二章　大学生活の始まりと新しい友人

大学の願書を書いたり資料を作成したりしていると、あっという間に月日が流れた。

書類選考もすぐに通ったし、事前に買える教科書類も揃った。あとは大学に登校するだけ。

「よし、大丈夫かな」

登校初日の朝、公爵家の玄関鏡で自分の身なりを確認する。

学園と違って制服はないけれど大学には指定の白衣があるので、裾が汚れていないのを確認してから外に出る扉を開けた。

見送りにライア様はいない。

二日前からまた港建設現場に戻っており、長くて一週間はかかるらしい。

新しい場所へ行く浮かれた気持ちはあったが、ライア様がいないのは少し寂しくて……

楽しみと寂しさが混ざった一長一短の気持ちを持て余しながら、俺は大学へ向かう馬車に乗った。

王立セネアード大学は公爵邸から馬車で三十分ほど。プリンシア学園とは反対方向にあり、通学時間は学園にいたころと変わらない。

馬車に揺られ、『王立セネアード大学』と書かれた鉄柵の正門を抜けて大きな広場に出る。

俺は広場で降ろされ周りを見渡したが、新入生を歓迎する雰囲気はどこにもなかった。

それもそのはず、四年制の新入生は一週間ほど前に入学式を終え、学内説明会を受け終わった期間だ。歓迎会なども二、三日前が一番盛り上がってたに違いない。

だが残念ながら、短期学生には入学式も学内案内もない。

自力で勉強し、自力で学べ、的な雑な扱いだ。まぁ学費が安い分、文句は言えないんだけど。

「えーっと、最初の講義は……」

まだ一限が始まる三十分も前だが、人が集まっている掲示板がある。俺も掲示板で自分が入った学部がどこでなんの授業をするのか確認をした。

「あ、農作漁業学部は第三北校舎か」

そう、俺はいろいろ迷った末に農作漁業学部を選んだ。ほかにも経営治世学部や建築建造学部と迷ったけれど、経営とかはライア様が得意だし、建築系には兄さんがいる。

だから俺は、公爵家の主な生産物である農作物と港の建設により活発になるであろう水産系を学びたくて、この学部に願書を出した。

「第三北校舎って、こっちかな……？」

迷うだろうなと思って早めに来ておいてよかった。プリンシア学園も複雑怪奇な古城のようだったし、きっとセネアード大学も簡単には目的地に着けないだろうと踏んでいたのだ。

実際、セネアード大学は古城というより大きな建物群が並んでいる感じだったが、目的の講義室に辿り着いたのは、迷いに迷って授業が始まる五分前だった。

「ひぃ……入るの緊張する……」

プリンシア学園でもあったけれど、やっぱり新しい環境に身を置くのはいつだって怖い。だがここに俺を守ってくれるライア様はいない。それに、俺もあのころよりは成長した。

よしっと気合いを入れて、扉に手をかける。

音もなく開いた扉の先には、とっても広いすり鉢状の講義室があった。

「おお……大きい……」

開けた扉は講義室の一番後ろだったようで、座っている学生の背中がよく見える。音もなく開けたから誰一人振り向かなかった。

俺はいそいそと窓際の空いている席に座る。移動している間もちらっと見られる気配はあったものの、刺さるような視線は一切なかった。

よかった……俺の気にしすぎだったかも。

プリンシア学園だとじろじろ見られていたから、目線を集めない環境は心地いい。

思えば厳《おごそ》かな空気を醸し出しているライア様が横にいたから目立っていただけで、俺一人じゃ普通の生徒と変わりないか。

俺はほっと安堵し、鞄からノートを取り出す。

ちょうどそのとき教授が入ってきて、早速講義が始まった。

「えー、では前期の農作漁業の基礎講義は……」

教授の話を聞きながら、俺はペンを走らせる。

ちらっと周りを見ると席は八割程度埋まっており、かなりの学生がいるのが窺えた。

この授業は農作漁業学部の必修講座だ。きっと農作漁業学部に入った新入生全員がここにいるはず。すでにグループもできているのか、何人かはまとまって授業を受けているみたいだった。

「……では早速、この種の魚は遠洋にいるので……」

しかし周りを気にしている余裕もすぐになくなる。教授の話は初回授業とは思えないほど進みが早く、新しい知識を頭に入れるのでいっぱいになった。

でも、楽しい。

自然と口元がにやけ、慌てて引き締める。

乗馬も護身術も暇を潰すための手段でしかなくて、ある程度習得するとすっと熱が冷めたかのようにつまらなくなった。

けれど学問は違う。自分から新しく広げたいと思った世界に、心が躍っているのがわかる。

「漁獲量は少ないけれど、高い水温があれば……」

公爵邸の図書室で本を引っ張ってきたり、プリンシア学園で学んだ資料を復習したりして、できる限りの予習はしてきた。おかげで俺は教授の話にはすんなりついていけたけれど、なにも準備せず初授業に挑む生徒もいるようで……

「難しくね？」

「どうしよう、全然わかんない」

一列前の学生が囁き合いながら、血眼になってノートにかじりついていた。

「……しかしこの漁法には欠点もある。それはなんだと思う？」

教授がぐるっと講義室を見渡す。ほとんどの学生が当たらないよう一斉に目線を下げた。

どうしよう……

俺は顔を伏せるべきか迷って、自分のノートを見返す。

今の教授の話と組み合わせれば、ひとつ案が思い浮かぶ。でもここで手を挙げるのはでしゃばっているって思われるかな？　それとも俺は半期しか勉強できないし、積極的に参加すべき？

元来の引っ込み思案な性格で尻込みしていると、教授と目が合う。

あっ、これ指されるやつだ。

えーっと、どう答えようかな……とノートをパラパラめくっている間に「じゃあ、そこの金髪の女の子、どう思う？」と教授は口にした。

ん？　あれ？　金髪の女の子？

俺はどう見ても男だし、茶髪だし、金髪の女の子ではないんだけど……と戸惑っていると、後ろで「は、はぃ……」と控えめな返事と椅子を引く音が聞こえた。

「え、えっと……そ、その、あの……」

教授は俺ではなく、一列後ろの学生を見ていたようだ。

小鳥のように高い声が焦りで震えている。バサバサっと紙束をめくっているようだが、教授の質問に答えられる内容は見つからないらしい。

俺は肩越しに、哀れな女学生を盗み見る。

ウェーブがかったブロンドヘアーを胸元まで伸ばし、分厚いレンズの眼鏡をかけている。長く毛束の多い前髪のせいで瞳は見えづらいが、ラベンダーのような薄い紫の瞳が目を惹いた。

けれどその瞳は今は焦りの涙で覆われており、すぐにでも溢れてしまいそう。まるで肉食獣の前で震える兎のようだ。

俺はあまりにも可哀想に思えてしまって、急いでノートに走り書きをする。

「ゴホッ、ンンッ！」

わざとらしく咳払いをし、後ろの子に見えるようにノートを左側に寄せた。

「……！」

彼女は俺のアシストに気づいたのだろう。

「あ、えぅ、その……」とどもったあとに「ほかの方法と比べ、費用がかかる点でしょうか……？」と自信なさげに言った。

「ああ、そうだ。ではこの欠点を補うのになにが必要かと言うと……」

教授は彼女の発言にも、俺の怪しい動きにもつっかからずに、授業を進める。

はーと息をつく気配が後ろからした。

俺も背もたれに体重をかける。

これでとんでもなく勘違いな内容を教えていたら、お互い赤っ恥だったけど……合っていてよかった。初日からつまずくのは誰だって嫌だろうし。

俺は人助けがうまくいったことに機嫌をよくしながら、残りの授業を聴講した。

「あ、あの……‼」

チャイムが鳴り、席を立とうとすると、後ろから可愛らしい声が降ってくる。

俺は席を立つ動きを止め、半身を翻した。

「さ、先ほどは、あ、ありがとうございました‼」

紫の瞳の彼女は顔を真っ赤にさせ、ぺこぺこと頭を下げる。分厚い眼鏡がずり落ちてしまいそうなほどの必死さに、俺は慌てて手を振った。

「いえいえ！　そんな、お礼を言われるほどでは……！」

「い、いえ！　なんとお礼をすれば……！」

「いえ！　そんなの必要ないですよ！」

「いえ！　でも……」

お互い「いえ！」「いえ！」を繰り返して一歩も引けを取らない掛け合いをする。

当初の予定では颯爽と『お礼なんて必要ないですよ、じゃ』などと応えてかっこよく帰るつもりだった。

しかし彼女は意外と強情で、俺は普段ライア様と使用人の方々しか話さないのもあって、会話の終わらせ方がわからない。

うう……！　俺がもうちょっと話のうまい人間だったら……！

彼女もあまり会話が得意ではないのか落としどころが見つからず、会話下手同士の「いえ！」「いえ！」の論争の末、彼女の「いえ！　学食を奢らせてください！」という言葉に、俺のほうが折れる形に収まった。

思いのほか、意志の強い子だった……

彼女と別れ二限の講義を受けながら、会話を振り返る。

同じ農作漁業学部でも四年制と短期学生では微妙に時間割が異なり、彼女は四年制なのか「私、二限が空きなので席取って待ってますね！」と鼻息荒く去っていった。

待ってもらっていては勝手に帰れないし、行く選択肢しか残されていないけど……にしても『借りた借りは、絶対に返さないと死ぬ』とでもいうような気迫はすごかった。

「うーん……きっと悪い子ではないよね……」

あまり気の強い子は得意じゃない。見た目や話し方はふわふわしていたけど本来はどうなんだろう。同じ学部だし、蔑《ないがし》ろにはできないしなぁ……

「はぁ……」

助けたくせに人付き合いが苦手な性格が災いして、微妙に憂鬱になってしまう。

が、これからも公爵家にいるなら、知らない人とも仲良くできるようにならないと！　と自分を鼓舞して、二限の終わりに学食へ向かった。


「すみません、奢ってもらっちゃって……」

「いえいえ！　これはお礼ですから！」

彼女は小さい口で学食のパンをちまちまと食べる。俺も果物をフォークで刺して口に運んだ。

大学の食堂はガヤガヤと賑わっており、学園に通っていたころを彷彿とさせる。ただ、学園とは違って庶民的な値段とメニューが多く、安心して奢られることができた。

きっとプリンシア学園よりは幅広い層の学生がいるからだろう。奨学金制度もあるし、学習意欲と試験を突破できる頭のよさがあれば、王立セネアード大学の門は身分関係なく開かれている。

「あ！　そういえば私の自己紹介がまだでしたね」

「あ、たしかに」

知らない人と食事をするのに緊張しすぎて、自己紹介がまだだったのをすっかり忘れていた。

俺は座り直し、改めて彼女に向き直る。

「私ミーネ・サイネンと申します。改めて、先ほどはありがとうございました」

彼女のお辞儀を見ながら、俺は「ああ、ミーネ・サイネンさん……」と繰り返し、あれ？　と、とある可能性に思い当たる。

ミーネ・サイネン……？

…………もしかして、あのサイネン家？

「えっと……ちょっと待ってください。今、サイネンって言いましたか？」

今しがた聞こえてきた彼女の名前に、フォークを持つ手が震える。

だって、サイネンって、まさかあのサイネン家……？

だとしたら学食を奢ってもらうなんて言語道断。今すぐにでも土下座するような案件だ。

でももしかしたらほかにもサイネンって家はあるかも……？

「はい。私はサイネン侯爵家次女、ミーネ・サイネンです」

……なんて淡い期待は、彼女の発言によって、儚くも消え去った。

「す、すみません!!　学食、返します！」

「あわわっ!!　ど、どうされたんですか!?」

俺はトレーを彼女のほうへ押し付け、机に頭をつける。

焦る声が聞こえるが、怖くて顔を上げられなかった。

――血濡れのサイネン家。

かの有名な文句を知らない人間は、サルタニアにおいて……いや、東の大陸も含め、存在しないだろう。

サイネン家の始まりは、百五十年前まで遡る。サルタニア王が島全体を統一する際に、最も武功を上げ、最も恐れられた将軍が侯爵位を授かったのが起源だ。

ゆえにサイネン家といえば、身の毛もよだつ噂が絶えない。

『サイネン家に逆らえば、一家全員さらし首にあう』『どこまで逃げても、サイネン家の駿馬には追いつかれる』『敵国の艦隊に一人で乗り込み、壊滅させた』などなど……

神話のような逸話は、小説や絵本の題材になるほどだ。

そのサイネン家のご令嬢に俺はあろうことか学食を奢らせ、ヒーロー気取りで助言をするなど、おこがましいにもほどがある行為をしてしまった。

今すぐ『お前調子乗りすぎ、死ね』と言われて首を捻られてもおかしくない。困ってそうだからと見た目だけで判断した自分の愚かさに、今さら呪いたいほど後悔していた。

「どうか……！　どうか、お命だけは……!!」

「こ、殺さないですよ!!」

彼女……改め、ミーネ様は慌てたように否定する。けれど俺が一向に頭を上げないからか、後頭部をがっと掴まれる感覚がしたあと、グキッと音を立てて無理やり持ち上げられる。

「いっ、いたっ！」

「あ！　す、すみません！　力加減がわからなくて……!!」

手はすぐに離されたが、か弱い女の子とは思えない腕力だ。

やはりサイネン家の血筋が入っているのは間違いなく、痛み始めた首を傷つけないためにも俺は渋々顔を下げるのはやめた。

「本当にすみません……サイネン家のご令嬢とは知らず、失礼な態度を取ってしまって……」

「そんな！　あなたはまったく失礼な態度なんて取っていないじゃないですか！」

「いや、でも……」

首をさすりながらへこへこする俺に、彼女は微笑みかける。

「困ってる人を助けるのは素晴らしい行いです。ですから、萎縮した態度を取らないでください！」

彼女はそう言って、紫の瞳を細める。

お互いずっと緊張しながら話していたからか、初めて見る彼女の自然な表情に俺は少し体のこわばりが解けた。

「そ、そうですか……？」

「ええ、そうです！」

本人がいいと言っているのに、ずっとこびへつらうのも嫌な思いをさせるだろう。

じゃあ、普段通り接するか……と考えを改めた矢先、

「それにここでは同じく師に学ぶ学生です。ぜひ、私のことは様などつけずに呼んでください」

彼女は無茶なオーダーをしてきた。

「そ、それはさすがに……！」

「ぜひ、お願いします！」

眼鏡の奥にある紫の瞳に射抜かれる。

先ほどもだけれど、彼女は見た目の印象と違って頑固なところがある。

これと決めたらなにがなんでも貫き通す、意志の強さが芯にあるようだ。

「う、うぅ……わかりました。じゃあ、ミーネさんとお呼びします……」

「はい！　ぜひよろしくお願いします！」

俺が逆らえないと察して諦めると、満面の笑みで返事が返ってきた。

本来ならフェル様と同じ位の相手をさん付けで呼ぶのは怖いけど……まぁ、本人が望んでいるならいいのかな？

「あ、じゃあ、私はあなたをなんてお呼びしたらいいでしょうか？」

「そうでした。俺の自己紹介がまだでしたね。俺はジル・シャルマンと申し……」

「ジル・シャルマンっ⁉」

話の途中でミーネさんは机をバンッと叩いて立ち上がる。

俺は心臓がビクッと跳ね、若干身を引いた。

「え、ええっ⁉　あ、あなたが、あのジル・シャルマンさんなんですか⁉」

「え、ええ……？」

あの、とはなんだろう。えっ、もしかしてまだ出来損ないの噂が残ってるとか？

じゃあ、『あの出来損ないの次男に教えられるなんて、大変な侮辱だわ！』的な感じで首を絞められたり……！

そ、それは嫌だ！　嫌すぎる！

思わずぎゅっと自分の首を守ると、ミーネさんが驚きの発言をした。

「じゃあ、ダルトン公爵様の婚約者で、類稀なる頭脳で国家の危機を救ったという、伝説の……」

「ちょ、ちょっと待ってください‼　な、なんですかそれ⁉」

想像の斜め上をいく内容に相手が侯爵令嬢というのも忘れ、つっこみを入れる。

類稀なる頭脳？　国家を救った？

ていうかそもそも俺はライア様の婚約者じゃないんだけど⁉

「え！　ジル・シャルマンといえば冷酷公爵の心を射止めて、第一王子の大規模密輸入港を摘発した人ですよね？　私、新年度祭《ノイエス・ヤール》も建国記念祭も出席してたんですけど、そのときとは印象が違うような……まさかご本人にお会いできるとは」

彼女に憧れの眼差しを向けられ、俺は目を白黒させる。

「いや、いや、いや、俺そんなすごい人じゃないです！　そりゃ、ライア様とはお付き合いさせてもらってますが、婚約者ではないですし……！」

「えっ、でもお付き合いは結婚前提では……」

「いえ、そういうわけじゃないんです」

好きですとは伝え合ったけど、ライア様とは将来の約束は一度もしていない。結婚の話も出ためしがないし……今はお付き合いしている関係が楽しいって感じだろう。

「はぁ……でもまさかジル様がこんなお優しい人だと思っていませんでした」

ミーネさんは婚約の話はあまり興味がないのか、話を変えて俺の印象を語る。

「え、あ、そうですか……？」

似たようなことをつい最近も言われた。

たしかあれは……そうだ、港建設でカインさんに初めて会ったときも「ジルって聞いてた印象と全然違って、最初見たときは驚いた」と笑いながら言われたんだ。

「ま、まぁ、本物はこんなもんですよ……」

「あ！　いや、悪い意味で言ったんじゃなくて……!!」

俺が自嘲気味に答えたからか、ミーネさんは慌ててフォローを入れる。

「今まで頭脳明晰でライア様の婚約者と聞いていたので、もっと冷たくて怖い人だと思っていたんです……勉強できないやつは人間じゃない、みたいな……だから、こんなにも話しやすい人だとは思っていなくて……」

泣きそうになりながら、彼女はもごもごと応える。

人と話すのに慣れていないから、うまく考えを伝えるのが苦手なのだろう。俺も痛いほど気持ちが理解できたから、同じようにまごつきながら話をした。

「……俺も、サイネン家の方がこんなにも可愛らしい人だとは思っていませんでした。てっきり、もっと厳《いか》つくて、恐ろしい人たちだと……だからお互い様ですね」

ぎこちないけれど、話しやすいと思うのは同感だ。

なんだか彼女とは同じ空気感を感じる。人と話すのが苦手なのも、相手の顔色を窺ってしまうところも。

短時間しか話していなくても人として合うだろうなと思った。

「お互い様、ですか……ジルさんがそう言うなら、そうなのかもしれません」

「ええ、そうですよ」

お互いふふっと笑うと、緊張で張り詰めていた空気がやわらぐ。

結局、俺は彼女を「ミーネさん」と呼び、彼女は俺を「ジルさん」と呼ぶと決めた。

同じ農作漁業学部同士、授業で困ったら協力しましょうと約束もして。

「ジルさんはこのあとどうされるんですか？」

「あ、俺は学内を見て回ろうかと思ってます」

俺の今日の講義は二限で終わりだ。明日からはみっちり授業が入っているけれど、初日の今日は細々とした実習道具などを揃える準備日となっている。

一方四年制のミーネさんは三限があるらしく、「ご一緒できずにすみません」と謝った。

「そんな、謝んなくて大丈夫ですよ」

自分が悪いわけではないのに謝るところも似ているなと思いながら、俺らは学食を出て別々の方向へ歩き出した。


――しかし、数時間後。

「か、完全に迷った……！」

学内の案内図を片手に途方にくれる。

学食を出て購買部で道具を買うまではよかったけど、そこから外に出てカフェテリアの横を曲がったあたりから自分の現在位置がわからない。

どうしよう……カフェテリアまで戻ってテラスに座っている人たちに聞いてみるか？　いやでも、話しかけるのは緊張するしな……

「うう……俺は論文資料館に行きたいだけなのに！」

「あれ？　ジル？　こんなところでなにしてんだ？」

「わっ！　って、あれ？　カインさん!?」

声をかけられ振り向くと、よっと手を上げたカインさんが立っていた。

よ、よかった！　知り合いに会えた……！

もう絶体絶命と思っていたので、つい安堵で泣きそうになる。

俺のうるうるした瞳を察してか、「もしかしていいときに現れた感じ？」とカインさんは笑いながら近づいてきてくれた。

「はい……って、あれ？　カインさんって港建設現場でのお仕事はもう終わったんですか？」

カインさんはたしか領民のお話を聞く係……みたいなお仕事をやってるって言っていた。てっきり兄さんと同じようにずっと向こうにいるものかと思っていたのに。

「いや、終わってないけど俺がいてもできることはないし。それに授業が始まって教授の手伝いもあるから」

「あ、なるほど……」

そっか。兄さんはチャールズ教授に仕えているけど、カインさんは別の教授の下で学んでいるんだ。だからこっちに戻ってこないといけないんだろう。

なるほど、と一人納得していると、カインさんが俺の手に握りしめられた紙を覗き込んでいる。

「で、なんでジルは泣きそうになってたんだ？」

うっ、やっぱり泣きそうなのばれてた……

恥ずかしさで頰をかきつつも、カインさんに事情を話す。

「あっ、俺、短期学生なんで学内案内がなくて……だから一人で見て回ってたんです。今は論文資料館に行こうかなと」

「え？　論文資料館？　なら反対方向だろ」

「えっ」

なんてこった。そりゃあいつまで経っても辿り着かないわけだ。

俺は掲示板に貼ってあった地図を移した紙を広げる。

えーっと、今は反対方向にいるから……こっちが上、かな？

地図をぐるぐる回していると、隣でカインさんが吹き出す。

「ふっ、迷ったんだろ？　なら俺が案内してやるよ」

「えっ！　いや、大丈夫ですよ！　カインさんのお手を煩わせるわけには……」

「いいっていいって。俺も論文資料館に用事があったし」

そう言ってカインさんは俺の持っていた地図を奪うと、「さぁ、こっちだ」と歩き出してしまう。

ああ、申し訳ない……でも地図奪われちゃついていくしかないし……

俺は「すいません」と言いながら、カインさんの背中を追いかけた。


「ここが第四西校舎。研究室と温室があって農作漁業学部の実習はここでやる日が多い。覚えておいて損はないな」

「あ、はい。ありがとうございます」

俺はカインさんが返してくれた地図にメモを取りながら返事をする。

カインさんは論文資料館以外にも学生寮や正門以外の入場門、課題提出窓口など、大学生活で役に立ちそうな場所を教えてくれた。教授の手伝いは大丈夫なのか心配になったけれど、カインさん曰く「大丈夫大丈夫。俺も久しぶりに見て回りたいから」とあしらわれてしまった。

カインさんって……本当に、いい人だ。

俺は尊敬の眼差しでカインさんの横顔を見つめる。

困っている俺に手を差し伸べ、気を遣わせないよう配慮してくれて……俺もこんな素敵な大人の男性になりたい。

そしたらライア様も、もっと俺を頼ってくれるだろうか。今はお世話されているって感じだし……正直、頼りにならないよね……

ならなおのこと、大学で専門知識を学んで頼りになるところを見せなければ！

俺が一人学習意欲を燃やしていると、カインさんが足を止めた。

「やっと着いたな。ここが論文資料館だ」

「あ、ここが……」

カインさんは学生証を守衛さんに見せて中に入る。

俺も慌てて学生証を取り出し、あとに続いた。

王立セネアード大学は、サルタニア王国で一番権威のある学術研究機関だ。施設が王都にあるという点と初めてつくられた大学校という二点の理由以外にも、この論文資料館の存在は大きい。

というのも、ここには百五十年あるサルタニア王国の歴史の中で発表された論文がすべて保存してあるのだ。

しかし、一般開放はされておらず、王立セネアード大学に入学した者しか入れない。ゆえに入学者が絶えず、浪人する人も多いという。

　俺もここの論文資料の豊富さを知って絶対に来たいと思っていた。半期だけの学生でも一度入学できれば卒業後も閲覧できる。ライア様は大学に進学する余裕がないけれど、俺が論文探しをできるようになれば、公爵家のためにもなると思ったしね。

「論文の探し方はいろいろあるんだけど、基本は学問ごとにまとまってる。たとえば農作漁業系だと二階の棚かな」

　論文資料館は入ってすぐに大きな館内図が貼られている。

　カインさんはそれを見たあと、受付の人からランプを受け取って階段を登った。

「ここ……窓がないんですね」

「ああ。紙の資料にとって陽の光は天敵だ。ちなみにこのランプも室内に置いてあるランプも、倒れたらすぐ消えるようになってる」

「そっか。火事になったら大変ですもんね」

　二階に辿り着き、扉を開ける。中もランプのかすかな光しかなく、ぎりぎり字が読めるか読めないかといった様子だった。

「論文は館外には持ち出せないが、一階の閲覧室で広げて見られる。だからまとめて資料を取ってきて、一階で作業するのがいい。そこなら明るいし。でも試験前とか論文発表会の前は混むから気をつけろよ」

「わかりました」

暗がりを歩きつつ、農作漁業系の棚を目指す。途中、カインさんのランプに照らされた名前に俺の歩みが止まった。

「ん？　どうしたの？」

「これ、全部兄さんの……ウェスの論文ですか？」

すっと指で撫でた背表紙には『沿岸都市の構造的特徴による地質研究――ウェス・シャルマン』と書かれている。隣にもウェス・シャルマンと書かれており、見えている限りでも三本以上は論文を出しているようだった。

「……ああ。そうだ」

カインさんの落ちた声音を不思議に思いつつ、一冊取り出してめくってみる。

建築系の基礎知識がない俺には難しい単語ばかりが書かれているが、新港建設現場で教えてもらった内容もあって、少しだけ理解できた。

さすが、兄さんだ……

ぱらぱらとめくりながら、ここにはいない兄さんの姿を思い浮かべる。

普通の四年制の学生は、四年かけて一本の卒業論文を出す。大学院生はまた別だけれど、でも兄さんは学部生で三冊も出していて……かなり努力しないといけないはずだ。

領地運営に加えて密輸入港までつくり、その上論文まで……

実の兄ながら、恐ろしい。

敵に回したら厄介だけれど、今は改心して公爵家側にいてくれてよかった。

改めて兄さんのすごさを実感していると、カインさんが「……ずるいよな」とつぶやいた。

「えっ」

俺は論文に集中しすぎて聞き間違いをしたのかと思った。顔を上げて、カインさんを見つめる。

けれどランプに照らされたカインさんの瞳に、冗談の色は灯っていなかった。

「ウェスは大罪を犯したのに、論文のおかげで恩赦を受けられるなんて。この論文も貴族の身分があったから出せたようなもんだ」

「………」

カインさんの冷たい声音に、俺は口を開いて、閉じて……結局なにも言わなかった。

なにを言えばいいのか、わからなかった。

「ジルもそう思わないか？　ずるいなって。過酷な労役だけで済むなんて、ふざけてる」

「………」

でも、兄さんは学内で恩赦を集めるほどの努力をしてた。

でも、兄さんは自分の過ちを認めて、罪を償っている。

でも、兄さんは……

「……そう、ですね」

……わかってる。どれも身内の贔屓だって。世間からしたらカインさんのように感じる人が大半で、実際に兄さんを知らない人は不公平だと思っているだろう。

だから俺は反論できないし、そもそも他人に自分の意見をぶつけるほど強い性格をしていない。

己の本心を隠して穏便に済むのなら、楽なほうを選んでしまうのはいけないことなのだろうか。

「やっぱり！　ジルも同じように思うよな？」

「えっ！　あ、えっーと……」

俺の同意が嬉しかったのか、カインさんはランプを持っていない手で俺の肩を強く掴む。

おかげで余計に本音が奥へと隠れ、閉口した。

うぅ……こういうとき、社交的な人は相手を傷つけずにうまく自分の意思を伝えられるんだろうか？　でも二十年近く引きこもっていた俺には難しい。

なんて答えようかぐるぐる考えている間に、カインさんは一方的に納得してしまったようだ。

「ジルは貴族に虐げられていたから、気持ちがわかると思ったんだよ。せっかく摘発したのにあんな軽い贖罪《しょくざい》で済んで、信じられないよな？」

「えっ！　あっ、えーっと……は、ははっ……あっ！　そういえばカインさんの論文って、ど、どこなんですか？」

これ以上兄さんに関して誤解を与えたくなくて強引に話を変える。

が、途端にランプに照らされたカインさんの顔が暗く沈んだ。

「その……俺はまだ、一本しか出せていないんだ」

「えっ？」

一本って……じゃあ学士から院生に上がるときに出した卒業論文のみだけなのだろうか？　それでは院生を二年もやっているのに少なすぎる。普通は三本ぐらい出さないとおかしいのに……

もしかして、大きな研究テーマでもあるのだろうか？

うーん？　と悩んでいる俺を察して、カインさんが口を開く。

「俺は平民だから」

「……えっ？」

「俺は豪商の息子でも、貴族じゃない。だから論文を出しても認められないんだ」

「あ、へぇ……」

悲嘆に暮れた様子のカインさんに、俺はまたしても本心を呑み込む。

たしかにカインさんの言う通り、サルタニア王国には身分制度が存在する。しかし身分は政治的役割が大きく、学問の世界ではあまり関係ない。

プリンシア学園もそうだけれど、一度入学してしまえば身分関係なく学生は皆教えを乞う側だ。だから師である先生や教授も、学生相手には「さん」や「くん」付けで呼んでいる。

あのアル様だって、学園では「アルくん」と呼ばれていたし……

けどお金のある貴族のほうが、研究に打ち込む余裕があるのは事実だ。勉強する環境も整っているわけだし、平民と貴族がまったく平等というわけではない。

けれどカインさんはエリオット商会のご子息だ。下手したら俺の実家よりお金があるだろう。論文に打ち込む金銭的余裕もあったはず……

「それは……残念ですね」

でもまだ俺は入学して一日目だ。俺にはわからないけど学問の世界にも身分差別があるのかも……

だから疑問は心の内にしまって、カインさんに同情するように頷いた。

「そうなんだよ……いくら頑張っても認めてもらえなくて。周りは『そんなはずないよ』って返すだけなんだけど、貴族に冷遇されていたジルなら、きっとこの気持ちをわかってくれると思ったんだ」

ランプに照らされた笑みに申し訳なさが増す。

一応同意したけれど、本心から同じように思っているわけではなくて……

なぜかふと、妹のリリーを思い出す。

彼女と話すときもなんて言えば傷つかないかなって考えながら話していた。

馬鹿ってはっきり言ったら泣いちゃうだろうし……褒めすぎると調子に乗るし……

カインさんとの会話もすごく似ている。完全な同意は本意じゃないし、反論すると関係が悪くなる。

カインさんはリリーと違って話の通じる人だけど、気の遣い方にやりにくさを感じた。

「よかった。ジルとは仲良くやれそうだ」

「ははっ……嬉しいです。俺も」

でもそんな失礼な話をできるわけもなく、変なつくり笑いで誤魔化す。

カインさんは俺のおかしな表情に気づかなかったのか、「これからもよろしくな」と言って農作漁業系の論文棚へ歩き出した。

「あっ、はい」

……もっとうまく人と関われるようになりたいな。

人間関係から逃げてきた代償がこんなところで現れるとは思っていなくて、俺はしょんぼりと眉尻を下げた。


論文資料館の使い方を熟知し、講義場所も迷わず行けるようになったのは、大学に入って二週間ほど経ったころだった。

毎日講義についていくのに必死だったけれど、どの講義も面白く、本だけでは知り得ない知識をいっぱい吸収できて楽しい。

ああ……半期しか受けられないのがもったいない！　と思うほど通うのが楽しくて、俺は今日も朝から大学に入り浸っていた。

「ジルさん、お待たせしました！」

「いえいえ、全然大丈夫ですよ」

二限が終わり、俺はカフェテリアのテラス席でミーネさんを迎える。

彼女の手にはいつものごとく、紅茶のカップがふたつ載ったお盆が握られていた。

「すみません、やっぱり今日も授業がわからなくて……」

「いえっ！　俺も四年制の授業を聞けて嬉しいですよ。公爵家の役に立ちそうな内容ですし！」

このやり取りは何度も繰り返されてきたのに、毎回彼女は申し訳なさそうにする。

そこも俺と似ているなぁ～と思いつつ、席に座ったミーネさんから紅茶を受け取った。

この紅茶は勉強代として毎度いただいているものだ。というのもミーネさんは勉強が苦手のようで……正確には苦手というより、まだ大学の専門的な話についていけるほど学力が備わっていないようだった。

話を聞くと今まで学校にも通っておらず、屋敷に来る家庭教師に教わっていたらしい。大学もギリギリで合格したと言っていた。

「うう……いつもご迷惑をおかけしてすみません」

「いえいえ、ちょっと勉強すればすぐに追いつきますよ！」

俺はお世辞抜きにミーネさんを励ます。知らない物事が多いだけで、一回学んだ内容は忘れないし、地頭はいいのだろう。壊滅的にお馬鹿な妹を持つ身としては、断然ミーネさんのほうが教え甲斐があるってもんだ。

「そうでしょうか……」

「ええ！　ミーネさんがご実家の救世主になる日も近いですよ！」

俺はミーネさんが以前言っていた、大学に入学した目的を話して鼓舞する。

今もサイネン家は武力に頼り切りらしく、南東に領地を持ちながらもまともな運営はしていないらしい。

サイネン家に任されている領地には広大な砂浜があり、国防の観点からも東の大国に攻め込まれやすい。だからサイネン家が置かれているのだが、武功で財を為せたのもずいぶん前だ。途中小さないざこざはあっても、今は平和な時代。ミーネさんは軍事力以外で家を維持できるようになることが必要だと考えたのだ。

けれどミーネさんの考えは家では理解されないらしい。勉強よりも鍛錬をしろと言われ、学校にも行かせてもらえなかった。

なんて可哀想なミーネさん……！

実家からよく思われてないところも俺と似ていて、ますます親近感が湧いた。

「きゅ、救世主だなんて……ちょっと言い過ぎですよジルさん！」

頬をぽっと赤くさせたミーネさんは、照れ隠しをするように俺の左肩をバンバン叩く。

あははっと一応俺も笑っておくが本当に痛い。肩が外れそう。

「ミ、ミーネさん、もうそろそろ肩が……」

「あ！　す、すみません!!」

強烈な打撃がやむ。俺は肩を労わりながら大丈夫ですよと返した。

「おいおいジル……今のは大丈夫じゃないだろ？」

「あっ、カインさん！」

後ろから声をかけられたので振り向くと、カインさんが困った顔で立っている。

手には紙袋を持っており、カフェテリアで昼食を買ったのかな？　と推測した。

「ここに座ってもいいか？　どこも空いてなくてさ」

「どうぞ、どうぞ」

カインさんは俺の左隣に座り、紙袋をテーブルに置くとミーネさんをぎろりと睨んだ。

「ミーネ、力加減考えないとだめだろ？　あと、また実験器具壊したんだって？　知り合いから聞いたぞ」

「う、うう……すみません」

俺はハラハラしながら二人のやり取りを見ていたが、カインさんはすぐに顔を明るくして「ま、反省しているならいいさ」と言って紙袋からサンドイッチを取り出した。

カインさんは論文資料館で少し気まずい感じになってしまったが、あれ以降は会話に困ることもないし、ミーネさんともすぐに仲良くなった。

元から人とお話するのが上手なようだし、羨ましい限りだ。今だって、ミーネさんに注意しつつも嫌な空気を残さずにいてくれるし。

すごい対人能力。羨ましい……とカインさんを見ていたら、「ジル、やっぱり肩痛むのか？」と心配されてしまった。

「えっ!?　いや、大丈夫ですよ！」

「本当か？　最近落ち込んでいるっていうか、ぼーっとしてるときも多いし」

「あ、私も思ってました……大丈夫ですか？」

まさか二人にまで心配されていたなんて。どれだけ顔に出やすいんだ……と反省しつつ、「なんでもないですよ」と笑顔を返した。

「……ふーん。まぁ、それならいいけど。でも後で冷やしたほうがいい。公爵様も心配するだろう？」

カインさんがサンドイッチをテーブルに置き、俺の左肩を触る。軽く痛みを確認するように揉まれたが、特になにも感じなかった。

「……そうですね」

公爵様、という単語にわずかに声がしぼむ。

しかし、また沈んだ顔をして二人を心配させてはいけないと気づき、「あ、話変わりますけど、さっき優しい人からお菓子もらって……」と無理やり話の方向を曲げた。

「お菓子、ですか？」

「はい！　ミーネさんが来る前にテラスで席を取ってたら女の人二人に話しかけられて、課題がわからないからって言われて簡単に教えてあげたんです」

俺は鞄から一枚、大きめのクッキーの包みを取り出す。

「おい、ジル女の人って……」

「あ、でもミーネさんが来たらどこか行っちゃったんですよね。一緒に勉強できたらなって思ったんですけど……『ほかに女いるならいいや～』って」

なんだったんだろう？　でもちょっと教えただけでお菓子くれるなんて優しいお姉様たちだ。

俺がクッキーをどう三等分しようか迷っている間に、右側から手が飛んできた。

「ジルさん、これは私とカインさんでいただきます」

「そうだな。ジルには公爵様がいるだろう？　だめだぞ、ほかの人からお菓子なんてもらっちゃ」

「えっ、えっ？　どう言うことですか？」
と戸惑っている間にクッキーはミーネさんの手によって綺麗に半分に割られてしまった。

「まったくもう、ジルさんって鈍感すぎです！　その女の人たちはきっとジルさんを狙って声をかけてきたんですよ？」

「狙って……？」

「狙って、ていうのは鹿撃ちとかじゃないぞ。恋人とか彼氏とか、そっちの意味な。んっ、うまいなこのクッキー」

ミーネさんが『そこまで言わないとわかんないんですか……？』という呆れ顔をこちらに向けてくるが、カインさんに説明されるまで本当にわからなかった。

いや、でも二人は実際の場面を見ていないから『狙ってる』とか思うんだ。だって真剣に困ってたみたいだったし、まずなんで俺なんかを狙うんだ？

ライア様ほどかっこよくなければ、身なりがいいわけでもない。頭はまずまずかもしれないけど、そんなの見た目じゃわかんないしなぁ……

「うーん、俺はやっぱりただ困っていた人だと思うんですよね……」

「ジルさんったら……」

「まあまあ、どうせジルには公爵様しか目に入っていないさ」

「それはそうですね」

二人はなぜかそれで納得したのか、うんうんと頷きあって俺のもらったクッキーを食べる。

「えっ!?　俺、いつもライア様のことを考えているわけじゃ……！」

「いやいや、考えてるだろ」

「ジルさんってすぐ顔に出ますから、ライア様以外眼中にないのバレバレです」

ははっ、と笑い合う二人に俺は恥ずかしさからか、焦りからか変な汗が出る。

「いや、そんな！」

「そんなだよ。なぁ、このクッキー本当にうまいな。市街地で売っている有名店よりうまい」

「そうなんですか？　さすがカインさん、エリオット商会のご子息なだけあって、市街地の流行に詳しいですね～」

「まぁな。たまに遊びに行くし。でも商会で働くなんて地獄だぞ～俺の兄貴なんて寝る暇もなさそうだし」

「え、そうなんですか？」

「そうそう。労働は地獄だ」

「ちょ、ちょっと！　話を逸らさないでくださいよ！」

俺の抗議を無視して、二人は市街地の流行と商会の話に花を咲かせる。

そんな、ばれてたなんて。じゃあライア様にも俺の感情は筒抜けだったのか……!?

あわわ……！　と今さら慌てても仕方ない。

普段だったら家に帰ればすぐライア様に聞けるけど、今は……そうもいかない。

だって、ライア様には会えていないから。俺が大学に入学してから、ずっと……

「ただ今戻りました」

「ジル様、おかえりなさいませ」

夕方になり公爵邸に辿り着くと、いつものようにセバスさんが出迎えてくれた。

手には一枚の封筒が握られており、俺は笑顔で受け取る。

ライア様は港建設にだいぶ手間取っているらしく、一週間で帰ってくると言っていたのが、三日延び、十日延び、とうとう三週間を迎える。

会えない代わりにライア様からは毎日のように手紙が届く。内容はライア様の近況よりも俺に関するものばかりで「大学は楽しいか？」「ちゃんと食事を取っているか？」「一人で寂しくないか？」などなど……

正直、直接会っていたころよりもライア様の愛を感じられて嬉しくもあった。

「ふふ、今日はなんだろう」

自室に戻り、立ったまますぐにライア様の手紙を読む。

読みやすい文章に綺麗な字。なのに便箋の折り目が斜めになっていて、なんともライア様らしい。

「会いたいな……」

最後まで目を通して、ぽろっと心の声が漏れる。

手紙には、漁業組合の組合長が一向に反対運動を取り下げないことや日に日に出勤する従業員が減っていっているなど、わずかばかりだが愚痴も書いてあった。

滅多に弱音を吐かないのに。珍しく参ってるみたいだ。

俺は一度手紙で「なにか手伝えませんか？」と書いてみたけれど「公爵家の仕事はセバスに指示を出しているから問題ない。ジルは大学生活を楽しんでくれ」と返されて、それ以上は聞けていない。

できれば今すぐライア様の元へ行って支えてあげたい。

困っているなら手を差し伸べたいし、頼られたい。

けれど手紙で「大学生活を楽しんでくれ」と書かれてしまうと、俺にはどうしようもできなかった。ライア様の望みであるならなおのこと。

「はぁ……難しいなぁ……」

手紙のいいところはあとにもずっと残るところだけど、文字だけだと微妙なニュアンスがわからないのがもどかしい。

本当に俺に大学で楽しんでほしいと思っているのかな？　意外と本音は助けてほしかったりして……

考えても出ない結論に、思考がぐるぐるする。

……ああ、早く帰ってきてくれないかなぁ。

………会いたいなぁ。

そしたら直接、どんな感じで言っているのかわかるのに。

「いやいや……！　ライア様は忙しいんだ。会いたいなんて言ったら絶対めんどうくさがられる！」

俺は頭を振ってわがままな思考を飛ばし、椅子に腰かける。

今から返事を書かないと明日には届かないだろう。鞄からペンと紙を取り出し、書き出しを考える。

「えっと……俺は友達と楽しくやってます……あと、……」

とりあえず、大学では楽しくやっていること、仲のいい友達に勉強を教えていること、あとはカインさんにいろいろと優しくしてもらっていることなど……

ライア様の質問に答える形で書き進めていく。

あんまり長く書いても仕事の邪魔になるだろうし、なるべく簡潔に済ませ「俺は楽しくやっていますので、こちらは気にせず、お仕事頑張ってください」と締め括った。

よし、これでライア様に心労をかけずに済むだろう。俺一人でもちゃんとやっているとわかれば、安心してお仕事に取り組めるはず。

……でも本当はすごく寂しい。『会いたいです』って書いて、困らせたい気持ちもある。

「って、な、なに考えているんだ！　そんなの迷惑すぎ！」

と手紙を折りたたもうとして、紙を押さえていた手に違和感を感じる。動かすと、肩から鈍い痛みが広がった。

――『後で冷やしたほうがいい。公爵様も心配するだろう？』

「あ、すっかり忘れてた……」

カインさんの言葉を思い出し、左肩を軽く持ち上げる。日常生活に支障が出るほどひどくはないが、時間が経って痛みが出てきたようだ。

「…………」

そういえば、まだ追伸を書いてなかったな……

寂しい気持ちと会いたい熱情が混ざって邪《よこしま》な感情が芽生える。

ほとんど無意識にペンを取り、追伸をさらさらっと書いた。

「……いや、やっぱりやめよう……」

手紙を丸めて捨てようと思ったが、運悪く扉がノックされる。

「ジル様、夕食の準備が整いました。お手紙があれば、今もらいますが……」

「えっ！　あ、はい！」

ナティさんの夕食の知らせに慌てて立ち上がる。

結局手紙を書き直す時間なんてなく、俺はそのまま便箋を封筒に入れてライア様宛に送った。

正直書くんじゃなかった……と後悔はしている。

けれど少し、ほんの少し……俺を心配して悩んでくれたらいいな、とは思ってしまった。

ライアの苦心

「くそっ！　すごく楽しそうじゃないか……！」

新港建設現場の仮設テントの中で届いた手紙を読みながら、怒りとも焦りともいえない感情が湧き起こり、手が震えた。

差出人はあの愛しいジルなのに。でも内容が嫌になるほど楽しそうな大学生活の話ばかりで、思わずテーブルに手をついた。

「いや、ジルが楽しそうなのはいいじゃないか。うん、そうだ。いいことだ……」

なんとか口に出して心を静めようとするが、ほかの件で積もりに積もった小さな苛立ちは簡単には大人しくならない。

「くそっ、大体この友達とは誰なんだ……！」

まだカインはいい。顔を知っているし、公爵家の人間に手を出すほど馬鹿ではないだろう。

しかしこの友達は謎に満ちている。ジルは私に詳細を教えたくないのか、はたまた書く時間的な余裕がないのか、いつも小さな便箋二枚程度の簡潔な手紙しか返ってこないので、余計に心がもやもやした。

「でも、カインもな……」

一枚目の半分を過ぎたあたりで読み進める気力がなくなり、テーブルに置かれた紙に視線をやる。ちょうど『カインさんもいろいろと優しくしてくれて』という部分が目に入り、頭が痛くなった。

ジル、いろいろってなんだ……！　授業か？　課題か？　それとも私的な……

「いやいや、ジルに限ってそんなはずは……」

疑いだしたらきりがない。しかしジルがカインに心惹かれない確証もない。

なぜなら私がジルにしていた行為と同じだから。

困っているジルに寄り添い、授業を手助け、優しく接する……

ジルが私を好きになったのは、ジルにとって私が初めて愛を持って接した人間だからだろう。卵から孵《かえ》った雛が最初に見たものを母だと思うのと同じだ。

反対に、私以外に優しく支えてくれる誰かの存在をジルが知ったとき……私は、ジルが自分を好きで居続けてくれる自信がない。

「はぁ……」

なら、ずっと公爵邸に閉じ込めておこうか。

私以外知らずに、狭い世界で私だけに微笑んでいればいい。どこにも行かないように、手元から離れないように。

再び愛しい人を失うぐらいなら——九年前のような絶望を感じるなら——それぐらいの罪は容易に背負えてしまう自分がいる。

「だめだ……そんなのジルを軟禁していたシャルマン子爵と同じだ」

まだわずかに残っていた理性で、己の真っ暗な醜い感情を押し込める。

冷静になれ。現実を見ろ。今は仕事が手いっぱいで、余裕がないだけだ。

ぎゅっと目を瞑り自身へ語りかける。

しかしジルの手紙の内容が頭の中でこだまし、やるせない感情が襲ってきた。

「ああ……ジル、こんなに会いたいと思うのは私だけか？」

長く息を吐き、再度手紙へ視線をやる。ぱっと見ただけでも手紙には『寂しい』も『会いたい』もなくて、ただただ楽しい日々の出来事が色鮮やかに書かれていた。

――まるで私がいなくても大丈夫だと突き付けられているようだ。

「ジル……」

先ほどは手を震わすほどの苛立ちが募っていたのに、今は息を殺したように冷めている。代わりに胸の内を占めるのは、どうしようもない虚しさだった。

会えないせいで情緒が大きく揺れ動くのも、些細な手紙の一文で一喜一憂するのも、自分だけ。己の中ではジルの存在が大きいのに、ジルの中の私はそうでもない。

「仕方ないのだが……」

頭では理解できていても心は納得いかない。自分と同じくらい、ジルに想ってもらいたい。私が抱えている愛と同等の重さを、ジルにも持ってもらいたい。

「……傲慢だな」

ふっと自嘲気味に鼻で笑う。

なにも解決しない笑みだったが、なにもしないよりかはましに思えた。

「ライア様、ウェスです。入ってもよろしいでしょうか？」

「……ああ、大丈夫だ」

机についていた手を離し、上体を起こす。

一度深呼吸をし気持ちを切り替えてから返事をしたつもりだったが、察しのいいウェスは困ったように渋い顔をしていた。

「ライア様、最近ちゃんと寝られていますか？　もし体調が悪いのであれば……」

「いや、大丈夫だ。なにかあったのか？　またダンがなにか言ってきたか」

ウェスの顔には心配の気配が拭えていなかったがそれ以上言及するわけでもなく、仕事の話に話題を変える。

「……ええ、今度は資材運搬の道を塞いでいるようです。ほかにも漁業の影響が出るからと領民を味方につけたようで……建設の排斥《はいせき》運動が激化しています」

「はぁ……何度説明したら気が済むんだ……」

ジルに関して悩んでいるのも、些細な手紙の内容で苛立つのも、すべては抗議運動が解決の兆しが見えないせいだ。

領民には何度も説明と理解を求める文書を提示している。しかしそんな文字より地元の有力者であるダンの言葉に説得力があるのか、領民の運動は激化していく一方だった。

「ダンも話の通じない人ではないんですが、今回は盲目的に港建設を怖がっているようです……申し訳ございません、僕にもっと領民との繋がりがあればよかったのですが……」

ウェスだけが悪いわけではないのに、まるで自分の罪かのように謝るので手だけで制す。

喋り方も見た目もあまり似ていない兄弟だが、自責の念が強いのだけはそっくりだ。あと髪色も。

つい、ウェスを見るとジルの柔い癖毛を思い出す。本人は好きではないようだが、あのふわふわの髪を指に通すときの気持ちよさといったら、何事にも代えがたい。

ああ、またジルについて考えている。

無理やり現実に思考を戻し、ウェスに「報告は以上か？」と返した。

「いえ、先ほどこちらを見つけたので、ライア様にお見せしようと」

「これは？」

「領民が持っていたものです。ダンから渡された文書と言って、訴えてきたのです」

ウェスがテーブルに一枚の紙を置く。そこには大きく『新港建設・領民に不利益か!?』と見出しが書かれており、題目だけで眉間にしわが寄るのがわかった。

しかも最悪なことに……

「意外と内容がしっかりしているな」

「ええ、そうなんです」

ウェスの苦い声音に、状況が悪化していると悟る。

見出しだけでなくあとに続く本文に目を通すと数値や根拠がしっかりと書かれていて、一目で最低限の教養がある人物が書いたとわかった。

「だが、この図はいささか都合がよすぎるな」

「ほかにもここ、推論の域を出ていないのに、まるで事実かのように書いているんです」

ウェスの指摘した箇所は、たしかに学術資料としては信憑性に欠ける表記だった。

「しかし、領民はこれが事実だと信じ込んでいる」

「ええ」

資料から顔を上げ、お互い目を見合わせる。

「……まさか資料をつくってまで反対するとはな」

「ここまでくると、ダンは本格的に新港建設を潰す気でしょう」

はぁ……と二人して嫌なため息が出る。

こちらが書面を出しても領民が納得しない理由はきっとこの文書のせいだろう。

まだまだ終わりの見えない領民との戦いに嫌気がさす。

「……にしてもこんなに本格的な資料をダンが作れるとは思いませんでした」

「たしかにな。漁港組合の組合長ともなれば学識も必要か……？」

「かもしれませんね」

想像よりも強情に反対するダンに、『時間が解決する』という当初の目論見は大外れした。次の新たな一手を考えないと、来月中に家に帰れるかも怪しくなる。

「街道のほうは順調なんだがな……」

「王都とここを結ぶ街道ですよね？　かなり進んでいるんですか？」

「ああ。まだ整備には数か月かかるが、あと一か月ほどで繋がりはする予定だ」

まだ馬車が行き違えるほど整ってはいないが、馬が通れる程度には整ってきた。街道の予定地には川が二本あるだけで、ほかに山や沼地などの難所がなかったのがいい。

ま、交通の便も考えてこの地に目をつけたというのもあるのだが。

「すごいですね。じゃああとは新港ができれば……」

「だな。とりあえず来年までには大型船を一隻泊められるようにしたいが……」

この調子だと元の予定も難しくなってくる。数年掛の一大事業とはいえ、まさかこんな初歩でつまずくとは。

「ダンに関してはチャールズ教授にも相談して、なにか策がないか考えます」

「ああ、よろしく頼む。あと、チャールズ教授を通してカインに助言を頼みたい」

「カイン、ですか？」

そうか、ウェスは知らないのかと気づき簡潔に説明する。

「……なるほど、エリオット商会の息子さんがご協力されていたんですね」

「ああ。私から直接頼むより、教授を通してのほうが筋が通ると思ってな」

私から頼んでもいいのかもしれないが……まぁ、教授を通したほうがいいだろう。それにジルの手紙の内容もあって、カインにわずかな嫉妬心がある。直接頼むのは少しだけ癪に障った。

ウェスは特に気にした様子もなく「かしこまりました」と返す。

とりあえずその場ではいい案が思いつかなそうなので、ウェスとの会議をお開きにするためにも、テーブルの資料を手に取った。そのとき「あっ」とウェスが声を漏らす。

「これ、弟からの手紙ですか？」

「……ああ」

テーブルの端に投げ出していたのをすっかり忘れていた。

内容がわからないよう隠そうとして……別に見られても問題ないか、と思い直す。

なんせ大学が楽しいとしか書いていないのだから。愛の囁きや恥ずかしい中身なんてない。

けれどウェスはじろじろ見ずにさっと顔を上げた。

「弟はどうですか？　大学に行ったと聞きましたが」

「そうだ。私がいなくても、ずいぶん楽しそうにしている」

込めるつもりのなかった嫉妬心まで入ってしまい、自分で言っていてげんなりする。

大人げない。でも嫌なものは嫌だ。

あまりにも子供じみた自分の感情に思わず顔をしかめると、ウェスが「ジルらしい」と笑った。

「え？」

聞こえたきた言葉の意味がわからず問い返す。

するとなぜかウェスは自信満々な笑みをつくった。

「きっとジルはそんなふうに思っていないですよ。僕もジルも甘えるのが下手ですから。よくわかります」

「…………」

いまいちウェスの言った内容が理解できずに首を傾げる。

ジルが……甘えるのが下手……

でも言われてみればジルに「ああしてほしい」「こうしてほしい」とねだられた記憶がほとんどない。

いつも照れたように笑うばかりで、本当はもっと自分にしてほしいことがあるのだろうか……

「ライア様、こちらは膠着《こうちゃく》状態ですし、一度王都に帰られては？」

「はっ？」

ウェスの提案に目を見開く。

「二、三日なら僕とチャールズ教授で対応できます。もしなにかあったら速達も出しますし、一度弟と直接話されては？」

ウェスの柔らかな笑みに、言葉がつまる。

……ジルはすごいな。

心の中で、愛しい彼に尊敬の念を送る。

もしジルがいなかったら、私はウェスの死刑に間違いなく頷いていただろう。ジルがウェスの本質に気づいて必死に止めてくれたから、今こうして助けられている。

ああ、やはり会いたい。ジルに直接『すごいな』と褒めたい。

けれどそれと同じくらい、公爵として目の前の難事から逃げてはいけないと感じる。よほどの一大事でなければ、今の仕事をやり遂げてから心置きなくジルを愛でたい。

「ウェス、提案は大変ありがたいが私はまだやるべき仕事がある」

そう言ってジルからの手紙を手に取る。わずかだが本来の自分を取り戻した今なら全文を読める気がした。

が、しかし――

「はっ!?　はぁっ!?」

「ラ、ライア様？　いかがされ……」

「すまない、ウェス！　やはり一旦帰らせてくれっ！」

たった今、よほどの一大事が手紙の中で起きた。

『友達と遊んでいたらちょっとだけ怪我をしてしまいました。でも心配には及びません』

追伸に書かれたジルの字は、ほかの字よりも少しだけ粗雑に書かれている気がした。


「ジル様、今日の夕方ライア様が急遽こちらにご帰宅されるそうです！」

「ゴホッ！　えっ⁉　今日の夕方⁉」

秋も深まってきたある日の朝。

食堂で出された朝食を口に運んでいると、ナティさんが速達の手紙を持って部屋に入ってきた。

渡された手紙を急いで開けると、崩れたライア様の字で『怪我は大丈夫か？　今日の夕方家に戻る。その怪我をさせた友達とやらを呼んでくれ。しっかりと話がしたい』と書かれていた。

「ナ、ナティさん、これって……」

「ええ……」

二人して顔を見合わせる。

「ライア様、俺を心配してミーネさんにめちゃめちゃキレてますよねっ⁉」

「そうですね。最悪話だけじゃ終わらず、手が出るかもしれません」

うわぁ！　どうしよう‼

会えるのが嬉しいより、大した怪我じゃないのに心配をかけてすみません、が勝る。

ちょっと気にかけてくれたらいいなぁ……程度だったのに！

やっぱり手紙だとうまく伝わらない。

本当どうしよう……まずミーネさんになんて言う？　俺が過剰に言ってしまったからライア様が怒ってるって説明する？　でもそんなのミーネさんに迷惑でしかないよ！

「ど、どうしましょう、ナティさん！　俺、ライア様が女の子を殴る姿なんて見たくないです！」

「落ち着いてください、ジル様。とりあえず今はもう出られないと大学に間に合いません」

「はっ！」

時刻を見るとかなりギリギリだ。俺は慌てて手紙をポケットにしまう。

「念のため私たちで来客用のご用意をしておきます。もしライア様が早く帰られたら、ふんわりとミーネ様のお話をしておきますので」

「ありがとうございます！」

ああ、どうしよう！　なんてミーネさんに言おう！　でもとりあえず今は馬車に乗らなきゃ!!

俺はまとまらない思考を抱えて、慌てて食堂を出た。


「ええっ!?　い、一大事じゃないですか!?」

二限が終わった昼休みのカフェテリアにミーネさんの高い声が響く。

「ほんと、すみません……」

俺は周りの目を気にせず頭を下げ続けた。

結局大学に行くまでの馬車でいい案が思い浮かばず、一限の教室で手紙と睨めっこしていたらうっかりミーネさんに見つかってしまったのだ。

『怪我ってもしかして私のせいで……！』とミーネさんが言うので、仕方なくすべて正直に話すしかなくなった。

「いや、私が怪我をさせたから……！」

「いやいや、俺が手紙に書かなければよかったわけで……！」

お互い頭をぺこぺこと下げる。

ミーネさんは必死に謝ってくれるけど、俺の邪《よこしま》な気持ちがなければこんなことにはならなかった。

うう……なんで書いたんだ俺！　あまりにも寂しい気持ちが先行しすぎだ！　ライア様がミーネさんに詰め寄るところなんて見たくないのに！

「ライア様、今日の夕方帰られるんですよね。幸いにも私はこのあと授業がありませんし、ちょっと準備してから伺います」

「えっ！　いや、ミーネさん大丈夫ですよ！　俺がライア様に言って誤解を解けば……」

「ジルさん。怪我をさせたのは事実じゃないですか！　それに一度しっかりご挨拶したいと思っていたんです。だから今日、伺います」

ふんっ、と鼻息荒く立ち上がるミーネさんに俺はなにも言えなくなる。

ミーネさんは一度決めたら簡単には意思を変えない。申し訳ない気持ちでいっぱいだったが、実際に会ったほうがライア様も安心するのはたしかだ。だから強くは止められなくて……

最終的にはお互い夕方に公爵邸で落ち合う約束をし、ミーネさんは一度学内にある女子学生寮へ戻っていった。

俺は半期学生なので午後も授業があったが、終わりのチャイムと同時に教室を飛び出し、急いで公爵邸に帰る。

だが残念なことにライア様はまだ公爵邸には辿り着いておらず、俺はやきもきしながらナティさんと一緒にサンルームで二人が来る準備をした。


――そして、数時間が経過し……


「あ、わ、私ミーネ・サイネンと申します。い、いつも、ジルさんには、お、お世話になって……」

「ふんっ、だろうな。私はライア・ダルトン。君の話はジルからよく聞いてる」

「あ、さ、さようですか……」

「……」

「……」

……以降、沈黙。

えーっと、今日ってお通夜かな……？

俺は三人の間に漂う気まずすぎる空気に耐えきれず、紅茶をがぶ飲みした。

ミーネさんはライア様より数分早く公爵邸に到着した。分厚い眼鏡はそのままだったが、髪は後ろで可愛らしくまとめており、服装も清楚なワンピースに変わっている。わざわざ手間暇かけて準備してくれたのが目に見えてわかる格好だった。

しかもこの短時間でどう用意したのかわからないが、ちゃんと菓子折りも持ってきてくれた。

早速、サンルームに置かれた白い丸テーブルの上に、ミーネさんに持ってきてもらったスコーンを追加していたら、ちょうどライア様が帰ってきたのだ。

久しぶりに会うライア様はかなりやつれて見えて内心びっくりした。

が、そんな心配をする暇もなく、開口一番「ジル！　大丈夫か!?」と必死の形相をしたライア様に両手で頬を挟まれ、「ち、違うんでしゅ！」と弁明することになった。

その後、どうにかこうにか事情を話して納得してもらい、三人でお茶会を始めるべく、白い丸テーブルに着くまではよかったのだが……

ライア様のミーネさんを射殺さんばかりの目線は変わらず、お互い挨拶をしても一触即発の空気感は薄れない。

「あ、あの、ライア様。ミーネさんは……」

左から感じるライア様の殺気に向けて再度弁明しようと声をかける。

けれど先にミーネさんが立ち上がって頭を下げた。

「ライア様、このたびはジルさんにお怪我をさせてしまい、申し訳ございません」

突然の謝罪に、俺のほうが慌ててしまう。

たしかに怪我をさせたのはミーネさんかもしれないけど、怪我っていうほどひどくなかったし、俺が手紙に書かなければよかったわけで……

右と左を交互に見ながらこの場を丸く収める方法を考える。しかし俺が妙案を思いつく前に、

「……なにが目的だ」

ライア様は腕を組んだまま、凍てつくような声音で問いかけた。

「えっ？」

ミーネさんは意外にもライア様の冷たい声音を物ともせず、まっすぐ格上の公爵を見つめ返す。

一方ライア様はなにかを確信しているかのように、ミーネさんから視線を逸らさない。

「なにが目的だ、と聞いたんだ。まさかジルの学友がサイネン家のご令嬢だとはな。まったく予想外だったが、これでジルに怪我を負わせた理由もわかる。公爵家にちょっかいを出してなにがしたい？　資金繰りでも困っているのか？」

「………」

そんな、馬鹿な。ミーネさんはそこまで考えては……と言いたくなったけれど、俺は口をつぐむ。だってライア様の生きている世界は、わずかな隙も許されない世界だから。騙し騙され、足を引っ張り合う。疑ってかからないと生きていけない。

俺にはなにか企んでいるなんて発想はなかったけれど、もしかしてライア様の言う通りだったりして……

不安な思いでミーネさんを見ると、ミーネさんは瞳を潤ませて椅子に座った。

「……本当に、ジルさんにはお世話になっているんです」

空気が揺れる。震えるような話し方だった。

「私、全然授業についていけなくて……でも、ジルさんはいつも助けてくれるんです。『きっとライア様も同じことをしただろうから』って言って」

ミーネさんが顔を上げて、ライア様をまっすぐ見つめる。泣いているような声だったのに、今はどきっとするほどはっきりとした瞳が輝いていた。

「だから、今日はライア様に感謝をお伝えするつもりで来ました。それ以上でも、それ以下でもありません。サイネン家は関係なく、私個人の……ジルさんの学友としての感謝です。いつもありがとうございます」

彼女はそう言うと深々と頭を下げる。

まさかの行動に、ライア様は赤い瞳を見開いた。

「ジル様はよくライア様の話もしてくださいます。かっこよくて、仕事もできて、すごく尊敬しているって。みんな冷たいって言うけど実は温かい人で、そんな素晴らしい人がいまだに自分なんかとお付き合いしているのが信じられないって……」

最後の一文にバッとライア様がこちらを振り向く。

俺は「ミ、ミーネさん！　その話は！」と止めに入った。

「え？　でもせっかくライア様もいますし……」

「そうだぞ。信じられないってどういうことだ？　私もよく聞きたい」

「え、いや、でも……！」

慌てる俺を置いて、二人で話し始める。

「あ、ほかにもジルさん、この前嬉しそうに紙を見つめていて、『なんですか？』って聞いたらライア様からの手紙だったらしく……」

「ほう？　いつの話だ？」

「あああ!!　や、やめてください!!　あっ！　俺、お茶！　お茶淹れてきます!!」

俺は顔から火が出そうなのを誤魔化すために、ポットを持ってサンルームから出る。

最初は気まずいかなと思って気を遣ってたけど……全然そんなことないじゃん！

ミーネさんも物怖じしないし……ライア様がいる前であんな恥ずかしい話をしなくったって……

俺は内心不満に感じつつも、二人が会話できるようになって、少しだけ安心したのだった。

ライアの不安

ジルが席を立つ。頬がりんごのように真っ赤になっていて照れているのが胸をくすぐる。

そんな可愛い姿を見られたことに感謝しつつも、彼が出ていった瞬間にサイネン家のご令嬢をキッと睨んだ。

「で？　ジルに近づく目的はなんだ。政治的意味合いはなくとも、個人的思惑が……」

「ラ、ライア様！　本当に私はなにもありません！　今日はちゃんと身の潔白をお伝えしたく伺ったわけで……！」

ミーネは私につめられるのが想像できていたのか、やっぱり来た！　とでも言うように早口で弁明する。

「私はまだ婚約者はいませんけど、公爵様のお相手に手を出すほど身のほど知らずではありませんし、そもそもジルさんがライア様以外など考えていませんから……!!」

「はっ、口ではいくらでも言えるからな。実はジルが気になっているんじゃないのか？」

一応ジルからは「怪我をしたと書きましたが、全然ひどくはなく……！」と説明を受けた。

しかし真実はどうだか。

ジルは優しいゆえに人を庇う癖がある。ウェスやリリー、アルに対しても同じだ。

いじめられてきた相手でも思いやれるのは素敵な思想ではあるが、残念だが私はそこまでできた人間ではない。

一方ミーネは顔を真っ青にさせ、壊れたおもちゃのように首を横に振った。

「そ、それに！　私の存在が牽制にもなっているんですよ!?　ほら、私怪力ですし、サイネン家の娘ですから！」

そう言ってミーネは目の前でスコーンを掴むと、怪力をアピールするかのように片手で粉砕した。

破片が顔に飛び散る。わずかに血管がピクッとなった。

「…………」

「わ、わっ！　す、すみません！　ここまで飛ぶとは思ってなくて！」

「いい、自分で払う。それより牽制とはなんだ？」

さっさっと顔についた粉を払いながら、心臓が嫌な音を立てる。

ケンセイ、けんせい、牽制……

相手の行動を押さえつける行為が、なぜ必要なのか。

それはきっと……

「あ、その……ジルさんって頭もいいですし容姿も整ってますから、狙う人も多いというか……」

やはりか。

自然と眉間の溝が深くなって、ミーネが息を呑む気配がした。

「……ということはなんだ？　お前がジルを守ってるとでも言いたいのか？」

思わず険のある声が出る。けれど式典などに出席したジルを思い出し、まぁ、そうだろうな、とげんなりした。

学園に在籍していたころは私がいたし、アルの流した噂の影響もあって、ジルを狙う学生はほとんどいなかった。

けれど今は私はそばにいないし、素晴らしい功績もある。

その上、日に日に外見もよくなっていく。

公爵家に来た当初はこけた頬に、がさがさの髪で、捨てられた子犬同然だったのに。

今では肌にハリはあるし、髪も見違えるほど綺麗になった。そこに大きな瞳も合わさって、微笑まれれば誰でもときめかずにはいられない。

ああ、ジルの健やかな成長を願っていたはずなのに。これ以上綺麗にならないでくれと願ってしまう自分がいる。

ぎりり……と唇を噛み締めていると、横から「大丈夫ですか……？」と心配の声がかかった。

大丈夫なわけないだろう、とは言わないが、苛立ちを隠しもせず「ジルはどれくらい大学で人気なんだ？」と返した。

「そう、ですね……カフェテリアで話しかけられるぐらいには」

「きっとジルは相手の好意に気づいていないんだろう？」

「………」

沈黙は肯定と同義。想像するだけで目の前が暗くなる。

ジルはずっといじめられていたせいもあるのか、他人から好かれるという発想がない。

だから声をかけてきても単純に困っているのだろうと考えてしまうし、つけ込まれる隙を曝《さら》け出している自覚がない。

せめてもっと、他人を警戒してくれたらいいのに。

お願いだから自分の魅力を自覚してくれ。

だがいくら口で言ってもジルは『そんなわけないですよ～』と流してしまう未来が想像できて、ため息を吐くしかなかった。

「心配……ですか？」

ミーネの問う声に、「当たり前だ」と即座に返す。

「ジルは警戒心が薄いんだ。しかも世間を知らない。もし悪意を持った人間が近づいても、ジル一人でなにができる？」

ああ、自分が一緒に大学に行ければ邪悪な人間も排除できるのに。

もしくはジルをそばに置いて、人目のつかないところに隠したい。

「ジルは人を疑ったり、自分の価値を正しく判断したりできないんだ。きっと、優しくしてくれる人には簡単についていってしまうだろう」

自分に対してそうだったように。ジルは優しくて純粋で、素直なのだから。

手で顔を覆って長く息を吐く。こんな弱音を初対面の女に言うなんて、よほど精神が参っているとしか思えない。

言ったそばから後悔していると、

「……なんか、ライア様の中のジルさんって、なにも知らない子供みたい」

静かな憤りを含んだ声音に、怒りよりも驚きが勝った。

「……はぁ？」

「たしかにジルさんはほわほわしてるところがありますけど、頭はすごくいいですし、成人した男性です。なにかあったら抵抗もできるし助けだって呼べる」

おどおどした態度は消え、ミーネはまるで私に説教をするかのように向き直る。

「そしてなによりライア様を愛しています。ずっとライア様のためを思って勉強して、ライア様の隣に立つために努力してる」

サンルームに彼女の声が響く。差し込む夕日がテーブルを照らし、薄い紫の瞳を力強く輝かせた。

「……少しはジルさんを信じてあげてください。じゃないとあんなに頑張っているジルさんが、可哀想です」

「…………」

信じていないわけないだろう、お前に言われるまでもなく、という反論が頭の中を駆け巡る。

しかし喉から出そうとすると、途端に勢いがなくなった。

私はジルを信じている、はず。だってジルは健気で可愛くて、すべてを捧げてもいいくらいに好きだ。愛してる。

でも一方で、ジルは世間知らずで悪意に晒されても抵抗できない、か弱い子供のように思っていた節もあるのではないか？

自分がジルを守らなきゃ。ジルには私がついていなければ。でないとジルがほかの優しくしてくれる人のところへ行ってしまうから。

「……そうか。私はずっと……」

心配というベールに包んで根本では信頼できていなかったのかもしれない。ジルが私に向けてくれる愛情を。好きという感情を。

信じたくても不安が邪魔をし、正しいジルを見られなくしていた。

ミーネの指摘する通り、ジルは大人で、男で、意志がある。私が考えているよりも、ジルは私を思ってくれているのだとしたら……

「……確認だが、本当にお前はジルが好きじゃないんだよな？」

それでも不安が拭えなくて、ミーネに問う。

するとミーネはふっと笑って言った。

「私はジルさんを大事に思っていますが、それは学友としてです。ライア様が思うような浮ついた心はなにも」

口だけならいくらでも嘘をつける。しかし長年貴族界で生きてきて、ある程度の嘘は見抜けるようになった。

たぶん、彼女は本心で言っているのだろう。公爵相手に口を挟めるほどジルを大切に想っていながらも、それは学友として。恋愛感情はどこにもない……

「じゃあ、カインはどう思う？」

「え？」

「カインは、いいやつか？」

突然の質問に、ミーネが困惑する。

もう一人の懸念点。ジルが引き寄せられてしまいそうな、男の存在。

「さぁ……でもたしかにいい人ですよ、カインさんは」

だから不安になるのだ。ジルがほかの誰かのところへ行ってしまわないか。突然、私の手の届かないところに行ってしまわないか。

――九年前の、両親のように。

母が育てた植物たちを見渡しながら、私はふーと息を吐く。

……やはり長年の闇は簡単には消えないか。

一人のときには自覚しなかった怖さが、再び息を吹き返している。気づきつつも乗り越え方がわからず、見て見ぬふりをしていた。

「……なるほどな。わかった」

しかし悩みの輪郭がはっきりし、少しだけ解決の道へ近づいた気がする。

顔を上げると夕日が当たり、思わず眩しくて目を細めた。

◇◇◇

数分後、お茶の用意ができたのでサンルームの扉を開けようとすると、中の会話が漏れて聞こえた。

「待て、ジルがそんなふうに言っていたのか？」

「ええ、まさかとは思ったのですが……」

んん？　なんだろう？　俺の話？

入るタイミングを見失って、ドアノブにかけていた手を止める。

「……では……使用人の方は」

「だが、すぐにばれて……」

「仕方ないですね……のとき、私が測ってきますから……」

「くそっ……そうだな。それしかない」

途中までほとんど聞こえなかったけれど、二人の会話につんつんした感じがない。

なんだ、俺がいなくても楽しそうじゃん。

ふふっと一瞬微笑ましい気持ちになったけれど、すぐに心が変な動きをする。

なんだろう。ライア様とミーネさんが仲良いのは嬉しいはずなのに、俺がいなくてもいいのが引っかかるというか……

……ま、いっか。きっと気のせいだろうし。

ざわつく心を抑えるように、俺は勢いよく扉を開ける。

「すみません！　今戻りました～！」

「あ、ああ、お帰り、ジル！」

「お、お帰りなさい、ジルさんっ!!」

……ん？　なんか二人とも……驚いてない？　というかどこかぎこちない？

俺が入る直前までは楽しそうに話していたのに。俺が来た瞬間、どこかそわそわしている。

あまりにも不自然な対応に、先ほど抑えたざわつきがぶり返す。

「ど、どうしたんですか、二人とも～なんかそわそわしちゃって～」

俺は冗談半分で笑いながら席に着くと、二人はぎくっと肩を跳ねさせた。

「い、いや、なんでもないぞ」

「そうですよ！　公爵邸のお菓子美味しいなぁ～なんて話を……」

「そうそう！　ジル、スコーンもいただこうじゃないか」

あきらかに話を逸らす二人に、心臓がどっどっどっとうるさく鳴る。

……もしかして、俺に聞かれたくない話をしていた？

いや、もしかしてじゃなくて、確実にそうだ。だって二人ともわかりやすすぎるし！

だとしたら……どんな話？

俺は席に着いてスコーンをかじる。口では「美味しいです」と言いながらも、頭の中では泣きそうになった。

あの優しいライア様が、俺に内緒にする話。俺に話せない、やましいなにか。

——思い当たる節は、ひとつしかない。

「そういえば正妻を迎えて……」

「えっ⁉」

ミーネさんの発言に大きな声を上げてしまう。

二人は目を丸くし、「どうした？　ミーネの兄の婚約に、興味があるのか？」とライア様が顔を覗き込んできた。

「え、あ、いや、えっと……はい」

ミーネさんのお兄さんの話かと思いつつも、ミーネって呼び捨てにしてたっけ……？　と魚の小骨が喉に引っかかるような不快感を感じる。

「そうか、ジルは婚約に興味があるのか」

「……まぁ、はい、そうですね……めでたいですし……」

俺は場に合わせて、無理やり笑顔で振る舞う。けれど自然な笑顔を作れているのか、自信がない。

――コンコンコンコン
そのとき、サンルームの扉が控えめにノックされた。

「ライア様、チャールズ教授から速達便です」

「わかった。入れ」

タイミングがいいのか悪いのか、セバスさんが封筒を持って入ってくる。

ライア様は封筒を受け取ると、手早く中身を開けた。

「……なるほど」

ライア様は眉根を寄せて小さくつぶやくと封筒を折りたたみ、ポケットにしまう。

「二人とも、私は急用ができてしまったので、先に失礼する」

「あ、はい……わかりました」

チャールズ教授から来たのならば、沿岸工事でなにかあったのだろう。もしかしたら、大きな事故とか？　そしたら兄さんは……

「ジル、大丈夫だ。資材関係で問題があったようで、事故ではない」

俺の瞳に不安の色を感じ取ったのか、ライア様が安心させるように俺の頭を撫でる。

「そうですか……」

「でも二週間……いや三週間ほど家を空ける」

ほっとしたのもつかの間、ライア様の長期不在に気分が沈む。

ただでさえ、ミーネさんとの会話が気になっているのに……

また会えない日々が続く。気軽に顔を見て話せない毎日に心が陰る。

「しばらく会えなくなるが……なるべく早く戻ってくる。また手紙待っているぞ」

「はい……」

なるべく普段通りに返事をしたつもりだったが、ライア様の背中を見送る俺の瞳はわずかに揺れていたかもしれない。

緊迫のお茶会から一週間が経ち、大学では実習が始まった。主に農作系の実習で、学内にある温室に出向いて土いじりをするというものだ。

座って勉強に励んでいると考えたくない未来も考えてしまう。しかも座学はミーネさんも一緒の授業が多く、ついつい身が入らなくなってしまった。

けれど実習は短期学生向けの授業だからミーネさんもいない。

おかげで俺は実習の日はすごくいい息抜きになっていた。

そんな二限の実習が終わったある日、温室から出るとカインさんが腕を組んで佇《たたず》んでいた。

佇《たたず》んでいたというよりも〝待ち構えていた〟っていう風体だったけれど、カインさんは俺を見つけるなり「ちょっと」と言って、俺の腕を引っ張り校舎裏へ連れていった。

「カインさん？　俺農作業してたんで手袋外さないと、白衣が汚れちゃ……」

「ジル、なにかあっただろ？」

「えっ」

心臓が、どきりと跳ねる。

「なんかミーネの前では強がってるように見えたから、人前じゃ言いづらいことか？」

人気《ひとけ》のない日陰に、凍えるような風が吹く。

俺は掴まれていた腕が自由になったので、質問を誤魔化すように手袋を外した。

「いや、別に……」

「顔、すごく疲れてるぞ」

頬を手で包まれ、親指で目元を軽く押される。

自分では気づいていなかったけれど、隈《くま》ができているのかもしれない。

俺はぱっと顔を逸らし、後ろに一歩下がる。カインさんは優しさで心配してくれているんだろうけど……ちょっと、触られるのは避けたい。

なぜかはわからないけど、背筋がぞわっとした。ふさふさした毛虫が肌の上を通り抜けた感覚。

……ライア様に触られるときは、一切ないんだけど。

心配してもらっているのに、わずかな不快感を感じてしまう自分が嫌になる。

ただ、本能が嫌がっているのに触られ続けるのは難しい。

「すみません、ご心配おかけして……でも、大丈夫ですよ」

カインさんは必要以上に俺を追いかけずに、あっさり手が離れて安堵した。

「……そうか。でも、いつでも相談に乗るからな。なんかあったら言えよ」

柔らかな笑みに心が休まる。

もっとつっこんだ質問をされたらどうしようかと思っていたけれど、カインさんは俺にとって心地のいい距離で踏みとどまってくれた。

やっぱりすごい。俺もカインさんみたいに本音を伝えつつ、相手を気遣える人間になりたいな……

そうすればうまく、自分の気持ちをライア様に相談できるだろうか。

「……ありがとうございます。あ、でもカインさんは再来週論文発表会ですよね？　すみません、忙しいのに」

「いいって、いいって。ま、どうせ平民だから通らないだろうし」

「あ……」

こういうときも、なんて声をかけていいかわからない。

『カインさんなら大丈夫ですよ』か、もしくは『頑張って書いた論文なら、平民なんて関係ないですよ』だろうか……

算学なら答えがひとつに決まっているのに、カインさんとの会話はいつも答えが見つからない。

返事に窮してしまった俺を見かねてか、カインさんが「あ、そうだ。今日のお昼はどうする？」と話を変えてくれた。

「あ、今日もミーネさんとカフェテリアで会う約束をしてて……」

「そうか。俺は息抜きに市街地に行くけど、ジルも来るか？」

ミーネさんと一緒にいづらい空気を察してくれたのだろう。カインさんは市街地に詳しいし、いい気晴らしの場所を知っているのかもしれない。

でも俺は首を振る。

「いえ、午後も授業があるので……やめておきます」

「一回ぐらい欠席しても大丈夫だろ？」

「でも、それじゃ大学に来た意味が……」

困ったように微笑むと、カインさんが「そうか」と言って気落ちした表情を浮かべる。

「わかった。けど無理するなよ。なにかあったら相談に乗るから」

「ありがとうございます」

優しい気遣いに感謝してぺこりと頭を下げると、カインさんは手を振って去っていった。

俺もミーネさんと会う予定のカフェテリアに向かって歩き出す。

「……いやぁ、まじ昼取ってる時間なくね？」

「わかる。再来週までには寝ずに書かないとだな……」

途中、大学院生と思《おぼ》しき男性二人組とすれ違う。聞こえてきた会話に、ふと、カインさんはいつ論文を書いていたのだろう？　と不思議に思った。

休み時間は俺らといるし、暇があると市街地へ出かけているみたいだし……

ただでさえ忙しい生活の中でも論文を書く時間をつくるなんて、本当にすごい。

俺も見習わなきゃな……と反省しながら、カフェテリアを目指した。


「うぅ……やっぱりジルさんがいないと全然だめです……」

「そうですか？　ノートもちゃんと取れてるのに」

カフェテリアのテラス席でいつものようにミーネさんの勉強を見る。二限は特に難しい教授の講義らしく、俺も興味があった内容なので一緒に共有して学んでいた。

……あのお茶会があってからも、ミーネさんとの交友は変わらず続いている。

けれど『俺が席を立っている間、ライア様となにを話していたんですか？』とはいまだに聞けずにいた。

どんな内容かはわからないけれど……たぶん、婚約関係に似たなにか。二人の間でそういう話が出てもおかしくはない。

ライア様が俺を愛してくれていても、後継はできないのだ。

その点、ミーネさんなら爵位も申し分ないし、俺とも仲がいい。

まだ具体的な話は出ていなくても、匂わせはしたのかも……

俺はそう推測している。でもまだ推測の域を出ていない。

本当はまったく違う話かもしれないし……まだ確定していないのが、唯一の救いだった。

「……ジルさん？　ジルさん！」

「あ、す、すみません……」

「いえ……大丈夫ですか？　最近いつにも増してぼーっとしてますけど……」

「あ、はい、大丈夫です……歳かな？　あはは……」

適当に笑って誤魔化す。

ミーネさんはあまり誤魔化されてくれなかったけれど、追求するのはやめたようだ。俺に「そういえばジルさんが実習で使ってる手袋って、七号ですよね？」と聞いてきた。

「え？　あ、はい……でもなんで手袋？」

講義とはまったく関係ない質問に、きょとんとする。

たしかに実習のときに使う手袋のサイズは七だ。

今まで手袋なんて三種類ぐらいしかないと思っていたけど、大学では細かい作業もできるように、手の大きさにぴったり合う手袋をつけるのが規則だ。ちょっとでもぶかぶかのものをつけていると、教授に怒られる。

「えーっと、なんとなく、ですかね？」

「え？　なんとなく？」

なんとなく手袋の大きさを聞くなんてあるかな？　と思って彼女を見ると、なんか額に汗が滲んでいるような……

「ま、まぁ！　ちょっと気になっただけですから!!」

そう言うと、ミーネさんはバサバサと教科書類を鞄にしまう。

「あれ？　授業内容を振り返らなくて大丈夫ですか？」

「あ、はい！　今日はもう大丈夫です！　このあと授業が控えているので！」

え？　でもまだ全然時間あるけどな……と思っている間にミーネさんが慌てたように席を立つ。

――パサッ
「ん？　なにか落とし……」

テーブルの下を覗くと、花柄の封筒が落ちていた。

「ああ!!　じ、自分で拾います!!」

俺が手を伸ばすより先にミーネさんが奪い取り、駆け出していく。

いつにも増して様子の変なミーネさんに唖然としつつも、俺は手を振って見送った。

「なんだったんだろう……」

ぼーっとミーネさんの背中が校舎の角に消えるのを見つめる。

うーん、なにか急ぎの要件でもあったのだろうか？

にしてはあまりにも様子がおかしいような……

どことなくミーネさんが走って行った方向を見ていると校舎の角から、白に近い美しい金の髪が現れて体が固まった。

「…………えっ？」

信じられずに二度見、三度見を繰り返す。

いやいや、だってあの人は今学園にいるはずで……！

でも人形のように大きな瞳も、折れてしまいそうなほど細い足も、あの人に違いない。

——けれどなぜここに？

疑問よりもまず「フェ、フェル様……っ!?」と大きな声が口から飛び出た。

「あっ、ジル様、ご機嫌よう。お久しぶりでございますね」

ふっとこちらに顔を向け、髪を耳にかける仕草。制服のスカートの裾を上品に摘んでお辞儀する丁寧な所作。

……変わらないなぁ。

学園にいたころをそっくりそのまま想起させるフェル様の姿に懐かしさが込み上げた。

「ど、どうして大学に？」

プリンシア学園の制服を着ているのもあって、今俺のいる場所が学園なんじゃないかと錯覚しそうになる。

しかし外を歩いている学生は白衣を着ていて、ここが大学なのは間違いなかった。

「今進路に迷っておりまして、大学内を見て回っているのです」

「あ、へぇ……」

「もしよろしければお話をお伺いしたいのですが……ジル様、今お忙しいでしょうか？」

「いえいえ！　全然！　あ、よかったらここ座ってください」

先ほどまでミーネさんが座っていた席にフェル様を案内する。

フェル様は「失礼します」と言って、静かに座った。

制服のフェル様と相対するのも懐かしい。一年前はライア様も一緒にいて毎日ふとした甘い行動に一喜一憂してたなぁ……

あのころは恋仲になるなんて一切想像できなかった。

なのに、今では一緒の家に住んで愛を囁き合っているなんて……時の流れの速さを感じる。

「ジル様、どうされました？」

「あ、いや、なんでもないです！」

へへと笑って誤魔化し、「フェル様はいかがお過ごしですか？」と話題を変えた。

「私は変わらずですわ。卒業後すぐに王室へ入るか、もしくは教養を積んでから入ったほうがいいか、悩んでいる最中ですの」

ああ、なるほど、と相槌を打つ。

てっきり卒業後はすぐに王室に入るのかと思っていたけれど、教養を積んで入る道を残されているらしい。

短期で一年か二年ぐらいになるらしいが、たしかに一度大学での勉強を経てもいいかもしれない。

俺は大学で学んだ話を交えつつ、ふと気になったことを口にした。

「そういえば、ルイ様はなんと？」

「それが、私の好きにしたらいいと」

ふふっと上がる口角には幸せが滲み出ている。第二王子のルイ様とも順調に愛を育んでいるようで、俺も笑みがこぼれた。

あの建国記念祭のときの登場の仕方は本当に童話に出てくる王子様みたいだった。

いつから二人が親密な仲になったのか詳しくは知らないけど、誰にも文句を言わせない王と王妃になるだろう。

俺が二人の並ぶ姿を思い描いていると、フェル様が尋ねる。

「ジル様はいかがお過ごしですか？　大学に行かれたのは風の噂で聞いておりましたが……」

「あ、そうですね……」

俺が大学に入学したのを知ってるのは公爵家の人たちと兄さんぐらいだと思うけど……

今さらフェル様が知っていたって驚かない。メネシア家の権力とフェル様の『風の噂』があれば、俺の進学情報なんてすぐに知れるだろう。

「……はい。俺も楽しくやっていますよ」

「さようでしたか。私にはそうは見えませんでしたので」

「…………」

冷たい風が頬を撫でる。フェル様は外に顔を向け、俺とは目を合わせない。

……やっぱり、フェル様には見抜かれてしまうよなぁ。

けれど俺が話さない限りフェル様は追求しないだろう。

フェル様は助けを求めれば手を差し伸べてくれるけど、自ら進んで助言はしない。

こちらが相談するもしないも自由。選ばせてくれる余地に彼女の優しさを感じた。

ありがたいな……

思わず苦い笑みが口元に表れる。

「……すみません、やっぱり楽しいは嘘です」

だからつい、俺は本音をこぼしてしまった。

「なにかあったのですか？」

フェル様が顔を前に戻し、やっと目を合わせてくれる。

ドールのような大きな瞳には困り顔の自分が写っていて、かなり現状に参っていると自覚した。

「その、ライア様のことで……」

と話しかけた途中で、メネシア家とダルトン家の間柄を思い出す。

同じ政敵が現れたときは協力するけれど、権力争いをしていることには変わりない。

じゃあ、今から言う話はライア様にとって不利になるだろうか……？

うーん、と口をつぐんでしまった俺を見かねて、フェル様が「今回の港建設反対運動は、私たちではありませんわ」とおっしゃった。

「え？」

「今ライア様が港建設で手こずっているのは承知です。しかし私たちとしても、港がもうひとつできるのは損ばかりではないのです。海流の関係で、東の大国との行き来はメネシア港のほうが早く着きますしね」

「あ、はぁ……」

どうもフェル様は俺が港建設に関して悩んでいると思ったようだ。

微妙な返答をしてしまった俺に、「あら、お悩みは違いましたか？」と細い首を傾げた。

「あ、はい……その、ライア様が正妻を迎えようとしているのではと……」

ぱちり、とフェル様の長いまつ毛が上下する。

そして戸惑うようにもう一度、ゆっくり大きな瞳を瞬きさせる。

「……あ、あの……フェル様？」

初めて見るフェル様の表情に、こっちのほうが焦ってしまう。しかし俺が声をかけると、フェル様はすぐにいつもの柔和な表情に戻った。

「あ、いえ、すみません、少し驚いてしまって……えっと、ライア様が正妻を迎えようとしていると？」

「あ、はい……」

「なぜそのようなお考えに？」

「えっと、この前会ったときなんですけど……」

俺は公爵邸で、ミーネさんとライア様の様子をかいつまんで教える。

フェル様は最初、鳩が豆鉄砲をくったみたいな顔をしていたけれど、だんだんと呆れというか、憐れむというか。最後には額に手まで当ててしまった。

「さようでしたか。はぁ……まったく。ライア様はジル様を不安にさせて、なにをされているのか……」

「やっぱり、正妻を迎えようとして……」

「それはありえませんわ」

強く早い否定に、安心と不安がせめぎ合う。

「ライア様は絶対に、正妻なんて迎えません。ライア様のジル様を見る眼差し……こっちが恥ずかしくなるほど甘いんですよ？　ライア様があんな表情をするのはジル様の前だけです。まったく、私の前でももう少し愛想よくしてもらいたいものです……」

その自信はどこからやってくるのだろうと思うほどに、フェル様は断言する。

俺は「そうでしょうか……」と答えつつ、フェル様が違うと言うのなら違うのかもしれない。わずかに希望が見えた気がした。

根拠はどこにもなかったけれど。

「でも、ならミーネさんとライア様は俺になにを隠しているんでしょう？」

「それは……」

さすがのフェル様も二人の秘密までは検討がつかないようだ。

正妻の可能性はないと言いつつも、ほかに思い当たる節がないのならやっぱり正妻なんじゃ……

再び目の前が暗くなる。

しゅんとしてしまった俺に、フェル様が「……ライア様に直接ご相談されてみては？　文通はされているんでしょう？」と提案した。

「でも、きっと迷惑でしょうし………」

素直に聞けていたら苦労していない。

……ライア様、俺になにを隠しているんですか？

……正妻を迎える予定なんですか？

…………俺との関係はいつまで続ける気なんですか？

でも、重いと思われたくない。

めんどうくさいやつだとも思われたくない。

聞いてライア様がこの手を離れてしまう可能性が少しでもあるなら、俺はあと一歩を踏み込めない。

「……ジル様。ライア様に配慮するお考えはとても素敵ですわ」

前から聞こえてきた慈愛に満ちた声音に、いつの間にか下がっていた目線を上げる。

フェル様は陽の光に照らされて、神聖な空気をまとった女神のようだった。

「けれどときにはご自身の意思を示すのも大事かと。それに、本音を話して簡単にジル様を嫌になるほど、ライア様の愛は軽くはないですよ」

俺にはない発想に目を見開く。

……ライア様の愛。

仕事で忙しいのに手紙をくれて。俺のやりたいことを一番に考えてくれて。会えば抱きしめて、愛を囁いてくれる。

ほかにもいっぱいライア様は愛情表現をしてくれている。軽いと、一度も感じたことはない。

けれど自分の本心を伝えて、ライア様が俺を嫌わない自信が持てなかった。

もし、嫌われるぐらいなら俺は自分の本音を隠したい。

でもフェル様は、ライア様は離れていかないと言う……

「あ、そっか……」

ふと、気づいた自分の不安の正体にぽろっと言葉が落ちる。

俺は、ライア様と意見をぶつけ合うのが怖いんだ。衝突して修復できなくなるのが恐ろしくて、ずっと逃げている。

……これじゃあ、実家にいたころと変わらないな。

ずーんと気持ちが沈む。けれど大事な人ほど離れたくないと思ってしまうわけで……じゃあ、いつになったら本音を話しても大丈夫と確信を持てるのだろう？　考えても、一生そんな自信は持てない気がして、余計落ち込んだ。

「ジル様、そんな暗い顔をなさらないでください。絶対にありえないと思いますが、もし公爵家にいづらくなったら、こちらにご連絡を」

フェル様は鞄から紙とペンを取り出し、さらさらっとなにかを書き添えた。

「これは……」

渡された紙にはとある住所と謎の単語が書かれていた。

「私個人に届く秘密の連絡先です。宛名には書いてある単語をお書きください。ジル様ほど優秀な方はいつでも歓迎ですから」

「……ありがとうございます」

じんと胸の内が温かくなる。ライア様以外にも、自分の身の上を心配してくれる人がいるなんて……前までなら考えられなかった可能性に、目の奥が熱くなった。

ちょうどそのときチャイムが鳴る。

フェル様はこのあとも用事があるようで、椅子から立ち上がった。

「最後に、余計なお世話ですが……」

帰りかけたフェル様が、俺をじっと見る。

「ジル様は普段真面目な方ですから。たまにはわがままを言って、ライア様を困らせるぐらいがいいのでは？　好きな子のお願いはときには嬉しいものですよ」

「は、はぁ……？」

フェル様の発言に間の抜けた返事をしてしまう。

ついこの間だって、心配してほしいと思って手紙を書いて後悔したのだ。また俺の勝手な気持ちでライア様に迷惑はかけたくない。

わがままなんて誰が言ってもめんどうだろうし、困らせるなんてもってのほか。

仕事人間で効率重視のライア様に、俺の不安な気持ちを問いただしても……嬉しいと思うはずがないだろう。

「そう、でしょうか……」

あまりにも信じてない表情の俺にフェル様が笑う。

「ええ、そういうものですよ」

フェル様は朗らかに答えてカフェテリアをあとにした。

不安は残っていたけれど、フェル様に相談したおかげでわずかに明るい心を取り戻した。たとえるなら、心の天気が曇天から薄曇りの空に変わって、遠くにある希望を信じられるようになった感じだ。毎日ほんのりと憂いはあるけれど、前ほど悩まなくなった。

しかし数日後、分厚い雲が明るくなりかけていた心を覆い隠す。

「あ、セバスさん、ライア様からのお手紙届いていますか？」

「少々お待ちください」

秋にしては冷たい風が吹く日、俺が大学から公爵邸に帰ってきてセバスさんから手紙を受け取ろうとしたときだった。セバスさんはまだ手紙を選別し終えておらず、手の中で俺宛の手紙を探している間に見えてしまった。

「あ」

「どうされました？」

――花柄の、手紙。

さぁと血の気が引く。心臓が、うるさい。

手紙を見るまではただの推測でしかなかった。フェル様だって絶対にないとおっしゃっていた。

なのに、どうして――

「そ、その手紙……誰から、誰宛ですか……？」

手紙は個人の、私的な物だ。それを見るなんて褒められることじゃない。

頭では理解していても、尋ねずにはいられなかった。

「こちらは……ミーネ・サイネン様からライア様宛ですね」

覚悟していた最悪の未来が、現実になった瞬間だった。

ライアの葛藤

元シャルマン子爵家領地には今日も工事の音が響いている。今の時期は晴れの日が多く、今日も空には雲ひとつない秋晴れが広がっていた。

しかし第七開発現場の近くに設置されたテントの中はどんよりと空気が淀んでいる。

理由は言わずもがな、ダン・ドリトアの抗議運動のせいだった。

「ライア様、ダンは反対の姿勢を崩さないそうです」

「だろうな……」

左にいるウェスが沈んだ瞳をテーブルに投げる。

一度公爵邸に戻って二週間が経つが、テーブルの上には日に日に領民から寄せられる意見書が積み重なっていた。

「やはり、この文書が問題ですな……」

チャールズ教授が右から手を伸ばし、資料を一枚手に取る。

それはつい先月から出回り始めた、論文資料もどきだった。

「たしかにな……」

「ライア様。もう強制的に推し進めるしか……」

ウェスの苦い声音に頭を悩ませる。

以前の私だったら、すぐに同意していただろう。この進まない現状に苛立ち、領民を話の通じない者と決めつけて強引に進めていた。

けれど、今は違う。

「それはまだ早い」

「ライア様？」

戸惑う二人を置いて、私はテーブルに手をついた。

「この二週間、問題点がなにか考えたのだ。たしかにばら撒かれた資料が原因とも言えるが、根本的な原因は違うと思う」

二人が息を呑んでこちらを見る。

「元はと言えば、私が出す正確な資料を信じてもらえれば済む話。なのになぜそれができないのか……原因は領民と私の間に信頼関係がないからだ」

ミーネの話とジルに会えない日々を思い返す。

私はジルを知らず知らずのうちに『なにも知らない子』と決めつけていた。じゃあ領民はどうだろうか？　私は周りの人間も無意識のうちに下に見て、話し合おうとも考えていなかったのでは？

そのとき、気づいたのだ。

私はこの抗議運動をしている領民とずっと争っている気がしていたと。

けれど本来は違うはずだ。領民は戦う相手ではなく、守るべき民。

彼らも会ってみたら違うのかもしれない。ジルが私の想像よりも私を想ってくれていたように、領民にも領民の考えがあったとしたら。

「今は強制的に進めるよりも、対話の場が必要だと思う。そうだな、たとえば……港建設抗議活動者に対する説明会、などを開くのはどうだろうか？」

私は今日までにまとめた考えを二人に話す。

説明会は身分関係なく来たい参加者は誰でも参加できること。

質問も基本的には自由で、時間内に終わらなければ後日再度開くこと。

そして場所は、建設現場内で行うこと。

二人は私の意見に目を見開く。

まぁ、当然の反応だろう。冷酷公爵が話し合いの場に出るなど、前代未聞なのだから。

「ライア様……とても素晴らしい案ですが……」

ウェスの震える瞳に、内心の動揺を察する。

「やはり、港建設現場を領民に晒すのは危険がともなうか」

「私も同じ意見ですな。もし領民が現場内で暴徒化したら最悪建設中止もありえます」

チャールズ教授の指摘に場が沈黙する。

もし大挙して領民が説明会に現れ、港建設の現場で暴れてしまえば、工事の致命的な損傷もありえる。その上、暴れてしまった事実が広まれば外聞がよくない。王室から中止を言い渡される可能性だってある。

「けれど私は、建設現場内でやることに意味があると考えている」

過去に建設現場で働いていた者たちは中の事情を知っているが、まったくなにもわからずに反対している領民もいるだろう。

今、どのように建設を進めていて、なにを建てる予定なのか。

実際に中に入って説明を聞けば理解を示してくれる可能性も高い。

「だから、今日はそういった懸念点も含めて三人で話し合いたいのだ」

私の発言にまたもや二人が目を丸くする。

なにか変なことを言ったか？　と首を傾げると、ウェスがわなわなと口を開いた。

「ラ、ライア様……公爵邸でなにかありましたか？」

「どうしてだ？」

「いえ……話し合いだなんて、初めて提案されたもので……」

ねぇ？　とウェスが教授に向かって同意を求める。教授も顎髭をこくこくと上下させた。

……まぁ、公爵邸でなにかあったのは事実だ。否定はしない。

しかし話し合いの提案だけで驚かれるとは。予想以上に周りを威圧していたらしい。

自分ではこれでも昔よりは柔らかくなったと思っていたのだが……

胸の内で反省をしつつ、「まぁ、少しな」と返して濁しておいた。

「さようですか……かしこまりました。ぜひ話し合いましょう。カインさんの意見も聞きますか？」

「では、私がカインくんに連絡を取ってみましょう。領民の詳しい事情もわかるかもしれませんですし」

「そういえば、この前カインに意見を聞いて返事は返ってきたか？」

以前にカインの意見を聞きたいと連絡を取ってもらったが、返事が来ていなかったはず。ずいぶん時間がかかっているが、なにかあったのだろうか。

「それが、論文発表会を控えていて返信が滞っているらしいのです。でも来週には終わるので、二週間後には返事をもらえるかと」

「わかった」

カインに頼るのは、やはりあまり乗り気になれない。

優しく、頼れる先輩のカイン。ジルが惹かれるかもしれない人間に助けを乞うのは、恋人としていささか自尊心が削られる。

しかし、そんな嫉妬心も気にしていられない状況だ。

今はジルの愛を信じて、公爵としての仕事をまっとうするべきだ。

早く終わらせれば、その分早くジルに会えるのだから。

私は建設現場の資料に目を落とし、今後の策を話し合った。

「……とりあえず、説明会はこの調子でやればいいでしょう」

「ああ、そうだな」

日が暮れ、テントの入り口から漏れる光は赤い夕日に変わっている。

まだ説明会の決着がついていなかったが、ある程度の方向性は絞れただろう。

「あとはダンがなんて言うかだな……」

丸い腹を揺らし、熊のように大きいダンの姿を思い浮かべて顔が曇る。

「そうですね……でもこんなにダンが反対するとは思いませんでした。地元の気さくな人として人望もありましたし、僕たちシャルマン家とも良好な関係を築いていたので……」

ウェスの落ち込んだ表情に、教授も口髭を触って同意する。

「たしかに最初は港建設を喜んでいる節もありましたな。私の研究室にお礼の手紙まで来たような……？」

「手紙？」

私のところには来ていなかったはず。どういうことだ？　とダンの行動を訝《いぶか》しむ。

「ええ、大学に知り合いがいるとかなにかで私の研究室宛に手紙が来たのです。でもまさか手のひらを返したように反対するとは……」

「ほう……」

するとなんだ？　二人の話を合わせると、ダンがある日突然反対するようになったということか……？

「手のひらを返したように……な」

ダンはどこを起点に反対するようになったんだ？

もしきっかけがわかれば、交渉の余地があるかもしれない。

「わかった。いつから反対したのか、ダンの動向も公爵家の者に調べさせよう」

「ええ、それはいいかもしれませんね」

教授の発言に頷いたとき、外が騒がしくなる。

顔を上げると、速達の郵便を持った配達員が入ってくるところだった。

「ライア様、速達です」

「ありがとう」

王都から離れていると速達もかなりの数が送られてくる。しかし中には急ぎではない要件も入っていた。

どうせどこぞの老貴族がお茶会の返信を早くしろとでも言ってきたんだろう……

私はそう予想しながら、宛名を確認した。

「……なにっ⁉」

「どうされまし……」

ウェスへの返事もそこそこに急いで封を開ける。はやる気持ちを抑えて手紙を読んでから、私はぎゅっと目を瞑った。

落ち着け、落ち着け、落ち着け。

まだ、いなくなったわけじゃない。

けれど私は鮮明に思い出す。九年前の出来事を。手の震え、背筋の悪寒。人は受け止めきれない衝撃を受けると、息が止まることを。

――なぜ、私は忘れていたんだ。

ふとした不幸な事件がきっかけで、人は簡単にいなくなるのだと。

◇　◇　◇

秋も深まり肌寒くなってくるころ。大学の街路樹の葉もすべて落ち、出歩く学生も厚着をしている。

「はっくしゅんっ！」

俺はずずっと鼻をすすり、三限の講義室へ向かった。

空は憎らしいほどの晴天だ。雲ひとつなく、まっすぐな陽光が俺の目を痛めつける。

隣にミーネさんはいない。あの手紙を見てしまってから「すみません、今日は一人で受けたくて……」と適当に言い訳をして、彼女を避けている。

最初は衝撃を受けたように瞳を潤ませていたけれど、一週間も経てば最初から友達じゃなかったかのように自然と馴染んだ。

それも、余計に俺の心を冷たくさせる。離れたのは俺からなのに、一か月も築いてきた友情はこうも簡単になくなるんだなって泣きそうになった。

でも彼女のそばにはいられない。ミーネさんの笑顔を前に俺は耐えられなかった。

……頭ではわかっている。ミーネさんは正妻として迎えるには素晴らしい人だって。

気は遣えるし、話は合うし、可愛いし、庇護欲《ひごよく》そそるし……あと、強いし。

身分もこの上なく公爵家の正妻に適している。

でも、でも……

ミーネさんがライア様の正妻になれば、ライア様が俺に向けてる微笑みや大きな体で抱きしめられる温かな抱擁を彼女も知ってしまうわけで……

じわっと目の奥が熱くなって慌てて袖で拭う。

風が寒く感じるのも、頭がぼーっとするのも、ここ一週間まともな食事を取っていないせいだろう。セバスさんもナティさんも心配してくれるけど、「なんでもないです」と言って無理やり普通の自分を演じてた。

「うぅ……覚悟してたのに。どうしてこんなに嫌なんだろう」

俺は男で、子供も産めなくて……だからライア様がいいなと思った人を正妻に迎えるとなったら、受け入れるつもりだったのに。

なのにこの一週間、寝ようとすると涙が止まらない。わずかに意識を失っても体は全然休まらなくて、おかげで寝不足の目に陽光が染みた。

「ああ……寒い」

ぶるっと震える体を両手でさする。

そんなこんなで死にそうになりながらも大学にだけは通っている。

なぜなら、今俺に残された道は大学で専門知識を学んで公爵家に残るか……

――メネシア家に行くか。

ぼんやりした頭でフェル様の笑みを思い浮かべる。記憶の中なのもあって余計に女神様みたいだった。

前までは正妻がいても、ライア様のそばにいたいと思っていたけど、今はどうだろう……

本音は、公爵家にいたいと心奥からは思えない。

じゃあメネシア家に行くかと言われれば、それも微妙で……

「もう、わかんないよ……」

体が弱ると心も弱る。じわっと目の奥が熱くなり、視界が歪んだ。

いけないいけない！　とりあえず三限の教室に行かないと！

歩みを早め、目的の教室に辿り着く。けれど開いた扉の先には誰一人学生はいなかった。

「あれ？……」

一階なので教室から窓の外を見ると、ちらちらと歩いている生徒を見かける。中には同じ農作漁業学部の授業で見た人も交じっていた。

「あ、もしかして、休講とか……？」

休講情報は大学内の掲示板で確認する。いつもならミーネさんか俺が確認するので忘れないのだが、今日に限っては頭が働いていなかった。

「……じゃあ、ちょっと休も……」

窓際のほうへ移動し、鞄を枕に机に突っ伏す。

「ううっ……けほっ、けほっ」

うつ伏せになると咳が止まらなくなって、泣きそうになる。

熱い。寒い。眠い。……ライア様に会いたい。

考えてはだめだと言い聞かせているのに、鬱々とした心はあの人を求める。

もしかしたらなにかの間違いなんじゃ？　だってフェル様がありえないって言ってたし。手紙を出して聞いてみれば……

けれど手紙を出して聞いてしまえば真実がわかってしまう。突きつけられる現実に立ち向かう体力は、俺には残されていなかった。

「けほっ、うっ……」

どろっとした暗い思考が熱に浮かされ、意識が沈んでいく。心は嵐のようにめちゃくちゃでも、寝ている間だけは忘れられる。

流されるまま意識を失う寸前、ガラッ、と乱暴に開けられた扉の音で目が覚めた。

「ジル？　おいっ、ジルっ！　大丈夫か!?」

「……カインさん？」

カインさんは俺の肩を強く揺すり、無理やり起き上がらせる。

大丈夫ですよ……少し寝たらよくなりますから……と言おうとしたら、代わりに口から咳が次々と溢れた。

「たまたま外を歩いていたら、ジルが寝ているのが見えたから……すごく体調悪そうだぞ!?　大丈夫か？　なにがあった？」

焦った様子のカインさんは俺の額に手を当て、距離をつめてくる。

あれ……？　カインさんってこんなに触ってくる人だったっけ？

ぼんやりとする頭で違和感を覚えたが、それよりも数日後に論文発表が控えているカインさんに風邪を移してはまずい、と思った。

「カ、カインさん、俺はだいじょ……けほっ、けほっ」

「全然大丈夫じゃないだろう！　今は空き時間か？　なら俺の研究室で休もう。こんな硬い机と椅子じゃだめだ」

「あ、いや、でも……」

「研究室はこの階にある。すぐそこだから、もう少し頑張れ」

そう言ってカインさんは俺の荷物を手に取り、肩を貸してくれる。

「うわっ、ジル、体熱いな。どうしてこうなるまで放っておいた」

「す、すみま」

「謝らなくていいから、たくっ、ミーネも公爵様も一体なにをしてるんだ……！」

カインさんの肩を借りながら、校舎の中を歩く。

実際に研究室はすぐそばにあって、真ん中に机が四つ向き合って置かれているのと窓際にソファがある以外、ほかは本と紙類で埋め尽くされていた。

「さ、ソファに横になれ。公爵家の迎えが来るまでここで休めばいい」

「あ、ありがとうございます……」

寒気で震える体にカインさんの優しさが沁みる。俺は申し訳ないと思いつつ、ソファで瞼を閉じた。


——が、しかし。

「そういえばミーネはどうした？　今日は休みか？」

「あーえっと……いろいろあって」

「いろいろ？　なにがあった？」

「えっと……」

寝たいのに、と思ってしまう自分は傲慢かもしれない。

だけど今は話しかけないで大人しく寝かせてほしかった。

重い瞼を開けてカインさんの声がするほうを見る。

カインさんは四つ置かれた机の中でも、一番綺麗な机に腰かけていた。

あれ……？　論文発表が控えてるのに、全然資料がない……

うずまく意識の中で不思議に思ったけれど、ふとした疑問を問いかけるほどの余裕はなかった。

「で、どうなの？」

「あ、えっと……」

カインさんはよほどミーネさんと一緒にいない事情が気になるのか、ソファの横にまで来て尋ねる。

あまり話したくはなかったけれど、親切に研究室まで貸してくれる心優しい先輩に『話したくないです』と抗えるわけもなく、俺はことの顛末をかいつまんで話した。

「……ふーん、ライア様がミーネと文通ね……」

「まぁ、それで少し気まずいというか」

俺はふぅ、と息を吐き、やっと寝られると瞼を閉じる。カインさんが立ち上がる気配がしたが、瞼が接着剤でくっついたかのように離れなかったので、目で追いかけはしなかった。

「……ジル、可哀想に」

「……？」

思いのほか近い距離で囁かれた言葉に薄く目を開ける。すると、額に冷たいものが載せられた。

「気休めかもしれないが、タオル置いておくな」

「……あ、ありがとうございます？」

優しさで胸が温かくなる。が、距離があまりにも近くて戸惑いも大きくなる。

わずかに身を引いたけれど、間を埋めるようにぐっとカインさんは距離を縮めてきた。

「!?」

「ジル……俺は公爵様が最低だと思うよ。だって、こんなにも健気なジルを放っておいて他人と連絡を取るなんて。人としてありえない」

「あ、えっと……」

俺のために怒ってくれるのはありがたい。

けれどカインさんにライア様のなにがわかるのだろう？

最低とか、人としてありえないとか……どれだけライア様が辛い思いをして今の公爵家の地位を維持しているか、そのための文通かもしれないと知っていて、言っているのだろうか……？

ふと、簡単に人を〝最低〟と判断してしまうカインさんに怖さを覚えた。と同時に、ここで寝てしまうのはまずい気がしてくる。

なにが、とは言えないけれど、カインさんと二人きりの状況が、急に〝いけない行為〟に思えてきた。

「カ、カインさん、俺やっぱり帰ります」

助けてもらったのに恐れを感じる自分がおかしいのかもしれない。でもライア様に誤解を与えるような過ちを犯すぐらいなら、自分の勘違いでもいいからこの場を離れたかった。

「いいって、ここにいろよ」

「っ⁉」

想像よりも強い力で肩を押し込まれ、目を見開く。やばい。怖い。本当に無理かもしれない。

「ジルは純粋で優しいから、貴族たちに利用されるんだよ。可哀想に……もし俺だったら、そんな悲しい顔はさせない。絶対に、そばにいる」

指で目元を撫でられ、全身が粟立つ。

だ、だめだ。カインさんは先輩として俺に優しくしてくれてるだけ。こんな、気持ち悪いなんて、思っちゃ――

「……っ！　カ、カインさん！　お、俺、帰ります‼」

体を捻り、力の流れを変えてカインさんを突き飛ばす。

ナティさんからの勧めで習った、非力な俺でもできる護身術の技だったが、まさか実践する日が来るとは……！

「……ジル？　急にどうし」

「す、すみません！　用事を……そう！　用事を、思い出して！」

ひどく傷ついた表情をするカインさんに、恩を仇で返してしまった罪悪感が押し寄せる。

だがここまで来たら帰るしかない。突き飛ばしたのは後日謝ろうと心に決めて、俺は自分の荷物を掴んで扉へ向かう。ドアノブを握ったそのとき――

「……ジル、俺は本気だよ」

「っ⁉」

急に後ろから抱きしめられ、反射的に振り返ってカインさんの胸板を押そうとした。

しかしカインさんはすぐに体を離し、柔らかな目を向ける。

「ごめん、ジルがふらついてたから」

「あ、す、すみません……」

なんだろう、これ。蜘蛛の糸のような、振り払えないわけではないけど、体じゅうにまとわりつくような感じ。

はっきり拒絶するには微妙な行為で、だからといって親しい先輩の域を超えているような……

不安定な距離感に、俺はどう接していいかわからない。

でもそうだ。カインさんは人との距離感を測るのが上手で、だから人間関係に疎い俺なんかが太刀打ちできるわけなくて――

「本当に大丈夫か？　まだ休んでいていいんだぞ？」

「あ、いえ、大丈夫です！」

俺が扉に寄りかかったまま固まっていると、カインさんが右手を扉につけ距離を縮めた。

ライア様だと嫌じゃないのに。どうしてカインさんだとこんなにぞわぞわするんだ。

早く帰りたい。ここから出たい。

左手でドアノブを探る。たしかな突起を掴んだとき、俺がノブを回す前にふわっと後ろの支えがなくなった。

「うわっ！」

重力に引き寄せられるまま、背中を地面に打ち付けられ――ることはなく、ぽすっとなにかに受け止められる。

え？　と振り返る前に両腕を掴まれ、

「ジルっ⁉　大丈夫か⁉」

大きなうわずった声が耳に届いた。

「っ⁉」

振り返るまでもなく、服に染み込んだほのかに甘い香水の匂いと力強い手の感触は、あの人しか思いつかない。

でもここにいるはずがなくて、いたとしても俺の居場所がわかるわけなくて。

混乱している間に「ジルさんっ！」とミーネさんの高い声が聞こえてきた。

左に顔を向けると、廊下にミーネさんが泣きそうな顔で立っている。

……あれ？　ミーネさんってこんなにやつれていたっけ？

一週間ぶりに見るミーネさんは髪もボサボサで、分厚いレンズ越しでも隈《くま》がくっきりと存在感を放っていた。

「公爵様……そんな睨まないでくださいよ。ジルの体調が悪そうだから休ませていただけで、感謝はされど、睨まれる筋合いはないかと」

俺の腕を掴む力が強くなる。

けれどカインさんと違って背筋はぞわぞわしない。体を預けたくなる安心感に、思わず涙が出そうになる。

「ラ、ライア様……」

振り返り、愛しい姿を視界に収める。色白の肌、薄い唇。俺を見つめる、紅玉の瞳。

ライア様の目の奥には焦りと動揺の震えが混じっていて、そんな顔をさせてごめんなさい、とすぐに謝りたくなった。

「にしても公爵様……どうしてここがわかったんです？」

カインさんの硬い声音に、左から返事がくる。

「あ、あの！　窓からお二人が見えて……で、ジルさん体調が悪そうだったので、迎えに……」

「……なるほど、ミーネがここに案内したのか。じゃあジルの話は真実なわけだ」

「なんだそれは」

ライア様の問いに、言わないでくれ、と願う。真実を知ってしまうから、と。

けれどカインさんが口を閉ざすわけもなかった。

「二人は浮気しているんですよね？　ジルという存在がいながら」

まったく最低だと軽蔑をたぶんに含んだ瞳で、カインさんが吐き捨てた。

「……はぁ？」

ああ、これで俺も認めないといけない……と体を固くしたのに、ライア様は本当に意味がわからないといった感じの返答で、俺は『え？』となる。

だって、そこはライア様が動揺をすべきで、そんな『なに言ってるんだコイツ？』みたいな反応をするわけが……

「ジルが言っていましたよ、二人が文通しているって。きっと浮気をしているって。本当に最低だ。ジルがどれだけ苦しんだと思っているんですか？　人として恥じたほうがいい」

俺はそこまで言ってないのに。カインさんの中で勝手に物語がつくられている。

自動で生成されるカインさんの空想が現実と間違われないように、俺が「ち、違いま……」と反論しようとしたら、先にライア様が「待て」と遮った。

「ジルが言っていたなら、ジルから直接聞こう。すまないが先に帰らせてもらっていいか？　もし本当にジルを助けただけというのなら、今回の礼は後日必ずする」

ライア様は早口にそう言うと、カインさんが「えっ？」と戸惑っている間に俺を横抱きにする。

「ジル、大丈夫か？　すぐに公爵邸に帰るぞ。医者も呼んである」

「ラ、ライア様……どうしてここに……」

「セバスとナティから連絡があったのだ。ジルが倒れそうなのに休まないと。死んでしまいそうとまで書いてあって……それで急いで大学に来たらミーネにたまたま会ったのだ。詳細はあとでちゃんと説明する。今は無理して喋らなくていい」

ああ……すごい……

じわじわと目の淵に涙が溜まっていく。

比べちゃいけないとわかっていても、カインさんと違って俺の体調を優先してくれる思いやりに、愛と好きが積み重なっていく。

お願いです。いつまでも、俺を優先して。俺だけを見て、俺だけを愛して。こうやって抱きしめる優しさも、ほかには向けないで。

ライア様に抱えられながら、いけない思考が熱とともに溶けていく。

積もりに積もったライア様への愛情は、いつの間にか他人が入り込む隙間なんてなくて。

たとえ公爵家の存続のためだとしても、ライア様が正妻を迎えるのは死んでも受け入れられないんだと、俺はやっと自覚した。


ライア様への重い愛に悩んでいるうちに意識を失っていたようで、次に目を覚ましたら見慣れた自室の天井が目に入った。

「ん……？　俺、大学に……」

記憶を辿り、ライア様に抱えられたところまで思い出す。体をわずかに持ち上げ、ベッドの周りを見渡すが、左側のサイドテーブルに水桶が置いてあるだけで、部屋には誰もいなかった。

ライア様はもう港建設に戻ったのだろうか？　というか、なぜライア様が大学にいたんだ？　もしかしてあれは実物じゃなくて、俺の願望が見せた幻覚？

ふわふわと考えが浮かんでは泡のように弾けていく。動かない頭ではまともに物事も考えられなくて、大人しく力を抜き枕に頭を預けた。

体は変わらず熱いしだるかったけれど、咳は少しだけ落ち着いたようだった。

「どうしよう。目が覚めたのを、誰かに伝えたほうが……」

扉横の紐に目線だけやる。たった数歩の距離だけど、今は遥か彼方のように感じた。

まぁ、あとでいっか……

なんにもする気になれなくて、体を横に傾けたとき、

「ジル……？　ジル？　入ってもいいか？」

「……え？」

いないと決めつけていた愛しい人の声に、心臓がどくっと脈を打った。

「私だ。ライアだ。体調はどうだ？」

「っ!?」

ほ、ほんとに帰ってきてたんだ……！　よかった、幻覚じゃなかった……！

気づいたら嬉しさで涙がこぼれて慌てて手で押さえる。けれど一向に止まる気配がなくて、うまく返事ができない。

「ジル、大丈夫か？　入っていいなら……」

「だ、だめです!!　けほっ！」

俺の声に、ライア様がドア越しで止まる気配がした。

「……どうしてだ？」

戸惑いが声を通して伝わる。

どうして？　それは、今、あなたに会ったら、俺が泣いてすがってしまいそうだからです。

ミーネさんと婚約しないでくださいって。ほかに正妻を迎えないでくださいって。

「……風邪が、風邪が移っちゃうからです」

俺は苦し紛れに返す。わざとらしくゴホッゴホッと咳をすると、少しの沈黙のあとに「……わかった」というライア様の声と扉から離れる足音がした。

「よかった……」

ボフッと音を立てて俺はベッドに倒れ込む。瞬間、虚しさが襲いかかった。

もし、俺が女だったら。

ミーネさんとの手紙のやり取りも、問い詰められたのだろうか。

ほかに正妻なんかつくらないでくださいと、すがりつけたのだろうか。

実現不可能な未来を考えては、涙がこぼれる。

覚悟を決めていたなんて嘘だ。そんなのできていなかった。

やっぱりライア様には俺だけを見ていてほしい。

「ううっ……うっ」

涙が止まらない。俺はパジャマの裾を目に当て、涙を染み込ませていると、今度はノックもなくガチャと——正確にはバーンッ！　と扉を破壊せんばかりの勢いでドアが開かれた。

あまりにも突然の出来事に涙も引っ込む。慌てて上半身を起こすと、視界の先には三角巾を顔に巻きつけて手袋をし、割烹着のようなエプロンを着たライア様が立っていた。

「え？　けほっ、え!?」

「ジル。風邪ごときで私が諦めると思ったのか？　恋人の危機なのに？」

ぎゅむと眉間にしわを作り、きりっとこちらを睨む表情は勇ましい。けれど格好が驚くほどださくて、『ライア様でも似合わない服なんてあるんだ……』なんて場違いなことを考えてしまった。

「お、俺は大丈夫ですから……！」

「強がるな。泣くほど辛いんだろう？　目の周りが真っ赤だぞ」

ライア様はそう言って、俺の右側のベッドサイドに置いてあった洗面器で濡れタオルをつくってくれる。

「とりあえずこれを目に当ててるんだ。顔もひどくやつれてるな……私がいない間、ちゃんと食べていたか？　今はなにか食べられそうか？」

「す、少しなら……」

「そうか。じゃあスープを持ってこさせよう。服も変えたほうがいい」

ライア様は一旦部屋を出て、今度は着替えの服を持って現れる。テキパキと着替えさせられ、顔を拭かれ、スープと一緒に風邪薬が来ると先にスープをフーフーして飲ませてくれた。

「熱くないか？」

「は、はい……」

俺はあむっとスプーンを咥え、スープを口に入れる。

何度かスプーンを行ったり来たりさせているうちに、ライア様のこわばった表情が柔らかくなった。

「よかった……食欲はあるようだな」

三角巾のせいで口元は見えないが、心の底からの安堵が瞳に映る。

ああ……本気で俺の体調が心配だったんだ……

薬も飲み終わり、コップとスープ皿を片付けるライア様を涙で歪んだ視界で見つめる。

しばらく会っていないから忘れていた。ライア様は全身全霊で俺を愛してくれていると。俺が傷つくと、こんなにも死にそうな顔で看病してくれると。

馬鹿だな、俺は。一人で悩んで、心配かけて。

大きく息を吐き、体育座りで膝に顔を埋めた。

「どうしたジル？　気持ち悪いのか？」

「いいえ……はい、いや、そうですね……」

肯定と否定する気持ちが混ぜこぜで、よくわからない。俺は入り混じった返答をそのままに、ライア様に問いかける。

「ライア様……なんでミーネさんと手紙のやり取りしているんですか……？」

隣で息を呑む気配がした。

「……さっきカインが言っていたのは本当だったのか。私がミーネと文通し、浮気していると。本気でジルは思ったのか？」

「浮気……というわけではないんですが……」

俺は曖昧に答えながら頷く。

もしこれで、ミーネさんを正妻に迎えるつもりだ、と言われたらどうしよう。そのとき俺は、泣いてもいいのだろうか。

もし、だめだとしても泣いてしまうだろう。体の水分がすべてなくなるまで涙を流しても、ライア様を好きな気持ちが消える想像ができない。

しばらくの間、ライア様は黙ったままだった。

ああ、やっぱり言いにくい話なんだと、目の前が真っ暗になる。

もう、いいですよ……と泣きそうな声で返そうとしたとき、急に立ち上がる気配がした。顔を上げると、ライア様は勢いよく頭を下げた。

「ジル、本当にすまないっ！　ジルに誤解を招くような行為をしてしまって、私はなんて最低な男なんだ。カインの言う通りだ。今すぐ死んで詫びたほうがいい」

「えっ!?　あ、いや！　そこまでは思ってないですよ!?」

俺は慌てて顔を上げてもらうよう手をわたわたさせたが、ライア様は一向に体勢を変えない。

「いや、ミーネから手紙をもらったのは事実だ。しかもそれをジルに内緒にしていた。ちゃんと言うべきだったし、誤解を与えてしまったのも情けない」

「っ！　や、やっぱりやり取りは……」

「だがっ！」

ライア様は語尾を強く言うと、体を起こし俺の瞳をしっかりと見据える。

「ミーネとの手紙にやましいものはひとつもない。公爵家の使用人全員に手紙の内容を見せたっていい。もし確認したかったら今誰かを呼んで……」

「あっ、えっ？　見せられるって……？」

わざわざ呼んでもらうのも申し訳ないし、俺はライア様から話を聞きたい。

「じゃあなんのやり取りを……？」

と問いかけると、ライア様はお腹を刺されたかのような苦しい表情を浮かべた。

「……本当は今すぐにでもジルに手紙を見せたい。でも、まだ確証を得られていない情報があって……なんと言うか、ジルにミーネの手紙を見せるためには、私がちゃんとジルを幸せにする覚悟と保証がないといけないというか、証明がないといけないというか……うぅ……くそっ、こんな曖昧な話じゃ余計不安になるよな」

ライア様が頭をかき、「どうすれば伝わるんだ……！」と唸る。

「その、とりあえず別で証明書が必要で、それは今セバスが用意している。それができればすぐにでもジルにミーネの手紙を見せられるわけで……」

それ、としか言いようがないのか、ライア様が一生懸命身の潔白を説明しようとしても、抽象度が増すばかり。

最終的には「……だめだ。ジルに信じてもらいたいのに、私の行動が怪しすぎる」とうなだれてしまった。

「すまないジル……でも、本当にやましい行為は一切ないんだ。ジル以外なら手紙を見せられるし、ジルの信頼を得るためなら、今すぐにでも見せないといけないのはわかっている。でもジルが一番大事で大切な人だからこそ、やはり見せられないんだ。証拠がない状況で見せてしまうのは、不誠実な行為に当たるわけで……」

言葉を重ねれば重ねるほど弱々しくなっていくライア様。

反対に、不安で壊れかけていた俺の心はどんどんと補強されていく。

そうだった。ライア様はどこまでも誠実で、だからこそ絶対に逃げない人で……

今だって、俺に手紙を見せてしまえば解決するのに。信用してもらおうと頑張っている。

自分の決めた決意、覚悟、道。どんなに困難でも簡単なほうには流されない。

そういう強さが俺にはなくて、憧れで、尊くて……どうしようもなく好きになる。

「ライア様……ひとつだけ、聞いていいですか？」

「ああ、なんでも聞いてくれ」

ライア様が食い気味に答え、ベッドに身を乗り出す。

俺はずっとしまっていた本音を慎重に取り出し、震える唇で初めて不安を口に出した。

「俺は、ライア様が……ミーネさんを正妻に迎えようとしているんじゃないかって、思っていたんですが、それではないですか？」

「……はっ、はぁ!?　私が、ミーネを正妻に!?　あ、ありえない！」

驚きと怒りの混じった叫びに、俺は鼻の奥が痛くなる。

「でも、俺は男です。後継は産めない……！」

「……っ！」

「だからライア様が誰かを妻に迎えようと思っていても、俺には止められません……だからそのときがきたら、受け入れようと……思って……」

「受け入れなくていい」

ライア様が三角巾をずらし、俺の唇を塞ぐ。

「か、風邪が移っちゃ……」と言ったが、ライア様は俺に愛を刻みつけるように強く、深く、舌を交わらせる。

「ジル、そんなひどい話を受け入れないでくれ。怒って、喚いて、嫌だって叫んでいい。現に今、私はジルに責められたい」

「んぅっ、そんな、責めるなんて……」

できるわけない。だってライア様は悪くなくて、俺が男じゃなければすべて解決する話で……

でも、嫌だなって思ったのは事実だ。

ライア様がほかの人のところに行ってほしくないと感じる心に嘘はない。

ライア様は名残惜しそうに唇を離し、悔しそうに瞳を歪ませる。

「本当にすまなかった。ジルにこんなひどいことを言わせてしまって、私は、自分で自分が許せない」

「俺は、いいんです。どんなライア様も好きですから……」

「だが私は嫌だ」

そんな、ライア様、自分を嫌いにならないでください……

伝えたい思いが口に出る前に、ライア様が唇を奪う。

唇だけじゃなく、溢れてしまった涙を消すように、顔じゅうにキスの雨が降る。

頬を挟まれ、溺れるような愛情表現に視界が歪むのを止められない。

「ラ、ライアさ、ま……」

「……ジル、ちゃんと話したい。元気になるまでそばにいる。だから、風邪が治ったら私に時間をくれ……」

今、今話して大丈夫です。元気になるまで待てない、と言いたかったけれど、なぜかひどい眠気が襲ってくる。

「……み、港の建設……は……？」

「大丈夫だ。しばらくはここにいられる。ジル、眠いんだろう？　薬が効いてきたんだ。寝られるなら、寝たほうがいい」

遠くで、ライア様の優しい声がする。

元気になるまでそばにいてくれるなら、寝ても大丈夫かな……でも、まだ、話したい……

そう切実に願ったけれど、俺はライア様の胸の中でいつの間にか眠りについていた。

ライア様が呼んでくれたお医者さんが凄腕だったのか、大きな不安がなくなったからか、俺の体は一日ですっかり元気になった。念のためもう一日療養したけれど、どちらかというと俺の体調のためより、ライア様を安心させる意味合いが強かったと思う。

二日間、ライア様は本当に俺のそばから離れなかった。よほど俺が寝込んだことにショックを受けたのか、口酸っぱく「無理はするな」「お願いだから休んでくれ」と言われ、俺はベッドの中で何度も頷いた。

心配かけて申し訳ないな……と思いつつも、ずっと一緒にいられるのは幸せな一時《ひととき》だった。

けれどライア様が帰ってきて三日目の朝、俺が大学に行く前に「明後日港建設のほうへ戻る」と悲しそうに告げられ、とうとう現実に戻らないといけないのか……と寂しくなった。

「それで今日の夜なんだが、ジルはなにか予定があるか？」

「夜ですか？　いえ、特には」

玄関まで見送りに来てくれたライア様にそう返すと、ライア様は頷いた。

「わかった。じゃあ大事な話があるから空けておいてくれ」

「大事な話、ですか？」

「ああ。前言っていた、セバスに頼んでいた証明書類が今日の昼には揃いそうなんだ。だからちゃんと、話がしたい」

「……！」

あの、俺が体調を崩した原因、ミーネさんの手紙の内容がとうとうわかるのか……！

ライア様はまだ俺に誤解を与えた罪を感じているのか、どこか申し訳なさそうな目でこちらを見る。

俺はもう気にしてないですよ、と伝えるためにも「わかりました。じゃあなるべく早く帰ってきますね！」と明るい笑顔で答えた。

「ありがとう。あと、これは私が疑い深いだけかもしれないんだが……」

なんだろう？　と思ってると、ライア様が「できればカインとは二人きりにならないでくれ。もしかしたら、万が一のことが……」と言いにくそうに忠告してくれる。

いくら察しの悪い俺でもライア様の言いたい意味は理解できた。

カインさんと二人きり、向こうがどう思っているかわからないけれど、疑われても仕方ない。

「それはもちろんです。すみません、俺も二人きりになってしまって……」

俺も勘違いさせるような行為をしていたと猛省し、深々と頭を下げた。

「いいんだ。私の勘違いの可能性もある。とりあえず、今日は帰ってくるのを楽しみに待っているぞ。無理はしなくていいが、早く帰ってきてくれたら嬉しい。その分長く会えるからな」

ライア様は俺の顔を上げさせ、おでこにキスを落とす。

なんだか甘いお見送りに、もう学校休んじゃおっかな……と浮ついた考えが頭をよぎった。

って、だめだめ！　ライア様もきっと執務室で仕事するだろうし、休んだ分俺も挽回しなきゃ！

これ以上名残惜しくなる前に、俺は玄関の外に出る。

二日ぶりの秋晴れの空は、前とは違って俺の心を明るくさせた。


「ミーネさん、おはようございます」

「あ！　ジルさん！　体調は大丈夫なんですかっ⁉」

休講情報の載った掲示板に向かう途中、見慣れたふわふわの金髪が見えたので後ろから声をかける。ミーネさんは俺が避けていたとは思えないほど、一人の大事な友人として俺の体調を気遣ってくれた。

「はい、おかげさまで完全回復しました！　すみません。最近避けていて……」

「いえ、こちらこそ誤解を与えてしまい、申し訳ございません！」

すみません、すみません、とお互い謝り倒してから笑い合う。

……勝手に俺は友達の関係が終わったかと思ったけれど、まったくそんなことはなかった。

ミーネさんもミーネさんで、なにがあったのだろうと心配してくれていたらしい。

でも、踏み込めなくて、なんで避けられているのかも聞けなくて。

悶々としていたある日、大学で俺の居場所を聞きまくるライア様に会ったのだとか。

そんなことがあったなんてつゆ知らず、俺はなんて自分勝手な妄想を繰り広げていたんだ……

反省と羞恥で消えたい。

けれど踏み込めない、聞けない、気持ちはよくわかって。だからこそ、こうして仲直りできてよかったと心底思った。

「にしても手紙のやり取りをしていたのなら、教えてくれてもよくないですか？　俺、一人で勘違いして恥ずかしかったですよ？」

もうわだかまりはなし、と確認するかのように軽くなじる。

するとミーネさんがすごくしょんぼりして「本当にそうですよね……すみません。事前情報がないほうが嬉しいかと思いまして……」と答えた。

「え？　事前情報がないほうが嬉しい？」

なんのことだろう？　と首を傾げると、ミーネさんもきょとんとこちらを見つめ返した。

「え？　だって仲直りって……ちょ、ちょっと待ってください！　ライア様からまだ内容聞いてないんですか!?」

「えっ、あ、はい……まだ教えられないからって……」

「えっ！　そ、そうだったんですか……！　じゃ、じゃあなんでもないです！」

「えっ！　な、なんなんですか!?　教えてくださいよ!!」

「え！　いや、本当になんでもないですよ!!　あ！　休講情報確認しなきゃ！」

なにか隠しているようだったけれど、ミーネさんが先に歩き出してしまうので、俺も慌ててあとを追いかける。

ま、でも今日ライア様の口から直接聞けるし、無理して問いたださなくてもいっか。

俺はさして気にせず、「もう、待ってくださいよー！」と言ってミーネさんに追いつくと、掲示板にはいつもの比じゃない人数が群がっていた。

「あ、ジルさん、なにかあったんでしょうか……？」

「えっ、もしかして、授業全部なくなってたりして……」

先ほどの会話は一旦置いておいて、俺らは目前の光景の要因を探る。

授業がなくなるのは来た意味がないから普段だったら困るけど……今日に限っては嬉しいかも。

ライア様は明日には帰ってしまうし、長く一緒にいられるのは嬉しい。

だが人垣に近づいて聞こえてきた噂話は、休講情報などでは一切なかった。

「…これ、本当？　中止の可能性もあるんじゃない？」

「それな。公爵家大打撃だろ」

……ん？　公爵家？　大打撃？

なんか、嫌な予感がする。

俺はミーネさんを一人置いて人垣をかき分け、掲示板を目指す。

するとそこには、

『公爵家の新港建設、打ち切りか!?』

と大きく書かれた新聞の記事が貼られていた。

「は、はぁっ!?」

周りの視線が一気に俺に集まる。慌てて口を閉じたけれど、記事からは目が離せなかった。

どういうこと……⁉　なんで中止⁉　だってライア様、こっちに戻ってこられるぐらいには余裕があって……！

「あっ、ジル！」

震える瞳で記事を読もうとすると、後ろから大きな声で名前を呼ばれる。ばっと振り向くとカインさんが大きく手を振っていた。

瞬時に蘇る研究室での出来事。押された腕、抱きつかれた嫌悪。鮮明な記憶が鳥肌をともなって頭の中を駆け抜ける。手足の末端から血の気が引くのがわかった。

その間にもカインさんの大きな体躯がずんずんと進んでくる。

「ジルが来るのを待ってたんだ。さっ、詳しく説明するから、研究室に行こう」

「えっ、えっ⁉」

ちょ、ちょっと、なにっ？　なんでカインさんが俺を待っていて、研究室に案内するわけ⁉

「ジ、ジルさん！　これ、先日の論文発表会で出たカインさんの論文の記事ですよ！　新港建設の不利になるような研究結果が出たって……！」

いつの間にか俺の隣に来ていたミーネさんが、掲示板を指差して叫ぶ。

えっ、じゃあ港建設の仕事を手伝っていたカインさんが、建設中止に追い込む論文を出して……な、なんで⁉　カインさんのお仕事って、港建設がうまくいくように手助けすることじゃ……？

もう、わけがわかんないんだけど！

「あ、ミーネもいたのか。すまん、俺ジルと話があるから……」

混乱を極めていたら、いつの間にかカインさんに腕を掴まれていた。

俺は条件反射で手を弾いてしまう。

「カインさん！　あっ、そのっ、研究室に行っちゃうと、一限が間に合わないっていうか……あっ！　だから、そこのテラス！　テラスに行きましょ！　三人で！」

俺は無理やり遠くのほうに見えたカフェテリアのテラスを指差す。まだカフェテリアは開いていなかったけれど、外にはテーブルと椅子が並んでいた。

「いや、でも俺は……」

「そっ！　そうしましょう！　私もお話を聞きたいです！」

密室で二人きりになりたくない俺の考えを察してか、ミーネさんが乗ってくれる。

俺はカインさんが反対する前にテラスへ歩き出した。

テラスは早朝というのもあり、俺たち三人以外は誰も座っていない。けれど外を歩く学生はちらほらいて、ほかの人の目があり俺は少しほっとした。

逆に、カインさんはひどく不機嫌そうだ。ミーネさんがいるのが嫌なのかもしれない。

彼女がいる限り、俺からは一切口を開かないという意思を強く感じて仕方なくこちらから問いかけた。

「カインさん、どうしてあんな論文を出したんですか？　公爵家を貶めるような……」

「公爵家を貶める？　違う。俺は事実を書いたまでだ。公爵様の独裁的な考えにジルもうんざりしてるだろう？」

「俺はそんなふうに言っていません」

語調の鋭い返しに、カインさんが眉をひそめる。

「カインさん、俺はどうしてあの論文を出したのか聞いているんです。あなたは新港建設に協力している立場のはずです。なのになんで……！」

「………」

今この時期に出せば反対運動が激化し、建設中止に追い込まれるのは目に見えてわかっていたはず。だからこそわからない。カインさんの考えが。協力しているはずなのに裏切る行為が。

冷たい風が木々を揺らす。ずいぶん長い間沈黙したあと、カインさんはじっと俺を見つめて言った。

「……ジルのために決まってるだろ？」

なぜか傷ついたように顔を歪ませた。

「……はぁ？」

「ジル、お前は公爵様に洗脳されているんだ。公爵様が初めて優しくしてくれた人だから、盲目的にいい人だと信じてる。でも実際はこの女と浮気して」

「浮気はしていません」

ミーネさんがきっぱりと断言する。

俺も隣で激しく頷いた。

だって、病床で一生懸命俺を看病してくれたライア様は、心の底から俺の体調を気遣ってくれていた。あまりにも心配で仕事をほっぽり出してしまうほどだ。

ミーネさんだって邪《よこしま》な行いが平気でできるような人じゃない。浮気と疑われるような行為をして、ひどく自分を責めていたじゃないか。

現実のライア様もミーネさんも、俺が想像するほど俺を蔑《ないがし》ろにするような人じゃない。久しぶりにライア様と会い、ミーネさんと話して、俺は実際にそう感じた。

けれどカインさんは一向に信じられないようで、軽蔑の目でミーネさんを見返す。

「貴族はこうやってすぐに嘘をつく。でもジルは優しいからその嘘を見抜けない。だから俺が公爵様の本来の姿を見せてやろうと思ったんだ。俺の論文をちゃんと読んだか？　読んだならわかるはず。公爵様は領民の不利益になるような情報を隠して新港建設を無理やり進めてる」

そう言ってカインさんは鞄から論文を取り出し、テーブルに置く。

「………」

今度は俺が黙ってしまう番だった。

カインさんの論文はまだしっかり読んでいない。じゃあ一方的に文句を言って悪いのは俺なのか？　本当はライア様が領民に嘘をついて……領民だけじゃなく、俺にも嘘をついて、新港建設も正妻の話も独善的に進めているとしたら。

「な？　ジル。俺の論文を読んで、目を覚ましてくれ。俺なら絶対にお前を裏切らない」

ミーネさんが息を呑む。カインさんの瞳が包み込むように温かくなる。

けれど、俺の心は決まっていた。

「……いえ、俺はカインさんの論文を読まなくても目は覚めています」

ライア様は簡単に『絶対』なんて使わない。ちゃんと関係を築けていない相手に『裏切らない』とも言わない。

言葉の重みがまったく違う。カインさんは人当たりが優しくそこは尊敬しているけれど、ライア様とカインさん、どちらが信頼に当たる人物かは比べるまでもなかった。

「……ジル、お前は勘違いしているよ。俺が正しく導かないと」

「俺はそんなの望んでいません」

「だろうな。だって洗脳されているんだから」

同じ言語を話しているのかと疑いたくなるほど、話が噛み合わない。

終わりの見えない平行線の会話に俺が困惑していると、ミーネさんが「あっ」と小さく声を上げた。

「あの人、ジルさんのお知り合いですか？　手を振っていますが」

ミーネさんの指差した方向に首を傾けると、でっぷりと太った男性が現れる。俺の知り合いではなさそうと返そうとしたら、カインさんが「俺の知り合いだ」と答えた。

「ジル、一週間後に新港建設現場で討論会が開かれる。俺はそこで公爵様の真の姿を民衆に晒すつもりだ。今から準備のために元シャルマン家領地に向かうが、一緒に来ないか？」

「……行くと思うんですか？」

「俺は来ると信じてるよ」

それは実在の俺ではなく、理想の俺を信じているにすぎない。

自分でつくり上げたものだから容易に信じられるんだ。本当の信頼は、不安と期待のせめぎ合いで口に出すのも苦しい。

ひょっとすると、カインさんは想像力が足りないのかも……

ふと気づいた真実に、我ながら驚く。

もしかしたら、嫌われているかもしれない。本心は、別の考えがあるのかも。

そういった疑いや不安がカインさんからは感じられない。ある意味で自分に自信があるからこそ、自分の想像の世界を強く信じられるのだ。

俺は否定され続けた人生だから、客観的な事実すら信じられない。

周りは頭がよいと言ってくれるけど……運がよかっただけかもしれない。

ライア様は俺を愛してくれているけれど……実は正妻を迎えるかもしれない。

事実すら捻じ曲げて自虐の道を選ぶのは褒められた思考ではないのはわかっている。でもそれが今まで自分の心を守る術だった。

だからこそ、ある意味ではカインさんの自信が羨ましい。俺には一生届かない境地だから。

俺が無言を貫くと、カインさんはため息を吐いて席を立った。手を振っていた人物と親しげに肩を叩き合い、遠くへ消えていく。

「はぁ……カインさん、あんな人だったなんて……」

どっと疲れたようにミーネさんが机に身を投げ出す。

が、俺はカインさんの出した論文を鞄につっこみ、立ち上がった。

「ミーネさん、この件をライア様に報告してきます！　もしかしたらすでに知っているかもしれないですけど……！　とりあえず一限と二限のノート、任せてもいいですか!?」

「あっ！、はい！　もちろんです！」

「ありがとうございます！　じゃあまたあとで！」

「はい！」

俺は大学の敷地外へ出て馬車を掴まえる。急いで公爵邸に向かうと、ちょうどライア様が玄関から出てくるところだった。

「ジル!?　授業はどうした？　いや、それより今すぐ港建設へ行かないといけない用事ができてしまって、大事な話が……」

「ライア様！　事情はわかっています。カインさんの出した論文ですよね!?」

「っ！　あ、ああ、そうだが、どうしてジルが……」

「すみません……！　それ、全部俺のせいかもしれないんです!!」

「えっ？　はぁ？」

戸惑うライア様に俺は先ほどの出来事を話す。ちゃんとライア様を信じている旨を伝えつつも、だんだん顔が暗くなっていく俺に、「ジルのせいじゃない」とライア様がはっきり言った。

「カインが勝手に言ったのだろう？　ジルが責任を感じる必要はどこにもない」

「ラ、ライア様……！」

どこまでも俺の味方で俺自身の気持ちを優先してくれる愛しい人に、周りの目を気にせず抱きつきたくなる。

けれどライア様の後ろにはセバスさんやナティさんもいて、ぎりぎりのところで我慢をした。

代わりに「俺にできることはないですか？」と尋ねる。

「俺も公爵家の一員として、セバスさんやナティさん……あと兄さんのようにライア様の役に立ちたいんです。大学の論文資料館も俺なら使えますし、知識も少しはあります。だから、なにか手伝わせてください。ただじっと大学で授業を受けているなんてできません！」

「……ジル」

ライア様が噛み締めるようにゆっくりと瞬きをする。思考を巡らす短い間があってから「じゃあひとつ、大きな仕事を任せてもいいか？」と厳《おごそ》かに告げた。

「もちろんです！」

ひとつとは言わず、いくつでも任せてほしい。

俺が鼻息荒く即答すると、ライア様がふっと笑みをつくった。

「ありがとう。そしたら、私は港建設現場で暴徒化しそうな領民たちを鎮めてくる。ジルはその間に、カインの論文に対抗できそうな資料を探してきてくれないか？　私はまだちゃんと目を通していないが、セバスが言うには穴だらけらしい」

「期限は？」

「一週間後の討論会までだ」

「かしこまりました！」

ライア様は『任せたぞ』と言うように鷹揚に頷く。久しぶりに恋人としてではなく、公爵様としての威厳を持って向けられる目線に一瞬くらっとなった。

嬉しい……！　嬉しすぎて、倒れそう……！

あの滅多に他人を頼らず、一人でなんでもこなしてしまうライア様に仕事を任されるなんて。体の奥から活気がみなぎり、頬が熱くなる。

馬車に乗るライア様を見送ったあと、俺も大学へ戻る馬車に乗り込む。

資料を送る手間も考えたら残りは六日だ。

馬車の中でカインさんの論文に目を通しながら、俺は今後の策を考えた。


一限と二限の間の休み時間でミーネさんを掴まえ、六日ほど授業に出られない旨を伝える。ミーネさんは最初驚いていたが、俺の説明を聞き「休んでいる間のノートは任せてください！」と言って、空いてる時間は俺の短期学生の授業にも出てくれることになった。

「無理はしないでくださいね！」と伝え、俺は論文資料館に駆け込む。

公爵邸から戻ってくる馬車の中で、カインさんの論文はある程度把握できた。

ライア様の言う通り、論文は穴だらけだった。急遽つくったのか根拠のない推論がどんどん展開され、一緒に載っている図や表も怪しいものばかり。

おかげで洗脳から目が覚めるどころか、どうしてこの資料が大々的に取り上げられているのか不思議に思ったぐらいだ。実際、カインさんの論文はまだ学会審議中で正式には認められていない。

……まぁ、でも、記者的にはちょうどいい案件だよなぁ。

俺は今朝見た掲示板の記事を想起する。

若き冷酷公爵の醜聞や失敗談は貴族界でも一般市民でも、人気なのは間違いない。それはそれは飛ぶように紙面が売れるだろう。

しかも、民衆は反対運動を激化させている。カインさんの論文が学術資料としては到底認められるものじゃなくとも、信じる人は信じてしまうだろう。

「そんなの、俺が絶対させない……！」

受付で渡されたランプで書棚の間を行ったり来たりしながら、反論となりそうな資料を片っ端から集めていく。途中親切な受付の人がカゴを貸してくれて、資料の運搬がだいぶ捗《はかど》った。

「よし、とりあえずこの中から使えそうなのを書き写して……」

論文発表会が終わり人がいないのをいいことに、閲覧室の大きな机を丸々ひとつ資料で溢れさせる。

カインさんの論文と睨めっこしながら数字が出てきたら根拠を探し、論理の飛躍があったら元の資料を辿る。ひとつひとつ穴を埋める作業をしていると、あっという間に時間が流れていった。

全講義が終わるとミーネさんが様子を見にきてくれたが、ミーネさんはミーネさんで日々の課題に追われているようで、俺は「大丈夫ですよ」と答える。

結局初日は閉館間際まで作業し、書き写した資料はその日のうちに公爵邸から速達でライア様の元へ郵送した。

そんなこんなで一日、二日と過ぎていき、ほとんどの穴が埋まっていく。が、まだ解決できない問題も残っている。

「国防の安全性の欠如と近海付近の漁業関係か……」

調べ始めて三日目の朝。山のような資料の中で、俺は頭を抱えた。

カインさんの論文はほとんどはすぐに埋まるような穴ばかりだったが、大きな課題がふたつあった。

ひとつは、新港の規模に対して砲台の数や灯台の高さが足りていないという国防の懸念点。

もうひとつは、新港建設の埋め立てにより近海の海流が変わり、漁獲量が減っているという主張。

このふたつを覆すのが非常に難しい。

国防に関しては機密事項が多く、なにをどれくらいつくるべきか正解がどこにも記されていない。

漁業に関しては地元の漁港組合から漁獲量の推移を示した資料を持ってきていて、実際に新港の施工開始から数値が減っており、覆すのが不可能に近かった。

「ううっ……！　このふたつをどうにかしないといけないのに……！」

うぅ……と唸って頭を抱えると、資料が数枚机から落ちる。

俺はため息をこぼしつつ拾うと、ちょうどカインさんの論文だった。

「くそー……！　これさえなければ……！」

と思って凝視したが、よく見ると今回出されたものではなく、唯一通ったと言っていた過去の論文だった。

そうだ……なにかの参考になるかと思って一応持ってきたんだ。でも内容は領民心理系の話ばかりで、今回の問題点はかすりもしなかったんだよなぁ……

現実逃避も兼ねてぱらぱらとめくる。相変わらず根拠が薄いというか、資料が少ないというか……でも今出されている論文よりはしっかりとしており、内容もまあまあ面白かった。

……最後の記述に目を通すまでは。

「えっ⁉」

残り一枚で手が止まる。さらっと読んだだけでは信じられず、何度も読み返す。

いや、これって、いいのか……⁉　でもこれで通ったってことは……

その方法は可とされているわけで、一応根拠としては学会でも認められているのだ。

「……この方法なら、ひとつは解決するかも」

まさか論破すべき相手から論破するきっかけを見つけるとは。でも、問題はもうひとつのほう……

「でもそっか、この方法を応用すれば……！」

俺は頭の中でピースを組み立てていく。あそことあそこを組み合わせて、こうすれば……

「あ、君、紙落としてるよ」

「っ！　あ、ありがとうございます！」

たまたま閲覧室に入ってきた男性二人が、俺の落ちた資料を拾ってくれる。

俺は頭を下げてお礼を言うと、「あ、それカインの論文？」と話しかけられた。

「え？　あ、はい。今カインさんのことを調べていて……」

「あ、そうなんだ。俺らカインと同期なんだけどさ……」

そう言って二人が話すカインさんの話に俺は目を見開いた。

ライアと港建設討論会

――一方新港建設現場では。

第七開発現場に隣接した仮設テントの中に緊迫した空気が漂う。頻繁に人が出入りし、資料やら緊急報告が飛び交った。

遠くからは「開けろ！」「中止にしろ！」という抗議活動の怒声が響いている。

しかし、今は彼らに気を取られている場合ではない。

私はジルから送られてきた資料をテーブルに広げ、頭に叩き込んでいた。

「ライア様！　安全靴の数は揃いました！」

「こちらも、万が一のときのための人員は確保できたかと」

ちょうどそのとき、教授とウェスが額に汗を浮かべて入ってくる。

私は「わかった」と答え、二人にテーブルに来るよう目配せした。

以前、説明会の話し合いをしたとき、一番の懸念点は領民の暴徒化による破壊工作だった。致命的な部分を壊されてしまっては元に戻すのに数か月はかかる。

だから以前から準備は進めていたのだが……まさか、予想よりも早く領民を建設現場内に入れるとは。しかも、説明会ではなく討論会。はなから争う形になるのは不本意だが、人員の確保や安全に立ち入る用意が整っていたのは不幸中の幸いだ。

「二人とも重々承知だと思うが、今日を入れて討論会まで残り四日だ。これがジルから送られた資料だが……どうだ？　カインに勝てると思うか？」

「……そうですね」

「よくは調べられていますが」

二人は資料を手に取り、信じられない速さで目を通していく。

私はその様を見ながら、同意を示すために頷いた。

「やはり国防の部分と漁獲量のところが難しい。ジルも調べてくれているようだが、まだ打開策は見つかっていないようだ」

重苦しい空気に息がつまる。しかしここで一番上に立つ私まで暗い表情はできない。今はジルを信じて、私の仕事をするまでだ。

「二人にはジルから送られてきた資料を頭に入れておいてもらいたいのと、ほかに欲しい資料があったら早急に教えてくれ。ジルに頼んで写しを送ってもらおう」

「わかりました。ざっと目を通しましたが、僕は特にありません」

教授より先に読み終えたウェスが顔を上げる。

今の短時間で大体の内容を把握してしまうとは……日ごろから学術資料を読み慣れているとはいえ、敵に回したら恐ろしい。

私は口元に苦笑を浮かべつつ、カインとは別の厄介者の名前を挙げた。

「それでダンに関してなんだが、今公爵家の者に調べさせていて……」

と言い切る前にテントの幕が開く。返事を聞かずに入っていい許可を与えているのは、セバスからの使いである特別な配達員だけだ。私は入ってきた配達員から封筒を受け取り、素早く開ける。

中身はちょうどダンについての調査結果だった。

「ほう……」

「なんですか？」

ウェスが身を乗り出すので、二人にも見えるようにテーブルに置く。

さすがセバスだ。ダンが反対運動を始めたきっかけだけでなく、面白い推測まで提示している。

「そんな事情が……」

顔を青くするウェスに「まだ証拠はないようだがな」と忠告する。

「しかし、もしこれが事実だとしたら……」

「ああ。強い切り札になる」

これで、ダンに関しては封じられるかもしれない。となるとやはり問題はカインか……

「ライア様、少しよろしいでしょうか？」

「どうした」

資料を読み終えた教授が発言を請うように軽く手を挙げる。よく見ると、手にはジルの持ってきた資料ではなく、テーブルに置かれていたカインの論文が握られていた。

「ジルくんの資料を読んでいて気づいたのですが、やはりカインくんの論文は穴だらけです。それでカインくんの論文を読み返すと……」

いつの間に読んでいたんだと思いつつ、教授が置いたカインの資料に目を落とす。

「ここ、数字を出して結論へ持っていこうとしていますが、少々強引ですよね？　この強引さ、どこかで見覚えがある気がしませんか？　たとえばあのダンさんが配っていた文書とか」

「！　たしか、文書はあそこにまとめているはずだ」

私が書棚を確認する前に、ウェスがすでに文書の束を持ってきてテーブルに広げる。

「教授のおっしゃる通り、話の進め方が大変よく似ていますね」

「そうだな。じゃあこの文書をつくったのはもしかして……」

「もしカインくんとダンさんが繋がっていたら、可能性は大いにありますな。そして今回の論文と漁獲量の資料も……」

「二人の、策略……！」

点と点が繋がり、大きな地図を描く。しかしひとつだけ、大事な部分が埋まらない。

「どうしてカインさんは、ダンに協力を……？」

ウェスの疑問に答えられる者は誰もいない。けれど調べるべき関係性が浮き彫りになった。

「今はまだわからないが、公爵家の者にカインとダンの関係性を調べさせよう。それでなにか見つかれば……カインの論文を論破できなくとも、切り札が増える」

――だが問題は、残り四日で間に合うかどうかだ。

誰も口に出さずとも、同じ不安を抱えているのは顔を付き合わせれば容易に想像できた。

カインの論文の影響でだいぶ少なくなった従業員たちとも協力しながら、討論会に向けて準備を進める。現場の安全管理はウェスと教授に任せつつ、私は突発的に来る記者の対応などをしながら、外交部分を担当した。

討論会当日も、記者は領民に紛れて来るだろう。良くも悪くも過剰に書くのがやつらの仕事だ。大逆転できればこっちのもんだが、大負けすれば自分の代だけじゃ済まない損害を負うかもしれない。

……怖いな。

久しぶりに、ひりひりとした緊張感が自分を襲っていた。前までなら破滅するのも身ひとつだったが、今は守るべき人がいる。だから余計に、恐怖の波にさらわれそうになるのかもしれない。けれど、自分を強くするのも、愛しい人だ。

大学で頑張っているであろうジルを思い浮かべ、自分を鼓舞しながら討論会当日の朝を迎えた。

「声を上げているのは意外と一部だけなんでしょうか」

「そうかもな。けれどその一部が問題だ」

当日の天気は嫌味なほど快晴で、雨天中止など許さないと宣言されているかのようだった。

私はウェスの発言に頷きつつ、建設現場内の見張り台から領民の動きを観察する。

建設現場の外には討論会参加を表明した領民が並んでいたが、こちらが想定していたよりも数は少ないように感じた。

「そうですよね……無事にうまくいくといいのですが」

もし暴徒化して変な動きをしたら、ウェスが鐘を鳴らす手はずになっていた。

見張り台から見る建設現場は東に海、南北に出入り口、真ん中に仮設の討論会会場がある。今回は南側の入り口のみ開放し、チャールズ教授が討論会会場まで領民を案内する予定だった。

「……ライア様、弟からの連絡は？」

「……まだ来ていない。それに、公爵家の者からも」

柵を握る手が湿る。

ジルは四日前の資料を最後に『討論会までには絶対に、決定的な資料を集めて送ります！』と短い手紙が来てから、なにも送られていない。

セバスも同様で、カインとダンの関係性を示す資料は手元には届いていなかった。

そうなると切り札はひとつだけ。勝てると確証するには心許なく、すでに冷静なほうの頭では負けた場合の損失を計算し始めていた。

「ライア様、大丈夫ですよ。手紙は絶対に来ます。領民だって話の通じない人たちじゃない」

ウェスが眼下の民を見ながら、つぶやくように言葉を漏らす。

それは私を励ますというより、自分自身に言い聞かせているようだった。

「ああ、そうだな。彼らを信じよう」

「ええ」

ちょうどそのとき、チャールズ教授が笛を吹いた。開場の合図だ。

「……さぁ、この鐘を鳴らさせないでくれよ」

隣でウェスが、小さく頷いた。

「ええ〜このたびは新港建設現場にお越しいただき……」

見張り台からかすかに教授の落ち着いた声がする。最初、案内はウェスがする予定だったが、チャールズ教授が「私のほうがいいでしょう」と提案したのだ。

「ウェスくんも大変優秀です。しかし世の中には『若造の話なんぞ当てにならん！』という頭の固い人もいますので……見た目は威厳のある私が出たほうがいいのではと」

ほっほっと笑いながら言うチャールズ教授は、この状況を楽しんでいるように見え、そのときばかりは緊張でこわばっていた顔と体が自然と緩くなった。

たしかにウェスは頭はいいが見た目が若すぎる。はなから話を聞かない領民が出てきてもおかしくない。

現に教授の落ち着いた話し方に、不審がっていた領民がふーんと頷き始めていた。

「……入りはいいですね」

「そうだな」

まさか入ってすぐに丁寧な説明が――しかも権威ある教授から――受けられると思っていなかったのだろう。ほかにも安全靴の用意や物腰柔らかな対応など、領民重視の対応に彼らは戸惑っているようだった。

だがしかし、これで収まっていたら苦労しない。

絶対に、あの男が邪魔をしてくる。

「なぁ、教授。この説明になんの意味がある？」

ざわっと、空気が変わる音がした。

「俺らは魚が獲れなくなるのが困るって言ってんだよ。現に今漁獲量が落ちている。それをいつ、どう、話してくれんだよ！」

遠目だからこそよくわかる。あの集団を率いているのが誰なのか。絶対に逆らえないやつはどこにいるのか。

熊のように大柄な体躯とよく通る大きな声。己の芯を絶対に曲げないという強い瞳。

「出てきましたね。ダン・ドリトア」

「ああ」

ウェスと私、そして説明をしていた教授も顔をしかめた。

「……それは後ほど説明会会場で……」

「じゃあ今すぐそこに行こうじゃないか。こんなの時間の無駄だ」

チャールズ教授は『話を無理やり遮るなんて、信じられない』という顔をする。

そこにもっと悪い流れがやってきた。

「彼の言う通りですね。こんなの時間の無駄だ」

「おお！　カイン先生！」

彼はまだ大学院生で先生ではないがな、と心の中だけでつっこむが、彼らにとっては論文を発表した偉い人は皆先生なのだろう。

「……カインさん」

ウェスが苦々しくつぶやく。

ここから見るカインは遅くなった到着を悪びれる様子もない。

王立セネアード大学の白衣を着てダンと親しげに話している。

……厄介だな。

口には出していないはずだが、私の声が聞こえたかのようにカインがこちらに顔を向けた。

「さすがお貴族様。あそこで高みの見物とは」

「え？　あ、本当だ！　あそこに公爵様がいるぞ！」

「おいおい、俺らを下に見て馬鹿にしてんじゃねぇのか」

領民の視線が一気に集まる。先ほどまでは教授の説明を聞いて戸惑っていたのに、今はもう鋭利な刃物で刺すような猜疑心《さいぎしん》の瞳をしていた。

「……ここまでだな」

「……そうですね。結局……」

その後の言葉をウェスは慎んだが、ある程度察せはした。

――結局、ジルもセバスからの手紙も届いていない。

切り札は、変わらずひとつだけだ。

領民が仮設会場に辿り着く前に私とウェスは定位置で待ち構える。

彼らが用意された椅子に座り、カインと教授も到着してから、「それでは、改めてお集まりいただき、誠にありがとうございます……」努めて冷静な声でウェスが討論会の始まりを宣言した。

――領民から見た私はどのように写っているのだろう。

目前の領民たちと、彼らを守るように最前列の中央で腕を組むダンを見ながら、ふと今まで想像もしなかった自分の立場を考えた。

彼らから見て左手に公爵家の人間――私、教授、ウェスがいる。そして右手にはカイン・エリオットただ一人。

ウェス以外は全員椅子に座っているが、カインは慎ましく、そして私は太々しく座っているように見えるのだろうか。

……今まで周りの目などどうでもよかったのだがな。

口元に苦笑が現れる。

冷酷と言われようが無慈悲と言われようが、周りの評判など邪魔でしかなかった。他人からの心象を変える努力をするぐらいなら、ひとつでも多く学識を身につけたほうがいいとさえ思っていた。

馴れ合いなど時間の無駄。行動と結果で示せば、自ずと民は私についてくる。

今思えば傲慢な思考だ。苦手な人付き合いから逃げるための言い訳だったのかもしれない。

けれどジルに出会い、凝り固まった考えが少し柔らかくなった今、私に必要なのは民との良好な関係を築きつつも、統治者として領地を改革していく方法だ。どちらかひとつではなく両方を得る。

今回の件はすべてダンが悪いと思いたいが、半分は自分の拙い治世のせいだ。そう気づけただけでも、今回は大きな収穫か。

「では先に、領民の皆様の疑問、不安点から先にお答えしようと思います。ダルトン公爵様にご質問のある方、挙手をお願いいたします」

ウェスの挨拶を皮切りに一斉に手が挙がる。ダンが一番手を挙げるだろうと予想していたが、最初は場の成り行きを見守ることにしたようだ。横柄な態度でこちらを睨んでいる。

「では一番前の左から順にお願いいたします」

「はい！」

勢いよく立ち上がった彼は先月までここで働いていた従業員だ。そばかすと赤毛の癖っ毛に見覚えがあった。

「今回、私たち領民の意志を無視して港建設を推し進め、胸が痛まないんですか!?」

叫ぶ内容が礼儀としても質問としても稚拙なもので頭が痛くなる。以前の私なら帰っていてもおかしくない。

しかし、信頼とは相手を大事に扱うこと。大事に扱うということは、話に耳を傾けること。

「なるほど……」

椅子から立ち上がり答えようとすると周りがざわめいた。

「えっ、公爵様本人が答えるの？」

「まさか、暇だから来ただけだって」

そんなわけあるか、と口から出かかって代わりに咳払いをする。

しんっ、と音がやんで、我ながらどれだけ恐れられているんだと辟易《へきえき》した。

「……君は先月まで働いていた漁師だろう？　そうか、そちら側に行ったのか。今日は来てくれて感謝する。突然来なくなったから心配していたのだ。事故に遭ったとかではなくてよかった」

「……えっ」

赤毛の青年は「お、俺のこと……お、覚えて……」と驚愕に目を見開いている。

彼だけじゃない。ほかにも見覚えのある従業員はいる。さすがに名前までは覚えていないが、大体どんな仕事をしていたかは思い出せた。

だが一人一人詳しく言及していたら日が暮れてしまう。私はすぐに質問の回答へ話を変えた。

「率直に申し上げると胸は痛む。だからこうして話し合いの場を設けた。しかし私としては以前から書面で許可を得ており、いざ建設が始まってから反対意見が来て驚いている」

私が回答した事実も、『胸は痛む』と言う発言も、信じられないほど衝撃的だったのか、領民全員が目をひんむく。

私はその反応にふっと微笑み、「だから今回は双方が納得するまで話し合おうじゃないか。何日でも、何時間でも。こちらは付き合う覚悟ができているぞ？」とにこやかに答えた。

「……あ、えっと」

「ご質問は以上ですか？　ほかにもたくさんいらっしゃいますので、次へ移りますね」

ウェスがすかさず次の人に目配せをする。最初に質問をした彼は魂が抜けたようにぽかんとしたまま着席した。

その後も続々と手が挙がる。

「とある資料では、あの建物ができてから頭痛を訴えている人が増えているらしいですが、それはどう説明するんですか⁉」

「ここの給与が高すぎて、裏では人身売買で稼いでるってダンさんにもらった紙に書いてありましたが、事実ですか？」

「港建設にはあと三十年かかるって聞きましたが、その間ずっと魚は獲れないのでしょうか？」

などと質問が来たが、私は彼らを安心させるように落ち着いて回答した。

「まず、あの建物は見張り台といって、現場が安全に回っているか見るための建物だ。したがって、頭痛を起こすなどの超常現象は起こせない。それにその資料……たぶん、ダンにもらった文書だよな？　私も読んだが、実際に頭痛を訴えている人は何人いた？　どこにも根拠となる医者の資料がなく、信ぴょう性が薄いと私は認識している」

続いて質問に答える。

「人身売買はやっていない。給与が高いのは体力がいる仕事だからだ。ちゃんと労働に見合った給与を出しているつもりだぞ」

さらに質問した者に向き合う。

「さすがに三十年はかからない。建設中は船が出せない場合もあるが、来年度のうちには船場がひとつ完成する予定だ。だから遅くとも来年度、再来年度には漁に出られるが……今抗議運動で建設が止まっているからな。もっと延びるかもしれん」

となるべく丁寧に、ときには呆れつつ鋭く返して質問者を納得させる。

領民たちの間では「なんか、聞いてた話と違くね？」「もっと冷酷って聞いてたけど……」「ちゃんと説明してくれんじゃんね？　俺らのことも覚えてるし……」と戸惑いが広がっていき、とうとう最初に挙手をしていた質問者の半分を超えたぐらいで、「あ、俺、やっぱり質問ないです……」「俺もです……」と辞退者が増えていった。

「……そうか。わかった」

彼らは大変戸惑っているようだったが、私も戸惑っていた。

もっと節操のない質問や港建設とは関係ない問いかけもあるかと覚悟していたのに。

意外と彼らは知らない建物、知らない働き方……とにかく未知のものが怖かっただけで、それがなにかわかれば素直に大人しくなった。

思えば今まで書面の公開はしたけれど、一度も彼らと直接相まみえた経験はない。

冷酷無慈悲と噂の公爵が自分たちの領地を改革している。どうなるんだろう。俺らの知っている景色が変わっていく。怖い。わからない。不安。

つくづく実感する。私は話し合いが足りていなかったのだと。

文字だけで伝わるだろう、理解できるだろうと高を括っていた。だが想像力が足りていなかった。話している表情を見せること。実際に声を聞くこと。姿を見せて顔をつき合わせることでしか伝わらない心の機微の大事さ。

文字だけで信頼を培うのが難しいのは、この数か月近くジルと手紙のやり取りをして痛感した事実じゃないか。

「ええ……それではもうご質問はないでしょうか……」

ウェスが締めようとしたとき、ダンがすっと手を挙げた。

「公爵様、大事な質問にまだ答えてねぇよな？　漁獲量の変化はどうしてくれる？　それと国防の点もだ。なぁカイン先生、かなりやばい状況なんだろう？」

「ええ、そうです」

二人の連携に領民の瞳が揺らぐ。

……やはり、そこを槍玉に挙げるか。

すーっと深く息を吸って腹に力を入れる。

本番はここからだ。いくら領民の質疑に答えられても、ダンの意見を変えてカインとの討論に勝たなければ領民はついてこない。

「……では改めて、カインの意見を聞こうじゃないか」

私は椅子から立ち上がり、カインの眼光を強く睨み返す。

カインも受けて立つという覚悟を瞳に宿して席を立った。

「わかりました。ではまず、今回の港建設で問題なのは、国防の面と漁獲量の関係です」

カインは芝居がかった仕草で人差し指と中指を立てる。

「今は平和な時代が長く続いているサルタニアですが、外交の面ではどうでしょう？　東の大国とは和平条約が結ばれていますが、それは一時《いっとき》の安寧でしかありません。もし彼らがサルタニアに攻めいる政治戦略を取れば、一番に攻めいられるのはここ、新港なのは間違いありません」

ざわざわと領民が騒ぎ始める。

しかし教授もウェスも、無論私も焦りはしつつも動揺はしない。

なぜならカインの発言は主観が入りすぎているからだ。

和平条約が一時《いっとき》の安寧なのは間違いないが、それがいつ瓦解するのかは未知数だ。国際情勢が怪しいという論拠があるのならまだしも、大国は極東制圧に力を割いているし、今すぐに和平条約が破られるとは思えない。

しかもここが攻め込まれる可能性が一番高い、というのも論拠が怪しい。なにを元にそんな発言をしているのか、しっかり明言してくれ。

「カインさん、なぜここが一番に攻めいられるのですか？」

やはりウェスも同じ疑問を感じたようだ。司会の任を忘れ、質問を返す。

「それはここが新しい港だからです」

「新しい港だから……？」

「はい。だから防衛が手薄。攻め込まれる可能性が一番高いのです！」

おおーと領民から感嘆の声が漏れる。

いや『新港だから』だけでは説明がつかない。が、逆に言えば防衛が手薄という点も否定できない。ある一定の基準は合格しつつも、満足いく設備かどうかは誰もわからないのだから。

「それに、漁獲量は今年の五月を境に徐々に減っている。では新港が完成したら……ここに住んでいる漁船員たちは？　どうやって生きていけばいいんです？」

そうだ、そうだ！　俺たちの職を奪うな！　と領民たちから声が上がる。

ダンはにやにやと意地悪い笑みを浮かべてこちらを睨んでいた。

……くそっ！　国防だけならまだしも、証拠が出ている漁獲量を覆すのは無理だ。

私たちが反論できずにいると、「おい！　やっぱり俺らを騙そうとしてたんじゃねぇか！」と領民の一人が叫び、たちまち興奮が伝播していく。

ついには椅子を投げようとする者まで現れて教授が小さく悲鳴を上げた。

「ライア様っ！　教授！　一旦ここを離れましょう！」

ウェスの声に隣の教授は立ち上がる。

しかし私は迷いからか諦めの悪さからか、足が動かない。動かせない。

どこか、どこかに策はないのか。彼らが私の話に耳を傾けるような、信頼を勝ち得るなにかが。

切り札を出すにしても、話を聞いてもらえないのでは意味がない。

……くそっ、ここまでなのか？　もし、なにか大きな一手を打ち出せたら——

そのとき、遠くから馬のいななきが響いた。

「……っ！　ライア様っ！」

「っ!?　ジル！」

一斉に皆が目を向ける方向には、大きな鞄を抱えた愛しい恋人が巧みに馬を扱い駆けてくるところだった。

◇　◇　◇

よかった……!!　間に合ったっ!!

俺は会場の前で馬から下り、ライア様の元へ駆け込む。

足元に鞄を置き、中から一枚の手紙を取り出した。

「ライア様っ！　これ、セバスさんからです！」

「！　ありがとうジル！」

「それで、今はどんな状況ですか!?」

セバスさんからの手紙に目を通すライア様に代わって、兄さんが討論会の成り行きを教えてくれる。

やっぱり論点は国防と漁獲量の話らしく、「……って感じなんだけど、ジル、なにか策はある？」と兄さんが唯一の希望を見る目で俺に問いかけた。

「おいっ！　お前！　急に入ってきてなんなんだ！　関係者以外は立ち入り禁止だぞ！」

「ダンさん、彼は関係者だ。ジル・シャルマン……公爵様に虐げられている可哀想なやつだ」

大柄な男性の叫びにカインさんが静かに返す。

俺は兄さんとの話をやめ、カインさんを睨んだ。

「カインさん、何度も言っていますが俺は虐げられていませんし、可哀想なやつでもありません」

「どうだかな。今、俺がジルの洗脳を解いてやる」

俺は改めて話し合いが通じないのを認識し、半分諦め半分安堵した。

まだ話し合いの余地があるなら説得を試みたけれど、俺とカインさんの会話はずっと平行線。徹底的に論破しても心が痛まなくていい。

「カインさん……カインさんは俺に『論文を読めば洗脳が解ける』っておっしゃいましたよね？　だからちゃんと、論文を最初から最後まで読みました」

「じゃあ……！」

「でも穴だらけで、とてもじゃないけど論文とは言えませんでしたよ！」

鞄からカインさんの論文を取り出し、目の前に突きつける。

領民の人たちにも見えるように、腕を右側へと持っていった。

「穴だらけって、俺はちゃんと調べて……」

「じゃあ最初の港建設費用の概算、これはどこから資料を持ってきたんですか？」

「それは、三十七年前の……」

「メネシア家の港の建設当初の話ですよね？　でも最新のチャールズ教授の論文では約半分に抑えられると記述されています」

「っ!?　いや、そんな資料は……」

「ほかにも『工数が長く領民の負担になる』と書かれていますが、兄さん……ウェス・シャルマンの二年前の論文を見ましたか？」

俺は論文を指差しながらひとつひとつ不可解な部分を指摘していく。この場にいる全員がわかるように、兄さんがしてくれた案内を思い出しながら、なるべくわかりやすい説明を心がけて。

いつの間にか左隣のライア様も手紙から顔を上げ、俺の話を聞いてくれる。

観衆も耳を澄ましているのか、会場には俺の声と波音だけが響いた。

「……以上から、カインさんはちゃんと建築学部の資料を端から端まで読んでいないと、俺は感じました。きっと、有名なメネシア家の記述しか調べていないんじゃないですか？」

俺が一通り話し終えるころにはカインさんの顔は怒りで真っ赤で、今にも殴りかかってくるんじゃないかと思うほどだった。

「……ジルっ！　お前は俺の邪魔をするのか」

「ええ。最初から、そのつもりです」

だって、俺はライア様を愛しているから。

カインさんよりも好きで、カインさんより信じられる。俺の大好きで、愛しい人。

人と争うのも喧嘩をするのも得意じゃない。本音を隠してまで避けてきたぐらいに。

でも俺はライア様を守るためならなんだってできる。戦うことも、意見をぶつけ合うことも。逃げずに立ち向かえる。いつもライア様が俺にしてくれていたように。今度は俺がライア様を、ライア様が大事に守ってきた公爵家を、守りたい。

「俺はお前を救おうと……」

カインさんはなにかを言いかけて、もういいとでも言うように言葉を切る。

「ジル、じゃあ国防と漁獲量の面はどう説明する？　それこそ、公爵様が領民に隠していた大きな損失じゃないか！」

びりびりっとカインさんの叫びが会場を包む。

「やはり、そこが一番の課題ですよね……」

俺は眉根を寄せてすっと視線を落とした。

機密情報の国防と、資料が出ている漁獲量。

二点を解決する糸口はないと、カインさんも公爵家側の人たちも信じ込んでいるはず。

でも――

「俺、唯一学会で認められたカインさんの論文、読みましたよ」

落とした視線の先にある鞄から手紙を二通取り出す。

「こんな方法でも論拠として認められるんだ、って衝撃でした」

「こんな方法……？」

窮地に立たされているのにあまりにも堂々としている俺に、カインさんの動揺した問いかけが返ってくる。

俺はそれを無視して、一通目の手紙を広げた。

「これは……サイネン家党首が直々に新港の設備を見られた上で『国防に問題なし』と認めていただいた書類です！」

「っ!?」

観衆も、カインさんも、隣のライア様も。誰もが驚きに声を失い、紙に穴を開けんばかりの視線を書類に向ける。

しかし俺は視線の集まる紙を一旦下げ、もう一通の手紙も開ける。

「そしてこっちは、メネシア家党首に漁獲量の変化を確認してもらい……『漁獲量は港竣工後、上がると予想される』と証明してもらった紙です！」

俺は二枚をみんなに見えるように両手で突き出す。各家の紋章が入った印鑑も押され、だれがどう見ても正式に認められた書面だった。

「う、嘘だっ！　そんなの、金を積んで言ってもらったもん勝ちじゃないか！」

焦りに声を震わせ非難するカインさんに俺は冷静に語りかける。

「金は積んでいませんが、たしかに言ったもん勝ちです。でもカインさん、自分で書かれた論文を忘れてしまったんですか？」

「えっ」

「領民心理の最後の結論、心理学に精通している教授に許可を取って証明していたじゃないですか」

『教授に尋ねたところ、かの方法で領民の幸福度は上がると確証を得られた』

そんな方法でいいのか？　と思ったが、これで論文が通っているのだから俺も使わない手はない。

幸いにも俺には、最強のご友人が二人もいるんだ。

「くそっ、でもサイネン家とメネシア家相手に許可を得られるわけ……」

「ミーネさんはサイネン家のご令嬢ですよ？　忘れてしまったんですか？」

「でも、そんな、漁獲量は数値が出ていて……」

どこまでも往生際の悪いカインさんに俺は大学で学んだ知識で答える。

「これは推論になってしまいますが、大きな港ができれば大きな船が泊められる。そしたら遠洋まで漁に出かけられますし、高値で売れる魚もたくさん獲れます。だから、上がるとメネシア家党首は予想したのではと。実際、メネシア家では上がっている数値が出ている」

「くそっ……！　んなわけ……」

「あるわけないだろっ!!」

ガタッ！　と椅子を倒して立ち上がったのは、先ほどカインさんにダンさんと呼ばれていた大きな男性だった。俺はずっとカインさんと睨み合っていたから気づかなかったけど、彼の目は今にも俺を殺さんばかりに殺気だっている。

って、えっ!?　なっ、なんでこの人がこんなに怒ってんの!?

反対してるのはカインさんで……領民の人にとっては事実を伝えているだけなのに……！

そこでふと、この人をどこかで見覚えがあるような気がした。

……もしかして、大学にカインさんを迎えに来た人？

丸々太ってカインさんと親しげに話す人物。あの人、このダンさんって人にすごく似てないか……？

なんて考えているうちに、怒りを抑えきれないダンさんが「サイネン家とメネシア家の証明書だって⁉　そんなのすぐに用意できるわけないだろ！　嘘だ！　偽造だ！　俺に見せてみろ！」と叫んでずんずんと俺のほうに近づいてくる。

「えっ！　あっ！　えっと！」

俺は一歩身を引いて手紙を背中に隠す。

いや、これって渡したら絶対まずいんじゃない⁉　びりびりに破られちゃいそうなんだけど⁉

「ジル、手紙を貸りるぞ」

焦る俺の心とは反対に涼やかな声が耳元で聞こえ、気づいたときにはライア様が俺の持っていた紙を手に取っていた。

そして近づいてきたダンさんの目の前にばん、と突きつける。

「ダン、よく見ろ。この印鑑は当主しか持っていない印だ。偽造は重罪、そんな罪を犯してまでつくると思うか？　でもまだ信じられないなら、時間はかかるが本物と照らし合わせるか？」

「……っ⁉　くそっ、でも！」

「なぁ、ダン。なぜそんなに反対する？　漁獲量は増えるし、お前の心配は解決したはずだ……もしくは、まだ心配な事案があるのか？　たとえば、掘り起こされたくないなにかが建設現場内にあるとか」

「っ!?」

皆が『えっ？』と首を傾げる。

ダンさんも一瞬怯み、ライア様がニヤリと悪い顔をした。

手紙を奪おうとするダンさんから手を遠ざけ、ライア様は俺に紙を返しながら代わりに内ポケットにしまっていたセバスさんの手紙を取り出した。

「ずっと変に感じていたのだ。漁港組合の組合長ともあろう人物が、なぜこうも話が通じないのか。人望もある、実績もある。頭のおかしい人物ではないのに、断固として反対する理由……お前、元シャルマン家党首の悪事に加担していたんだろ」

えっ？　え？　と場が騒然とする。

ダンさんが「そんなわけないだろ!?」と叫ぶが、ライア様は答えず第七開発現場の方角を指差す。

「元シャルマン家党首は邪魔な者、使えない者をたびたび亡き者にしてきた。いくつか遺体が発見されたが、まだ見つかっていないものもあってな……そこでお前が反対運動を始めた日付を調べてみたら、ちょうど私が第七開発現場の基盤工事……要は、第七開発現場の掘り起こしを発表したあたりからだった」

「だ、だからなんだって……！」

「なぁ、ダン。その腕についている時計はいくらだ？」

ライア様の指摘に、ダンさんはすぐさま時計を隠す。

「っ⁉　これは、別に中古のもので……」

「違うな。価値のわからない周りの漁船員は騙せても、私は騙されないぞ。それは七十三年前にふたつしかつくられていない貴重な品だ。売ったら大きな土地三つは買えるだろうな」

「ち、違う！　これは偽もんだ！」

「じゃあ鑑定に出そうか？　ほかにも盗まれないように、常に資産を身につけているんじゃないのか？」

どんどんと追いつめられていくダンさんに、「嘘だろ」「じゃあいつもつけてるネックレスも……？」「あのベルトの金属だって……」とざわめきが大きくなっていく。

「なっ！　お前ら！　公爵様のほうを信じるのか⁉　こいつは嘘つきだぞ！」

「ではなぜカインに金を払って文書を作らせたのかな？」

今度はカインさんの顔がこわばった。

「カイン・エリオット。お前は隠しているみたいだが……今やっと情報が出てきた。お前、ダンと繋がってあの文書をつくっていたな？」

「っ⁉」

皆が驚いてカインさんを見る。

カインさんの短い前髪の下には、汗が滲んでいた。

「なにを言っているんですか。俺に文書を出す利点は……」

「二人の出会いは市街地の酒場。常に遊んでいたお前と悪行で金に余裕のあるダン。出会うのはなんら不自然ではない。しかもお前は学費未納で除籍の勧告が出ていただろう？」

「っ⁉」

「エリオット家に人を遣わせて、お前の話を聞いてきた。エリオット家の三男として生まれ、三浪を経て大学まではなんとか進学できたが……その後も留年を繰り返し、実家からは勘当寸前。学費の支払いも打ち切られた。だからダンからの提案を呑んだんだろう？　学費を払えないと大学にはいられない。けれど実家に帰って働くのは嫌だ。ご両親はお前を『わがままな馬鹿息子』とまで言っていたらしい」

カインさんは一気に顔が青ざめ、わなわなと震える。

俺だって信じられない。カインさんが除籍寸前だったなんて。けれどご両親の『わがままな』という表現には頷いてしまいそうになる。たしかにカインさんは、俺の話を一向に聞かないところがあるから。

「さて、ここで皆に尋ねる。悪事がばれたくないダン、資金が欲しいカイン。そんな邪《よこしま》な関係で繋がっている二人が出した文書と論文に……はて、信用価値などあるのだろうか？」

「みんな、信じるな！　公爵は俺らをいいように使いたいだけで……！」

「では第七開発現場を掘り進めていいんだな？」

「っ！」

一瞬のつまりが決定打となり、波が引いていくように領民の心がダンさんから離れていく。

「まじかよ……自分の悪事を隠すために反対していたのかよ」

「じゃあ、あの話も全部嘘……？」

「そういえば羽振りがいいと思ってたんだよなぁ、いつも奢ってくれるし」

「たしかにな、一時期魚の買取も中抜きされているんじゃないかって噂もあったしな」

「お、お前らっ……！」

ダンさんが怒鳴り散らすが、彼の元に信頼が再び戻ることはなく、どんどん疑心の目が集まる。

「……っ！　俺は資金に苦しんでいたが、それがすべてじゃない！　公爵様の……貴族たちの悪事を暴こうと……くそっ！　なぁ、ジル！　目を覚ましてくれよ！　俺は間違った話は……」

一方カインさんは俺に助けを乞うてきた。ずっと、俺の目は覚めているというのに。

「カインさん、いいかげん、本当の自分を見てくださいよ……！」

ライア様がなにか言う前に俺は訴える。俺のためと言いながら、ずっと感じていた違和感を本質から逃げているカインさんに向けて。

「俺が苦しんでいるから公爵家の事業を潰したいって言っていますけど、本当は自分が貴族が嫌いだから邪魔したいだけですよね？　もっと言うなら、論文が認められない腹いせを身分のせいにしているだけですよね？　実際は、自分の努力が足りないくせに……！」

「なっ！　腹いせだなんてっ！」

「俺、聞いちゃったんですよ、カインさんの同期だって人から、カインさんが大学でなにをしていたのか」

俺は論文資料館で話しかけてくれた、男性二人との会話を思い出す。

『あいつさ、自信家で口だけはうまいこと言うの。でも俺らから見たら全然研究してないし、なんなら遊び呆けてるし。だからできた論文は中身がすかすか。なのになぜか本気で審査に通るって思ってんの。そんなわけないって』

『わかる。でも一番厄介なのは本人が努力が足りてないって自覚していないところだよな。自分に足りてないのは身分だけだと思ってる。驚きだよ』

——自称、悲劇のお姫様。

あいつを一言で表すならまさにそれ、と二人は嘲笑していた。

「カインさんには他責思考の癖があるって。周りを悪く言いがちだって。だから自分の努力不足を認められなくて、身分を言い訳に自分を納得させていたんですよね？」

「違う！　俺はそんなんじゃ……！」

「でも、研究室のカインさんの机には全然資料がありませんでした。論文だって穴だらけだった。兄さんやチャールズ教授のと見比べて、あきらかに集めた資料の数が少ない」

俺はこれ以上責めるか迷う。まだ心のどこかで、人を傷つけたくない柔い部分がある。

でも、ライア様を困らせたという怒り、勝手に自分の気持ちを決めつけられ利用された憤り、それらがぐるぐるに混ざって口から鋭い言葉が飛び出る。

「カインさんの論文が認められないのは、身分のせいじゃない。純粋に、カインさんの努力が足りないと、俺は思いましたよ……！」

カインさんの拳が震える。抑えられない激情を閉じ込めるように。なんとか絞り出された言葉は、

「やっぱり、ジルは洗脳されている」だった。

「もし、俺が最初にジルに優しく接していたらそんな考えは浮かばないっ！　公爵様を庇うのも、一緒にいるのも、実家から救ってくれた義理を感じているからだろ!?　それをジルは、好きだと勘違いしてんだよ！　だから貴族の味方をするんだ!!　洗脳されている以外のなにものでもない！」

「………」

空気が凍った。沈黙が耳に痛い。

けれどダンさんのように図星を突かれたから口を閉ざしたのではなかった。

久しぶりに自分の中で感じた、怒りで理性が切れかかる音に驚いてしまったのだ。

「……たとえあなたが最初に優しくしてくれていても、俺はあなたを絶対に好きにはならない。逃げてばかりで言い訳ばかりのあなたを、好きになる未来が見えない」

俺は頭の中で溢れ出る言葉を慎重に選んでなるべく静かに問いかける。じゃないと昂る感情につられて、支離滅裂な発言をしてしまいそうだったから。

「ライア様はどんなに辛くても、周りに冷たい人と誤解されても、絶対に公爵位からは逃げないし、言い訳もしません。一度自分で決めた物事はどんなに大変でも簡単には撤回しないんです。俺がめんどうくさい事情を抱えていても、公爵家に迎えると決めたら学園まで行かせてくれました」

「そんなの、俺だって」

「だから、簡単に『お前のため』とか『絶対に』とか約束しないんです！　『信じてる』も軽々し

く言わないんです！　ぜんぜんっ、カインさんとは違う！」

逃げてばかりの俺とも違う。いつも勇ましく凛々しく立つ姿に何度心が締め付けられ、恋心を募らせたことか。

「優しくしてくれたから、好きじゃないんですよ。助けてくれた義理を返したい、だけでもないんです。真剣に仕事に打ち込む姿、大勢の前で堂々と立つ強さ、そういった、かっこよくて尊敬できる部分も含めて、俺はライア様のそばにいたいって思うんです！」

「ジル、そんなふうに私を……」

隣から聞こえてきた驚きに満ちた囁きに、はっと思考が現実に戻る。

も、もしかして俺、とんでもなく恥ずかしい発言をしていない……⁉

「……ジルっ！　そうは言っても……！」

「カイン、そういうことだ。ジルは私を選んだ。身勝手で、自分でつくり上げた物語に浸っているお前ではなくてな」

ライア様が勝ち誇った笑みで俺の肩を抱き寄せる。

ちょうどそのとき、遠くで鐘の音が聞こえた。夕方の時刻を知らせる街の鐘だ。

「……では、今回の討論会は以上となります。まだご質問のある方は挙手を。次回に回しましょう」

兄さんの言葉に手を挙げる領民は誰もいない。

傾きかけた日が、勝利を祝福するかのように俺らを照らし出した。

第四章　二人の約束

その後、会はお開きになり打ち上げをしようという話にもなったが、緊張状態で皆疲れていたのもあり、早々に解散した。

俺はライア様とともに崖の上の屋敷に戻ったが、三日三晩徹夜だったのもあって倒れ込むように意識を失った。

次に目を覚ますとライア様はおらず、部屋は午後の柔らかな日差しに包まれていた。

「これは……」

起き上がり部屋のテーブルに目をやると、軽食のサンドイッチとメモが置かれている。

『夕方一緒に出かけたいのだが、もし目を覚ましたらここで待っていてくれ。迎えに来る』

「えっ！　やばい！」

内容を読んで俺は慌てて風呂に入る。ちょうど息を切らして服を着たところで、部屋の扉がノックされた。

「ジル、今から出かけたいところがあるのだが……大丈夫か？」

「はい、俺は大丈夫なんですが……」

俺は扉を開けながら、びっくりしてライア様を上から下までじろじろと見てしまう。

ライア様は公式行事で着る正装を着ており、髪も綺麗にまとめられ、このあと大事な用事があるのは見てわかる通りだった。

「ライア様、今から式典にでも行かれるんですか？」

「いや、ジルに大事な話があるから、気合いを入れてきたのだが……変か？」

「えっ、いや変じゃないですが……じゃあ俺も着替えたほうがいいですか？」

いいところへ行くならシャツにカーディガンじゃだめだろうと思ったけれど、ライア様は「いや、ジルは慣れていないから動きやすい格好のほうがいいだろう」と言うので、はて？　どういうことだろう……？　と思いつつ普段着のまま部屋を出た。

「ジル、昨日は本当にありがとう」

「いえ、そんな……ライア様のお役に立てて嬉しいです」

隣に立って歩きながら、俺は頬をかく。

街道が整備されていたのもあったし、馬に乗れるようになっていたのも助かった。そしてなにより、ライア様が本当は冷酷なんかじゃなくて、領民思いの優しい人だと証明できたのが嬉しい。

討論会から去るころには、カインさんとダンさん以外はみんな晴れやかな顔をしていたし、わだかまりが解決してよかった。

「あ、そういえばカインさんとダンさんって……」

「ダンに関しては罪を犯した可能性があるから地元の拘置所にいる。カインはわからないが……たぶんエリオット家の者が迎えに来るだろう。今回の責任を取って実家で働かされるに違いない」

「そうですか……」

あのあと、俺もライア様宛に届いたセバスさんの手紙を見せてもらった。

カインさんは二十六歳ぐらいかと思っていたけれど、実際は三十歳を超えていていいかげん実家からも見放されていたらしい。それでも働きたくなくて、大学にしがみついていたのだとか。

今回の港建設の仕事も、自分から行くと言ったのはダンさんとの取引があったから。カインさんが珍しくやる気を出していて、教授も安心して送り出してしまったらしい。

なんやかんやで丸く収まったからいいけれど、一番怒っていたのはチャールズ教授だった。「なんてやつを遣わしてくれたんだ！」と、怒りの一報をその場で書き始めるぐらいに。

まぁ、これで二人とも港建設には関わってこないだろう。彼らの行く末にも興味はあるが、もう俺には関係ない未来だ。それよりも、俺は今向かっている先のほうが気になる。

「ライア様……ちなみに今はどこへ向かわれているんですか？」

「それは着いてから話そう」

ライア様は一階まで降り、廊下の先にある『関係者以外立ち入り禁止』と書かれた扉の前で立ち止まった。

「ここから先は暗くて足元が悪いから、私の手を離すな」

ライア様の言う通り、開いた扉の先は岩盤をくり抜いてつくったような原始的な階段が下へと続いている。

なんだか、冒険しているみたい……

不安に思いつつも、先を歩くライア様の手を握って下へ下へと降りて行った。

「ジルはあの屋敷が崖の上にできているのは知っているか？」

「ええ、だから眺めがいいんですよね？」

声が反響し、浴室で話しているみたいだ。

「そうだ。そしてその崖というのが……」

ライア様が言い終える前に、出口へと辿り着く。

目前には海に沈む夕焼けと橙色に染まった洞窟が現れた。

「わぁ……綺麗……」

「ここはかつて密輸入で使われていた場所だ。今は誰も入れないようになっている……だから秘密の話をするにはちょうどいい」

「秘密の話……？」

俺が尋ねると同時に、ライア様がポケットからとある紙を取り出す。

「あ、それ……！」

「ああ、ミーネからもらった手紙だ。前に内容を見せると言っていただろう？」

心臓がどきどきする。ライア様もミーネさんも絶対にないと宣言してくれたけれど、中身がなんなのかはずっと気になっていた。

「だが、これを見る前にこっちに目を通してほしい。セバスに用意させた証明書だ」

そうだった、証明がないと見せられないとかなんとかって……

ライア様が取り出した別の紙を受け取り広げる。左側から差し込む夕日を頼りに中身を見ると、文書というより家系図のように見えた。

「この書類は公爵家の家系図だ。ここが私、ライアと書いてあるだろう？」

「そうですね」

ライア様が反対側から指を指して線を辿っていく。

「これが母と父……その上が祖父と祖母……そしてその上が曽祖父と曽祖母だ」

「はい」

順当に行けばライア様の言った通りだろう。紙をなぞり、なぜかライア様は曽祖父のところで空白の部分に指を滑らせた。

「この曽祖父には妹がいて……ダルトン家の血を継いでいる。けれど娘がとある使用人と恋に落ちて、駆け落ちした」

「あ、へぇ……そんな、出来事が」

まるで小説のお話みたいだと思っていると、もっと作り話のような事実をライア様が言った。

「一番大事なのは……その子供が、セバスたちの先祖なんだ」

「……えっ、ええっ⁉」

俺は一瞬理解できなくて、図とライア様を交互に見る。

一方ライア様は至って真剣な顔で俺を見つめ返して告げる。

「でも公爵家の人間と平民の使用人が婚約するなんて当時は死刑ものだ。でも当主は娘も愛していたし、その使用人も気に入っていたらしい。だから秘密裏に支援をして、その子供も公爵家の使用人として雇っていた。だが、時代も変わった。身分差の婚約も罪にはならない。だから私は彼らの子孫、正確にはアンナの息子夫婦とその間にできた子を正式に後継として迎えようと考えている。そして、迎える準備はもう整った」

「えっ、それって……」

俺も頭の中を整理させるために一息つく。

けれどライア様が思考させる隙を与えなかった。

「それを踏まえた上で、このミーネからの手紙を読んでくれ」

家系図の紙を取られ、花柄の封筒を握らされる。

俺は目だけで『いいんですか？』と訴え、ライア様は静かに頷く。

先の予想ができないまま、震える手で俺は封筒を開けた。

中には便箋が一枚しかなく、その便箋の三つ折りを開くとミーネさんの丸っこい字で短い文章が書かれていた。

『ライア・ダルトン公爵様。例の件ですが、ジルさんの手袋の大きさは七でした。きっと指の太さも同じでしょう』

「指の太さ……？」

「セバスかナティに頼んでもよかったのだがな。うまい言い訳が思いつかず、すぐにばれてしまうだろうと思ったのだ」

そう囁き、ライア様がひざまずく。

夕焼けの赤が、あのテニスの日の光景と重なる。

俺の心はあのときと同じように、ライア様の美しい瞳に目を奪われる。

気づいたら手紙を奪われ、俺の震える左手をライア様の節ばった指先が包んでいた。

「……ジル、私と結婚してほしい」

時が止まる。心臓が、どっ、と鳴る。

一気に血が全身を巡り、衝撃で五感がやんだ。

さざなみも聞こえない。頬に当たる陽の暖かさも感じない。

けれど通された硬質な銀の輪っかは、ずっと前からそこにはまっていたかのようにぴったりと薬指に馴染んだ。

「えっ、えっ、まっ、待ってください、だって、……こ、これは……っ！」

動揺から倒れそうな俺の体を、ライア様が立ち上がって抱きしめる。くしゃりと手紙がしわになる音がしたが、ライア様は腕の力を緩めない。

「ずっと前から考えていたんだ。なんなら、私は結婚前提で付き合っていると思っていた。でも、ミーネからジルはそう思っていないと聞いて……一応、準備は進めていたんだ。ちゃんと話ができるように。けれど、こんなに早く言うつもりはなかった。ジルが体調を崩して私が正妻を迎えると思っていた、と言うまでは」

「そ、それは……す、すみま、せん……」

じわじわと瞳の奥が熱を帯びて視界が歪む。ライア様は、ずっと俺のことだけを考えてくれてて……ミーネさんとのやり取りも、俺に関する出来事で……

なのに俺は、疑っていた。ライア様はほかに妻を迎えるんじゃないかって。一人不安を抱えて妄想のライア様で怖がっていた。現実のライア様はそんなこと、するはずがないのに。

――カインさんと同じだ。

俺も、自分の都合のいいように作り上げていた。ライア様の虚像を怖がっていたんだ。

「いや、違う。ちゃんと話をしていなかった私が悪い。ジルを婚約という契約で縛るのはまだ早いと思っていたんだ。ジルは世間を知らないし、もっと世界を知ってからのほうが誠実だろうと勝手に考えて……だからお互い、約束しないか？　もうなるべく、内緒はなしにしようと」

「内緒……？」

「ああ」

体を離し、まっすぐ俺を見つめ、ライア様は話す。

「私はずっと不安だったんだ。ジルが私以外の優しくしてくれる人の元へ行ってしまうんじゃないか、ある日突然、目の前から消えてしまうんじゃないかと……九年前の父と母のように」

「そんな！　俺は……！」

「でも、体調不良で倒れたとき、私に連絡をくれたのは公爵家の使用人だ。しかもジルが私の正妻を受け入れようとしているなんて知らなかった。もしあのまま気を病んで症状が悪化し、ジルが命を落としていたら……考えるだけで、死にたくなる。私はもう、大切な誰かを失うのは嫌だ」

「……っ！」

わずかに濡れた瞳で語りかけるライア様に、俺ははっとする。

すっかり忘れていた。ライア様がすでに、親しい人を二人も亡くしていた過去を。常にしっかりしているから見えにくいだけで、心には深く暗い不安の塊がまだ息をひそめている。

「だから、ジル。もう自分を押し殺さないでくれ。私を好きで大事に思ってくれているのはわかる。けれど私の知らないところでジルが傷つき、無茶をするなんて嫌なんだ。それなら怒って、泣いて、訴えてくれ。お願いだから、一人で抱えて突然私の前からいなくならないでくれ……」

泣きそうな声音が心臓を痛いほど締め付ける。

俺はライア様が好きで、だから迷惑をかけないよう本音に蓋をして……でも、間違っていた。本来の俺を隠せば隠すほど、ライア様の不安を強くさせていたんだ。俺がなにを考えているんだろう、いつかいなくなっちゃうんじゃないかって。

そんなふうに感じていたのを、俺は全然知らなかった。愛するって、相手を思って身を引くことだと思っていたから。

本当は、違う。相手を思いながらも、お互いの本質を見せないといけないんだ。

たとえ傷ついても、離れないか怖いと感じても。本音を見せて衝突して、ぴったりとはまる形に合わせていく。そしたらきっと、容易には離れない信頼に繋がるから。

「……じゃ、じゃあ……俺が、わがままを言っていいんですか？」

「そうだ。無理をするぐらいなら、私を困らせてくれ」

「……困らせても、離れないでくれますか？」

「当たり前だ。それにこの指輪があれば、すぐには離れられない」

ライア様が俺の左手にはめられた指輪を撫でる。

そのための、指輪。ライア様と俺を繋ぐ、強い証。

……怖がりですぐに逃げてしまう俺には、あまりにも心強いお守りだ。

俺は息を吸って、泣きそうな声を落ち着かせる。言ってしまったらライア様が離れてしまうのでは、と秘めていた本心を喉元まで持ってくる。

……大丈夫。伝えてもライア様はいなくならない。この指輪がすぐには離れないって約束してくれたから。

「……俺、実は、会えない間すごく寂しかったです。心配かけないように、わざと楽しい出来事しか手紙に書かなかったけど、心の中では俺も一緒に新港建設現場で働きたいって思ってました」

「……！」

ライア様の目が驚きに見開かれる。けれど伝えていない本音は、これだけじゃない。

「ほかにも、公爵邸で暇を潰しているとき、一人で過ごすよりライア様と働いていた去年のほうが楽しいなって思ってました。去年は頼ってくれたのに、今年はそうでもないなって。俺、少し悲しかったです」

俺はちょっとずつ心の内を曝《さら》け出しながらある事実に気づく。

そっか、俺は、ずっと……

「……すまない、私はジルに不自由な思いをさせたくなくて……」

「違うんです、ライア様」

気落ちしてしまった婚約者に向けて俺は本当の自分を伝える。

「迷惑は、かけていいんです。俺は守られるんじゃなくて、あなたを支えたいんだから。困っていたら頼ってほしいし、公爵家を維持させるために一緒に悩みたい。ただ、あなたの隣に立っていたいだけなんです……！」

話さないと気づかないのはなにも他人だけじゃない。自分だってわかっていなかった。ライア様とどうありたいのか。守られたいのか、愛されたいのか。

――俺は対等でありたかったんだ。

一人でなんでもできてしまう公爵様の、唯一頼れる存在に。誰にも入り込めない特別な関係に。ただ、そうなりたかったんだ。

「もちろん、まだ一緒に悩むには未熟だとは思うんですけど……」

「いや、私がわかっていなかった。そうか、すでにジルは私のそばにいる覚悟ができていたんだな……ふっ、なんて言えばいいんだろうな、この感情は。とにかく、今すぐ抱きしめたい」

「……俺もです。俺も、抱きしめたい」

ひとつ枷を外してしまうとこぼれるように本心が口を伝う。

けれどライア様は迷惑がるどころか心底喜びの笑みを浮かべて抱きしめてくれる。

「ライア様……愛してます」

「私もだ。久しぶりに、ジルから言ってくれたな」

そっか。俺はそんな些細な愛も、重いかもと思って伝えていなかったのか。

体を離し、俺からキスをする。柔らかく触れる唇も、ライア様の包み込むような優しさも、もう誰のものにもならない。それが胸の内に甘い蜜のように広がり、心を震わせた。


「……ジル、夕食はあとでいいか？」

「はっ、もちろんです……んっ」

部屋に戻ってくるなりどちらからともなく唇を交わらせる。正装がしわになってはいけないと思い、上着だけは脱がせて椅子にかけたが、気遣いができる余裕はそこまでだった。

熱い舌が口内を撫で、数か月ぶりの深いキスに頭が酸欠でぼーっとする。体から力が抜けたのを見計らったかのように、ライア様が俺をベッドに運んだ。

大きな体で押し倒され上を脱ぐライア様に、俺はあっ、と思って慌てて身を捩《よじ》る。

「……どうしたジル？　もしかして嫌だったか？」

「ち、違います……その……」

言葉にするのは恥ずかしすぎる。でもさっき約束したじゃないか。内緒はなしに。ちゃんと本音を見せあうと。

だから、俺は上半身を起こして、ライア様にキスをした。下手だとわかっていつつも、舌を出し口を開けてもらうよう促す。

「んっ……ジル、今日はどうし……」

困惑するライア様の腕を引っ張り、ベッドに寝かせる。

ライア様は争わずに俺に組み敷かれるがままだ。

……よかった。嫌だったらどうしようかと思ってた。

慣れない行為をしている恥ずかしさで、顔が火が出るように熱い。

けれど、俺はライア様に守られるんじゃなくて、支え合いたい。愛を与えられるだけじゃなくて、俺からも与えたい。

「い、いつもライア様にしてもらってるので……きょ、今日は俺が頑張ります」

「!?」

俺は驚きで目を見開くライア様の上に乗っかる。カーディガンとシャツを脱ぎ、薄い上半身を曝《さら》け出した。

「ジル、まさか……」

「俺、さっきも言いましたが、ライア様の隣に立ちたいんです……自分だけがよくしてもらうんじゃなくて、ライア様にもよくなってもらいたい……だからこっちも、頑張ります」

「ジル……んっ」

自分の意思が揺らいでしまう前にふにっと唇を重ねる。

舌で唇を舐めるとライア様は薄く口を開けてくれたから、恐る恐る舌を伸ばす。

俺が気持ちいいと思うところ、ライア様に教えてもらった場所、ほかにも吸ったり絡めたりを繰り返し、頑張って舌を動かす。

「……んっ、ふっ、ライア様……俺、うまくできていますか？」

「……ああ、すごい上手だ。正直驚いている」

不安になって一旦顔を離すと、情欲を宿した瞳が返ってきて下半身がぎゅっと熱くなる。

俺はズボンの布越しにお互いの昂った性器を擦り合わせながら、ライア様のものが必要な固さになるよう腰を前後に動かした。

あまりにも刺激してしまうと俺のほうが先にばててしまうから、気をつけないとと思っていたんだけど……

「あっ、うそ……ラ、ライア様、もう、たって……」

「……すまない。だがそんな淫らに腰を振られて、普通でいられるわけがないだろう？」

わずかに意地の悪い笑みを浮かべたライア様が俺の背中に腕を伸ばし、腰から上へ素肌を撫でる。

思わずぞくぞくっと感じて乳首が立ってしまい、俺は慌てて身を引いた。

「……っ！　だ、だめです！　俺が、ライア様を気持ちよくさせるんですから」

このまま流されてはいつもと同じ。

ライア様に頼ってもらうためには、俺も少しはできるところを見せないと……っ！

俺は体をどかし、ライア様のベルトに手をかける。

ズボンを脱がすと立派な完勃ちのものが現れて、きゅっと喉がしまった。

「待て、ジル、もしかして……」

今さら慌てても遅い。ライア様の腰が引ける前にあむっと先端を口に入れた。

「っ!?　ジルっ、さすがにそれは……っ、うっ」

歯を当てないよう気をつけつつ、舌で裏筋の敏感な部分を舐める。ちゅっと先っぽを吸うと、ライア様がまたうめいた。

俺も男だから快感の場所はわかるつもりだ。

頭を動かしいいところを責めると、先走りが口の中に広がる。

ライア様は肩で息をしつつも「すごい、気持ちいいぞ……ジル」と言って俺の頭を優しく撫でてくれた。

ああ……好きな人が感じている姿ってこんなにも刺激的なんだな……

舌を動かしながら、俺はライア様にばれないよう自身の太ももを擦り合わせる。

今まで与えられる快感でいっぱいいっぱいで気づいていなかったけど……

ライア様の熱を持った吐息とか、動かしたくてたまらなそうな目とか、すごい、下半身にくる。

なんだろう、これ。気持ちよさそうなライア様に、俺のほうが気持ちよくなっている。

「……ジル、もうそろそろ限界なんじゃないか？」

「っ!?」

いつの間にか俺も感じているのに気づいたようで、ライア様がうなじをいやらしく撫でる。

俺は透明な糸を引いて顔を離すと自分のズボンを脱いだ。

「……ふっ、ジルのも腹につきそうだな」

「……は、恥ずかしいから、あまり見ないでください」

俺は羞恥心を誤魔化すようにベッドサイドから香油を手に取り、自分の後孔に塗りつける。部屋を出る前に簡単にお風呂場で準備したのもあって、すでにそこはある程度柔らかくなっていた。

「自分でやったのか……？」

「うっ、あっ、はい」

じっと見られているのが恥ずかしくて、俺は目を逸らしながら入り口を広げる。

うっ、もうちょっと広げてからのほうがいいけど……もう、恥ずかしくて無理っ！

俺はまだ完全には慣らしきっていない部分に、ライア様のそそり立ったものを当てた。

「んっ……」

右手で硬度を持ったライア様の性器を掴み、ゆっくりと腰を沈める。まだ少し中は狭かったけれど、逸る気持ちのまま根元まで呑み込んだ。

お腹が圧迫される感覚にふっと短く息を吐く。

中がきついのだろう、ライア様も苦しそうに眉根を寄せた。

しばらく慣れるまで動かずにいるとじわじわと馴染んでくる。少しだけ余裕が出てきて、ゆるっと腰を動かした。

「んっ……あっ……」

つい自分で気持ちいいところに当ててしまい、声が漏れる。

だ、だめだっ！　ライア様を気持ちよくさせないといけないのにっ！

「はっ、あっ」

けれど動かすたびに快感が迫ってきて、より淫らに喘いでしまう。しかもこの体勢……すごく深いところまで入ってくる。あの、突いちゃいけないところまで届いてしまう。

恥ずかしい喘ぎ声と、体がぶつかる淫靡《いんび》な音が部屋に響く。

手の甲を口元に当て、声を抑えながら一定の間隔で動かした。

「あっ、うっ……」

とんとんと中のいい部分に当てていると緩い射精感が込み上げてくる。視線を下にやると自身の性器からつぅ、と透明な先走りが滴った。

あ、やばい、このままだと、俺だけが先にいっちゃう……

出したい欲望をどうにか捨て、一旦動きを止めると急に下からぐっと突き上げられた。

「ひっ、あぁっ！」

「ジル……すまない。もう、我慢できない」

柔らかい腰肉を掴まれ、結合が深くなる。

俺は思わずライア様の胸に手をつき、騎乗位で揺れるなか、バランスを取った。

「まっ、待って、あっ！」

「目の前で喘がれて……待てるほど大人じゃない」

ライア様はそう言うと、またぐっと腰を打ち付ける。

と、同時に気持ちいい部分を抉《えぐ》られて目の前で火花が散った。

「あっ、あぁ」

ずんと抽送を繰り返され、あっという間に高みへと上り詰める。体を支えられなくなってライア様の胸に顔を埋めたが、またその体勢が別の快感を生み、余計に下半身が痺れた。

なのにライア様は俺を揺らすのをやめない。おかげで性器は触ってもいないのに、ライア様の腹に水たまりをつくるほど先走りをこぼしていた。

「あっ、い、いっちゃ、う……！」

「ジル……」

するとライア様は急にぐっと起き上がり、体勢をぐるんと反対にする。

俺の背中には柔らかなベッドが当たり、足を上に押し付けられる。

そしてまた始まる激しい腰の動きに目の奥がチカチカした。

「……すまない、ジル。本当はずっと……こう、したかった」

普段のライア様からは想像できないような荒々しい腰つきに引きつれた声が漏れる。

……もしかして、ずっと俺の体を気遣ってくれてたのかな？

前までは必ず優しい挿入から始まっていた。てっきり俺は緩やかな行為が好きなんだと思ってたけど……本当は、もっと激しくしたかったのだろうか？　相手を気遣う余裕なんてないほど、乱れたい欲があったりして……

もし、そうなら、叶えてあげたい。し、見てみたい。なりふり構わず、ライア様に求められたい。

俺は淫らな欲望のまま、足でライア様の腰を掴んだ。

「……大丈夫、ですよ……俺、男ですから……多少は頑丈にできてます」

むくっとお腹の圧力が増す。まだ大きくなる事実に、怖さよりも目がとろける。

俺は上体を起き上がらせ、ライア様の首に腕を巻きつけて耳元で囁いた。

「だから……ライア様の好きなように……激しく、動かしてください」

瞬間、背中をがっと掴まれてそのまま突き動かされた。

「ジルっ……すまない、なにも考えられないっ」

「い、いいんですっ、ああっ、あっ！」

宙に浮いた体はライア様の腕に支えられ、密着した交わりを余儀なくされる。

深い、気持ちいい、怖い……

初めてライア様の全身で犯したいという欲望に晒されて、今までの肌の重ね合いは表向きの可愛いものの寄せ集めだったんだと実感する。

あまりにも、激しい。俺はいつの間にか性器から白濁した液体を出していて、それに気づかぬほど中を責め立てられていた。

たぶん、ライア様も一度は中で果てているはず。

腹の中は熱く、ぶつかる音が卑猥な水音に変わっている。

なのに、止まらない。声にならない嬌声を上げ、何度目かわからない絶頂を迎えたとき、突然がくっと体から力が抜けた。

「あっ……んっ……」

……し、死んじゃぅ……っ。

必死に酸素を求めようと息を吸う。その間にライア様の動きが止まり、ベッドに寝かされた。

しかし体の痙攣《けいれん》が一向に引かず、中もきゅうきゅうと締め付けたまま。ずっといってるみたいな感覚に、俺の体、どうなっちゃったんだろう……と恐ろしさで瞳が濡れた。

「ああ……ジル、すまない。泣かないでくれ」

「んっ、っぅ……」

ライア様が唇で俺の涙を拭い、熱いキスをする。

俺はぴくりとも腕を動かせなかったけれど、首だけは横に振れた。

「ち、違うんです……俺、す、すごい、気持ちよくて……こ、こんな体じゃなかったのに……」

あの、ワインを飲んだ日からおかしくなっている。今だって、激しい行為に怖さを感じているはずなのに、それよりもライア様の欲に呑まれる快楽が尾を引いている。

どうしよう、こんなの知ってしまったら、優しいだけの行為に戻れないかも。

「うっ、うう……ライア様、どうしましょう、俺、本当はすごい淫乱なのかも……」

伝えるか迷ったけれど、内緒はなしにという約束を思い出し、潤んだ瞳でライア様を見つめる。

だって、まだやれてしまう。どろどろに体は重いのに、お腹の奥がものほしそうに疼《うず》いて仕方ない。

変わらず腹の中に入ったままのライア様を感じて「んぅ……」と甘くいってしまうほどに……

「……ジル、私の理性を飛ばす気か？」

「んぇ？　あ、あぁっ！」

獣のような強い瞳に射抜かれたあと、ライア様が胸の突起に吸い付く。

時を同じくして、お腹の中の圧力も増し、ぐいぐいと抽送が再開された。

「あっ、ま、待ってください……さっき、いって……！」

「待たない。意外とジルは、激しいのが嫌いじゃないようだから」

力が入らないのを見越した上でか、ライア様は腰を掴み、身勝手に動かす。俺の都合を考えない強引さに、脳が麻痺したように快感を拾い上げる。

おかげでまたすぐに、俺の性器からは精液か先走りかわからない液体がとろっと溢れた。

「ジル……ずっと中が締めつけていて、気持ちいいぞ」

今度は乳首を強く吸われ、ぴりぴりとした刺激が体を駆け巡る。

下も上も普段はない過激な責め苦に、悲鳴に似た喘ぎが止まらなくなった。

あぅ、うっ、でも、気持ちいい……下腹部のぐずぐずした熱が溜まり続ける。

そしてなにより、俺と同じくらい乱れているライア様の瞳が愛おしかった。

必死に求められ、俺に欲情してくれて。萎えないそれがずっとほしい。

「……ジルっ、すまない。まだ、いいか？」

ライア様も何度か出しているはずなのにまだ足りないのか、震える俺を後ろ向きに寝かせ、すんなり入るようになった後孔へまた腰を打ち付ける。

「あっ、待ってください……それ、だめぇ……」

声が掠れてうまく出ない。枕に顔を埋めて与えられる愛に身を委ねるしかなかった。

ぞくぞくっと快感が忍び寄る。

もうなにも出ないはずの先端が、なにかを出したそうにぴくぴくと震える。

俺は後ろからくるまた違った射精感に性器をシーツに押し付けた。

「……ジル、またいくか？」

「んぅ……い、いくぅ……あっ」

もはや自分でも出しているのか、中でいっているのか曖昧なまま、腰を跳ねさせる。

ライア様も「んっ……」と声を漏らし、奥深くに熱を吐き出した。

「……ジル、好きだ。愛してる」

「あぁ……お、俺も、です……」

顎を上げて、息もできないようなキスをする。

それからも少し休んでは体を繋げ、お互い飽きることのない情事に身も心も絆《ほだ》されていく。

……知らない欲望に、未知の快感。

新しい発見ばかりのその夜は、いつ終わりを迎えたのか俺にはわからない。

けれど恋人ではなく、婚約者として——新たな関係を始めるには、とても素晴らしい日だったのには間違いない。

……翌朝、二人ともまったく動けなくなり「こんなに激しいのは、たまにでいいかもな」と笑い合ったのも含めて。

エピローグ

季節はめぐり、寒い冬を越え、少しずつ日が長くなっていった。まだ風は冷たかったけれど、公爵邸の図書室に降り注ぐ陽光は柔らかい。

俺は大量の便箋と向き合いながら、少し休憩するように伸びをした。

討論会から三か月ちょっとが経った。結局第七開発現場を掘り起こしたら、人骨らしきものが出てきて、ダンさんは父と同じ場所に連れていかれた。

一方カインさんは出した論文が認められず、学費未納で除籍扱い。エリオット家に連れ戻され、渋々働いているらしい。

俺は半期で卒業したからわからないけれど、ミーネさんからの手紙によるとカインさんは可哀想なぐらい痩せてしまったのだとか。それだけは少し、心が痛むかも。

まぁでもこれで、少しは人の話を聞いてくれるようになってくれればいいなぁとも思う。

一方俺とライア様は人骨が出てきたせいで工事は遅れるわ、休んでいた分の講義は全然わからないわで、後処理がすごく大変だった。

ただそれも三か月も経てば落ち着いてくる……と当初は思っていたが……

「うう……！　全然終わらないよぅ！」

山盛りの手紙を前に頭を抱える。図書室で公爵家に関係のあるお家の住所を調べながら、ひとつひとつ手書きで手紙を書いてかれこれ半日が経とうとしていた。

なのに山が減る気配はどこにもなく、手が痛くなりかけていた。

でもこれは、正確には討論会の事後処理ではない。

「俺……本当に、婚約するんだ……」

辛くて大変な作業のはずだけれど、書いている内容についにやけてしまう。

だって主題が『ライア・ダルトン公爵、ジル・シャルマン。婚約のお知らせ』なんだもの。まるで夢みたいだ。

二人で話し合って挙式と披露宴は公爵邸のサンルームで行う予定になった。

ライア様は人付き合いが好きじゃないし、俺も社交の場は苦手だから、親しい間柄の人だけを呼んで小規模でやるのだ。

代わりに関係各所に先に書面で結婚報告をしなければならず、こうして事務作業に追われている。辛いといえば辛いけれど、それよりも作業中に視界に入る左手の煌めきがなんと素晴らしいことか！　作業のしんどさよりも幸福感が勝って、精神的苦痛はそこまでなかった。体力的には厳しいけど。

ライア様のほうは、また港建設現場に泊まり込んでいる。今回は揉め事などではなく、一か月後にある俺らの挙式のために予定を調整しているらしい。明日には帰ってきて挙式までは公爵邸にいるはずだからその間の準備だろう。

なら俺もさっさと終わらせて笑顔でライア様を迎えたい。直前まで慌ただしくしたくないし。

やる気を込めるようにふんっと鼻から勢いよく息を出し、次の手紙へ取りかかる。別で用意した送付者名簿を辿っていると懐かしい名前が現れた。

「あっ、アル様とリリー……」

島流しにあった二人には去年の事件以来会っていない。手紙も送っていないけれど、ライア様から「元気にしているらしいぞ。風の噂だが」とちょくちょく教えてもらっていた。

……二人にも送るべきだよね。

式に来られないのは確定しているが、手紙を送ったらなにかしら返事をくれるかもしれない。

あ、でも、リリーは文章書くのも読むのも苦手だから、返送の可能性は低いかな……？

「けど送ったら絶対に、喜んでくれるよね……」

『ええっ!?　あのジル兄さまが結婚!?　ライア様、ジル兄さまのどこを好きになったのかしら？　細いところ？』などと言いそうな若干失礼な未来が見えるが、純粋で素直だからこそ喜んでくれるのは間違いない。

「……リリーとアル様は最後に書こうかな」

二人は特別長く書いてあげよう。読むのが疲れると思われるぐらいに。

ふふっと笑いながら、俺は次の送付先を確認した。

翌日、ライア様が帰ってきて本格的に挙式の準備が始まった。ここ数年大勢の人を迎え入れていない公爵邸は、椅子や食器やらの用意で常に慌ただしい。

俺もナティさんに連れられて服の採寸や段取りの打ち合わせなど、あちこち行ったり来たりしていた。

忙しそうな俺を見て、ライア様は「あとは私に任せておけ」とは言わない。逆に「ジル、忙しいところ悪いが、どっちの花を飾りつけるべきだと思う？」と意見を聞いてくれる。

それがなによりも嬉しくて、一緒に悩める幸せを噛み締める。

俺も対等で特別な関係でありたいから、「俺はライア様の瞳と合わせて赤色がいいと思います」としっかり自分の意見を伝えた。

こうして慌ただしく日々が過ぎていき、サンルームの花々が綺麗に咲き始めたころ。

とうとう俺とライア様の、挙式当日がやってきた。

「ジル、今日は一段と美しいな」

「そ、それを言ったらライア様だって、いつにも増して輝いてます……」

来客を迎えるために、各々の身支度が整ったら玄関前に集まる手はずになっており、俺はナティさんに着付けられたあと、玄関前に来たのだが……

ま、眩し過ぎて、直視できない……！

俺は手で胸の動悸を押さえながら、ライア様の左隣に立つ。ライア様は白のジャケットにグレーのベストを着こなし、前髪もちょうどいい塩梅《あんばい》で上げられていた。

やばい、心臓発作起こしそう。髪から覗く瞳が色っぽすぎる。俺、披露宴が終わるまで生きていられる自信がない……！

「ジルは蝶ネクタイなんだな」

「あっ、はい……」

俺は動揺を隠すように自分の首周りに視線を落とす。ライア様の言う通り、俺は蝶ネクタイに白の正装を合わせていた。

髪型もきっちり上げようか迷ったけれど、近しい人たちだけの会なので緩くまとめて耳にかけている。

「……率直に言うと、今すぐキスしたいな」

「っ!?　そ、それはあとでしますから……！　あっ、ほらっ！　もう馬車が来てますよ！」

目を細めて冗談か本気かわからないライア様に、俺は慌てて玄関の外を指す。

遠くに見える門からは馬車が一台、二台と連なって入ってきて、今さらながら俺は緊張してしまった。

「す、すごい……どんどん馬車が来る……」

「壮観だな。でも、父と母が生きていたころはもっと来ていた。まだ少ないほうだろう」

珍しくご両親の話をするライア様は、ここではないどこかを懐かしそうに見ているようだった。

もしかしたら、幼いころの光景を思い出しているのかもしれない。

俺はそっと手を伸ばし、ライア様の小指を握った。

「……ライア様のご両親は、今日この日を喜んでくれるでしょうか？」

まだこの期に及んでも自分がライア様にふさわしい婚約相手だと思えず、変な不安を口走ってしまう。そんな俺にふっと笑って、ライア様が俺の顔を覗き込んだ。

「当たり前だ。冷酷非道に変わってしまった息子の心を変えた相手だぞ？　泣いて喜んでいるに違いない」

「……なら、よかったです」

俺は一度も会ったことのないライア様のご両親を想像する。ライア様のためにテニスコートをつくり、美しい花々を愛でていたダルトン夫妻。もし生きていたら、俺は胸を張って「ライア様を幸せにします！」と言えていただろうか？

……言っていただろうな。それぐらいの覚悟を持って、今日の式に臨んでいるつもりだから。

きっとライア様も同じ気持ちだろう。小指しか握っていなかった俺の手に指を絡ませてくれる。

早くも鼻の奥がつんとしかけたとき、一台目の馬車が到着した。

最初に来るのはきっとあの人だろうと予想していたから、お人形のように美しいフェル様が現れても俺たちは驚きはしなかった。

「このたびはご結婚、おめでとうございます」

「ありがとう。ま、私は呼びたくなかったんだがな」

「あら、ライア様はまたそんなふうに……討論会の借りは、まだ返されておりませんからね？」

相変わらずお淑《しと》やかな喧嘩腰のやり取りをする二人に俺は隣で笑う。

フェル様は薄紫のドレスに華奢なアクセサリーを合わせていて、上品な雰囲気によく似合っていた。

「にしても残念ですわ……あともう少しでジル様をメネシア家に引き入れることができたのに。結局公爵家に行かれてしまうなんて」

「なにっ!?　ジル、それは事実か!?」

「あっ、いや、まぁ……ライア様が正妻を迎えたら、雇ってくれるって話はありましたけど……」

と言いかけたところで、ライア様が天を仰ぐ。

「くそっ、油断も隙もないやつめ。ジルには手を出すなと言っただろ！」

「だって、ライア様が紛らわしい行為をなさるから……もし私に取られたくなかったら、ちゃんとジル様の手を繋いでおくことですね」

「当たり前だ。誰にも渡さない」

ライア様はそう言って、俺の腰を掴み抱き寄せる。

ってちょっと！　人前じゃ恥ずかしいんですけど!?　と思いつつも俺も満更でもないので、きっとフェル様から見たら複雑な表情をしていただろう。

「さようですか……あ、でもジル様。メネシア家はいつでもジル様を迎え入れる準備ができていますので、公爵家が嫌になったらいつでもご連絡くださいまし」

「だからそんなことは絶対にない」

それはどうでしょうか？　と笑いながらフェル様は中に入っていった。

たぶん、これ以上からかったら本気でライア様が嫌がると思ったのだろう。さすがフェル様、引き際のわかる侯爵令嬢だ。

「あっ、おっ、お久しぶりでございます、ライア様。ジルさん。このたびはご結婚おめでとうございます」

「あ、ミーネさん！　こちらこそ、ありがとうございます」

俺はさりげなくライア様の腕から体を離し、ミーネさんといつものごとく頭をぺこぺこさせる。ミーネさんの着ている黄色いドレスには花が散りばめられており、まとめられた髪にも生花が飾られていた。でも変わらず分厚い眼鏡は健在で、なんともミーネさんらしいなと懐かしくなった。

「大学はどうですか？　授業についていけてますか？」

「はいっ！　あっ、でもわからないところもあって……今度ジルさんと一緒に資料を探したいんですけど……」

そう言ってお伺いを立てているのは俺に対してじゃなく、ライア様に向けてだ。暗に『二人切りになってもいいのだろうか？』とミーネさんは問いかけていて、俺もライア様の反応を待った。

「……なぜ私に聞くのだ。ジルがいいなら、私に許可はいらない」

「！　やった！　よかった！」

「しかし、十七時までには帰ってくること。ジルを無理させないこと、あとほかには……」

「か、変わらず過保護ですね……」

「ふんっ、でもちゃんとジルを信頼してるし、ジルも嫌がっていない」

「えっ？」

なぜか自慢げに言うライア様に、俺は頬をかく。

「ま、まぁ……心配されてる分にはいいかなって……」

へへ……と笑って返すと、ミーネさんが呆れたような、でも嬉しそうな、不思議な表情をした。

「……二人が愛し合っているなら、それが一番ですね。でもこれ以上聞いてたら幸せでお腹いっぱいになっちゃうので、私は先に中に入ってます」

幸せでお腹いっぱいになるのだろうか？　と思っている間に駆け込むように兄さんとチャールズ教授がやってきた。

「よかった、間に合いましたな……！」

「ほんと、教授、いつもぎりぎりまで仕事するのやめてくださいよ……！」

「兄さんっ！　教授！　来てくださりありがとうございます！」

俺が破顔して声をかけると、兄さんの顔も綻《ほころ》ぶ。

兄さんはライア様に挨拶したあと「ジル、今日はとっても綺麗だね」と褒めてくれた。

「ありがとう……ライア様には、見劣りするけど」

「ライア様も十分綺麗だけど、ジルだって同じくらい綺麗だ。きっと母上が来てたら、泣いて喜んでただろう」

「……うん」

ライア様も、さっき似たようなことを言ってた。俺には親とか家族の繋がりとか薄いからあまり想像できないけれど、兄さんに褒められるのは純粋に嬉しいなと思った。

「あっ、そうだ。あとこれ。リリーとアル様からの手紙。間違えてこっちに送られてきたから、持ってきたよ」

「えっ⁉」

まさか、返事がもらえるなんて。信じられない。

俺は教授もライア様も見守る中、慌てて封を開ける。やはり文章を書くのは苦手なのか、紙は一枚しか入っていなかったけれど、ちゃんとリリーの字で一生懸命祝いの言葉が書き連ねてあった。そして、追伸に一言『ライア、ジル、おめでとう』とリリーのではない丁寧な筆跡が記されていた。

「これって……」

「ああ、きっとアルだろうな」

不器用なやつめ、と言いつつもライア様は嬉しそうに目を細める。

俺もじーんっと胸が熱くなって、またもや泣きそうになってしまった。

「……よかったですな。挙式の前に渡せて」

「本当ですよ。教授いつもぎりぎりなんですから」

教授はほっほっほっ、と悪びれる様子もなく笑うと、兄さんとともに公爵邸の中へ入っていく。

「ライア様、ジル様。もうそろそろ挙式の準備を」

「わかりました」

俺はナティさんと一緒に、ライア様はセバスさんのほうへ、お互い別々の方向へ歩き出す。

このあとは挙式まで別々だ。次に会うときは永遠の愛を誓うとき。

俺は緊張で手が震えたけれど、怖さはどこにもなかった。

「ジル様、入場のご準備はよろしいですか？」

部屋で身支度を終えて定刻となったため、ナティさんがサンルームの扉の前まで案内してくれる。

扉の向こうには、わずかに人がいる気配がした。

「はい。大丈夫です」

俺はこくっと頷き、背筋を伸ばす。ちょうどそのとき、セバスさんの「ジル・シャルマン様のご入場です」という声が、聞こえてきた。

「では、いってらっしゃいませ」

ナティさんは温かく微笑み、扉を開ける。

開けた視界の先には、先ほど会ったフェル様やミーネさん、兄さんや教授が参列席に座っていた。

俺は身内だけというのもあって笑顔で軽く手を振りながら、赤い絨毯の敷かれた道をまっすぐ歩く。

顔を前に向けると、サンルームの陽の光に照らされた、麗しい俺の婚約者が立っていた。

……ライア様は出会ったころから変わらず、ずっと美しい。

最初は氷の塑像のように冷たい麗しさで、今は柔らかな花のよう。節目節目で瞳に宿る印象は変わるけれど、美しいという現実が変わることはない。

俺は眩しいものを見る目でライア様の隣まで歩き、お互い見つめあった。

「ジル……今日という日を迎えられて、私は本当に嬉しい」

「俺もです。本当に、幸せです」

二人で微笑み、参列者へ向き直る。

ライア様が息を吸い、静かな声で宣誓した。

「本日私たちは、ご列席いただきました皆様を証人とし、一生を捧げる夫婦としての約束を交わします」

ライア様が、セバスさんの持ってきた指輪を取る。

「私、ライア・ダルトンは、ジル・シャルマンを生涯の伴侶とし、一生愛し敬い続けることを誓います」

俺の左手が優しく握られ、薬指に指輪がはまる。

俺も指輪を取った。

「私、ジル・シャルマンは、ライア・ダルトンを生涯の伴侶とし、一生愛し敬い続けることを誓います」

ライア様の左手に指輪をはめる。わずかに手のひらが湿っていて、ライア様も緊張しているのがわかり、少しだけ嬉しくなった。

二人、視線を交わらせて軽く頷く。お互いに手を握り、息を吸った。

「「これからはどんなときも二人で話し合い、協力し合い、お互い助け合っていくことを、ここに誓います」」

会場からは温かな拍手が返ってくる。来賓以外にも、公爵家の使用人の方も涙を拭って見てくれていて、こんなにも大勢の人に祝ってもらえる幸せに、視界が潤む。

あ、やばっ、涙が溢れそう。

そう思った瞬間、手を引っ張られた。

「ジル、一生愛してる。絶対に離れないからな」

「はい……俺も、一生ライア様を愛してます。嫌と言われても、離れませんから」

お互い顔を寄せ、唇と唇が触れ合う。

暖かな日差しが降り注ぐなか、俺は永遠の愛と幸せを手に入れた。

番外編　永遠を誓ったあの日から

暗闇に光が差し込む。眩しくて目を開けると、朝日がカーテンの隙間から差し込んでいた。

季節は春を越え初夏に入りかけたころ。日が昇るのも早くなり、俺はベッドの中で身動《みじろ》いだ。

「……んっ」

隣でライア様がこちらに顔を向けるように寝返りを打つ。

婚姻してから知ったけれど、ライア様は意外と朝に弱い。

お仕事の時間までには絶対に起きるが、それまではぐずぐず寝ているときが多く、今まで俺と一緒に寝た朝は必ず早く起きていたので不思議に思った。

本人曰く、「誰かと寝るのに慣れていなかったからだろう」とのこと。

言われてみれば、ライア様とは寝起きする時間がばらばらなのもあって、恋仲になっても部屋は別のままだった。結婚したのを機に一か月ほど前から寝室を一緒にしたのだが、最初は俺よりも早く起きていたように思う。

けれどそれも五日ほどで慣れたのか、今では俺の隣で毎朝すやすや寝ている。

「ジルと寝ると前より目覚めがいい」

以前、俺が先に起きてライア様の肩を叩いたら、起こされたことに驚いたのか、びっくりした表情でそう告げられた。

自分が寝ているときの状態なんてわからないけれど、ライア様が言うにはひどく静かに寝ているらしく、だから心地よく寝られるのだとか。

じゃあ、俺だからぐっすり眠れているわけで……

それって真に心を許しているってことかな？　と毎朝綺麗な寝顔を見ては浮ついた気持ちになる。

すでに一緒の邸宅で生活し、同じテーブルで食事をともにしているから、結婚してもあまり変化はないだろうと思っていた。

でも小さな変化や新しい気づきはいっぱいあって、どの出来事もひとつひとつ俺は大事に胸にしまっている。

まるで子供が綺麗な石を小さな箱に入れるように。俺だけの、幸せな宝箱が日々つくられている。

「……さ、もうそろそろ起きないと」

いくら見ても飽きない夫の顔に手を伸ばし、起こさないよう白い頬を撫でる。

前までなら何時に起きても自由だった。起きてもすることがなくて、ベッドでごろごろ本を読んでいる日もあった。

でも今は違う。公爵家の者として仕事がある。

俺は伸びをして上体を起こそうとしたら、腰に温かな腕が巻きついた。

「ライア様……？」

起き上がりかけた体を肘をついて支える。どきっとするほど甘い抱き寄せ方に戸惑いつつ声をかけたが、ライア様の長いまつ毛は閉じられたまま、すーすーと寝息を立てている。

あ、もしかして、寝ぼけてる……？

初夏なのもあって寒くはない。暖を取りたくて手を伸ばしたわけではないだろう。

……ライア様って、ほんと……

きゅーとときめきで胸が締め付けられ、起きかけた体を横に戻す。

意外と朝が弱いように、意外と不器用なように。

ライア様は意外と、寂しがりだ。

プロポーズのときに言われた『いなくならないでくれ』という言葉と、夕焼けの差し込む紅玉の瞳を想起する。

冷酷無慈悲で頭のきれる敏腕の若き公爵様。小さな間違いひとつ許さず、貴族社会では完璧な姿で振る舞っている。

俺には多少心を開いていたといっても、完全な素を見せていたわけではないだろう。

だからこそ隙を見せないライア様のふとした甘えに、眩暈がするほどの幸せを感じる。あのライア様が、弱みを晒せる相手が自分である。誰にも見せられない隙間に自分は入り込める。あまりの特別感に口元がにやにやしてしまう。

「はぁ……好きだぁ……」

離れたくない。ライア様を不安にさせたくない。早くに亡くなってしまったご両親の分も、俺がめいっぱい愛したい。

永遠の愛を契ったあの日から、俺は一生分の愛をライア様に捧げると決めたのだから。


「ジルも寝坊だなんて珍しいな」

「あ、あはは……ま、まぁ！　時間に余裕があったからいいじゃないですか！」

結局あのあと横になったらまた眠ってしまって、次に目が覚めたのはナティさんの扉をノックする音だった。

慌ててライア様を起こし、朝食を食べたが、今日ライア様が出席するお茶会の開始時刻が遅れるという連絡があった。そのため今は、ゆっくりと玄関でライア様のお見送りができている。

「今日のお帰りは夕方ですか？」

「ああ、そうだな。ジルは大学に論文資料を確認しに行くのか？」

「あ、いえ、先週行ってきたので、今日は執務室で事務仕事を」

同じ部屋で寝る以外にも変化があったのは、公爵家の領地運営だろう。

ライア様が社交会やお茶会など外交的な面を、俺が書類確認や手紙のやり取りなど内務面を公爵邸の執務室でしている。

おかげで忙しかったライア様の仕事も余裕ができた上に、早く手紙の返信ができるので、新港建設の進捗も巻くことができた。

「早くこうすればよかった」とライア様だけじゃなく、公爵家の仕事に関わっているセバスさんやチャールズ教授にまで言ってもらえて、俺は照れながらも自分の能力に少しだけ自信が持てた。

「あ、ライア様、襟が立ってますよ」

あと、出かける前にライア様の身なりを確認するのも俺の仕事だ。

まぁこれは俺が勝手に始めただけで、ライア様が外で恥をかかなければいいなぁ〜程度の考えなんだけど、ちょっと新婚っぽくって気に入っている。

襟を直して顔を上げると、ふわっと甘い匂いが近くなり唇が触れた。

これも毎朝の習慣。だから何度もしているけれど毎回慣れなくてわずかに頬が熱くなる。

「ふっ、毎朝外に出たくないと思うようになってしまったな」

細められる目が眩しい。片思いしていたときも、お付き合いを始めたときも、婚約したときも。今以上に好きが増えることはないだろうと思っていたのに。積み上げられる愛情の天井がまったく見えない。

しかもライア様の美貌もますます上がっている。仕事にゆとりができたからなのか、よく眠れているからなのかはわからないけれど、薄くまとっていたぴりぴりした気配がなくなり、若干柔和な空気が醸されている。それがまた大人の余裕と色気をまとっていて、心臓がどきどきしっぱなしだった。

付き合ってもう一年以上は経つのに。まだ初々しく好きだなんて、もちろん俺も毎朝離れたくないと思ってしまう。

けれど引き止めないし、俺が引き止めてもライア様は公爵家の仕事をまっとうするだろう。自分の決めた責任からは、逃げない強さを持っているから。

「……俺もですよ。ライア様の帰りを楽しみに待ってます」

「ありがとう。ジルも同じ気持ちなのが、この上なく嬉しいな」

ライア様は名残惜しそうに俺の額にキスを落として玄関から出ていく。

俺は甘い行為の余韻に十分浸ってから、執務室へ足を向けた。


いつもライア様が座っている執務室のデスクでセバスさんがすでに選《よ》り分けてくれた書類に目を通す。

初めは革張りの椅子に座るだけでも緊張していたけれど、いい品なだけあって体に馴染むのも早かった。今ではどの引き出しになんの印鑑が入っているのか、目を瞑ってでもわかる。

「えっと……小麦の収穫量はと……」

書類には再来月収穫予定の数値が書かれていた。

大学の講義と論文を読んだ上での推測だが、ダルトン公爵領は四年に一度ほど大寒波になる。なので今は寒さに強い小麦の品種開発と完成予定の新港を使った遠洋漁業に力を入れていく予定だ。

「あ、そうだ。来月の視察の件も確認しなきゃ」

めくった紙に新港建設の予定表が出てきて、手帳に忘れないよう書き記す。

討論会の影響は大きく、あの日から反対する領民はおろか、街を挙げて盛大に盛り上がっていた。

従業員の雇用も後が絶えず、ライア様が直接出向く必要もほとんどない。

しかし月一の視察は必ず行うし、俺もついていく。そして働いている従業員に声をかけ、声や表情を直接見せる。

信頼を培う大切さを身に染みてわかったからこそ、ライア様も俺も大事にしている部分だ。

「よし、じゃあこの書類は確認したから……」

紙を右から左に流しながら進めていたら、扉を叩く音が部屋に響いた。

「ジル様。速達便です」

「ありがとうございます」

セバスさんが封筒を持って入ってくる。俺は素早く開けて中身を確認した。

「大型船製造の提案か……やはり資金がかかりますね」

「地元の造船業者に依頼していたものですね。ほかにも見積もりを出されていましたが、資料をご用意しますか？」

「いえ、覚えてるので今は大丈夫です」

メネシア港と地元の業者で比べていたが、良心的な見積もりを出してきたのは今来た速達便のほうだ。

船のつくりは詳しくなくとも、学ぼうと思えば学べる場がある。先週論文資料館で見た知識と出された見積もり書の欄を照らし合わせた上で、【前向きに検討】の箱に書類を入れた。

「あ、そうだ」

速達便の返信をさらさらっと書きながら、セバスさんに聞きたかったことを思い出す。

「小麦の品種改良のほうはどうですかね？　たぶん返信が滞っているような……」

「さようでしたか。では確認をお取りしますね」

「お願いします」

よしよし、と内心で頷きながら、書き終わった手紙の末尾に《ジル・ダルトン》と添えた。

「ふふっ、もうすっかり書き間違えはなくなったのですね」

「あはは……はい。やっと慣れてきました」

俺は左手の輝きと自分の署名を見つめ、口元が緩む。最初のうちは何回も《ジル・シャルマン》と書いて手紙をだめにしていた。今じゃいい思い出だ。

「領主としてのお仕事も完璧ですし、ジル様のおかげで私たちもだいぶお仕事がしやすくなりました……本当にありがとうございます」

「いえいえ！　それに俺は領主補佐なので、領主ではないですし……」

当主はライア様であって、俺は仕事の手伝いをしているにすぎない。

しかしセバスさんは「なにをおっしゃいますか」と笑う。

「ジル様はご結婚され、ライア様と領主のお仕事を分かち合っていらっしゃいます。邸の中で静かに過ごす奥方ではありません。ライア様、ジル様、お二人で公爵家の領主をやられているのだと、私たち使用人は考えておりますよ」

そう言ってセバスさんは机上に置かれた印章に目をやる。くすんだ金色をしたそれは、当主だけが押せる公爵家の紋章が入ったものだった。

「その印を押す権利があるのは、ライア様とご結婚されたジル様だけ。領地運営に口を挟まれたくない当主が奥方には権利を与えない例も多々あるなか、ジル様は印章を使う許可を得ております。つまりそれは、公爵家の領主と変わりない証。唯一真の意味でライア様を支えられるのは、ジル様だけなんですよ」

「唯一、俺だけ……」

セバスさんの指摘に、胸の内がじんわりと温かくなる。

婚姻したら皆与えられる権利だと言われ、ライア様には印章を託された。公爵家で仕事をする上で必要になるからと。

大事なものだとはわかっていた。だから慎重に押したし、少し席を外すときも鍵付きの引き出しに必ずしまった。

けれど婚姻したら誰でも押せるものだと教えられたのもあり、配偶者の当然の義務として領主の仕事を支えるのは当たり前だと考えていた。

……ライア様は、俺に大事な場所を預けてくれていたんだ。

また、新たな気づきに出会い、煌びやかな幸せの粒が増える。

ライア様が一番苦心し、大切にしていたもの。それは亡くなったご両親との思い出がつまった公爵家だろう。今まで誰にも任せてこなかった部分を、俺は半分預かっている。

「……俺、もっと仕事頑張ります」

ライア様の寄せてくれる信頼に応えたい。応えて、支え合って。より密な関係を築きたい。

「ありがとうございます。でも、ご無理はなさらないように」

「はい」

セバスさんの優しい助言に明るく返しながら、俺はそっと新たに増えた輝く粒を心の宝箱に入れる。

結婚してから日に日に増えていく箱の中身は、これからもこの先も、決して色褪せないだろう。

執務室でナティさんが持ってきてくれたサンドイッチを食べていると、扉の外で慌ただしく歩いてくる足音が聞こえた。

なんだろうと思ってパンくずを手で払ったら、雑なノックの音のあとに「ジル、私だ」とライア様の焦った低音が耳に届いた。

「あ、はい！」

まだ時刻は昼過ぎだ。帰りは夕方になるはずなのに、どうしたんだろう？

俺が椅子から立ち上がって扉を開けようとする前に、ライア様が自ら扉を開け入ってきた。

「ジル、今大丈夫か？　緊急な要件なのだが」

「あ、はい！　大丈夫です」

よほどの急ぎなのか、デスクの前でお互い立ったまま話し続ける。

「最悪なことに、フェルが卒業した。だから今日のお茶会にフェルが参加していてな……くそっ、すっかり油断していた。あいつが卒業する、つまり貴族の集まりにも来るということなのに！」

あまりにも悔しげにするライア様には申し訳ないが、俺にはいまいち事の重大さがわからない。たしかにフェル様は一個下の学年だから、ちょうど卒業の年。すっかり忘れていたが、プリンシア学園のプロムは今の時期だ。社交界に頻繁に出始めるころだろう。

でもそれだけでライア様が急いで帰ってくるとは思えないんだけど……

はて、どういうことだろう？　と首を傾げると、ライア様が俺の両肩をがっしりと掴んだ。

「それで、フェルがお茶会で宣言したんだ。『今度卒業祝いパーティーをする』と。で、私だけではなく、ジルも一緒に出席しろと脅してきた」

「えっ、ええ？」

「討論会の貸しらしい。承諾しなかったら、新港建設に必要な資材を打ち切ると脅されて……」

メネシア港から送られる資材は少なくない。輸入物でしか補えない部分もあり、資材の打ち切りは大きな痛手だ。

俺が出席するだけで回避できるなら安いもんだろう。

「でも、どうして俺に出てほしいんですかね……？」

資材の打ち切りなどしたら、メネシア家とダルトン家の全面戦争になりかねない。そんな危ない橋を渡ってまで俺を出席させたいなんて、フェル様らしくない脅しな気がするけど……

「私とジルは、婚姻してまだ一度も公の場に現れていないだろう？　それが自分のために現れたとあれば、フェルの人望の厚さを誇示できる。しかも私たちを餌に人を集められるからな。どうしても来てほしいんだろう」

「は、はぁ……？」

大事な集まりは、年明けに行われる新年度祭《ノイエス・ヤール》と春先に行われる建国記念祭だけだが、建国記念祭は新港建設の後処理が考慮されて出席を免れた。

ゆえに社交界に出る時期が過ぎてしまったため、俺とライア様はまだ二人でパーティーなどに出たことはない。

なるほど……外交部分はライア様に任せっきりだし、貴族社会の情勢に疎すぎて全然フェル様の思惑に気づかなかった。

ライア様はともかく、俺でも客寄せになるんだ……と新たな知見を得たところで、ライア様がすごく渋そうに「しかもパーティーは明後日なんだ」と告げた。

「あ、明後日!?　え、えらい急ですね……」

「ああ、私に予定がないのを把握済みで提案したのだろう。断る隙もなかった」

だから急いで帰ってきたのか、と納得しつつ、頭の中で仕事の算段を立てる。

小麦の品種改良も新港建設も順調だし、今期限が迫っている案件はない。

パーティーというからには夜に行うんだろうし、お昼までに雑務を終わらせれば間に合うだろう。

俺は顎に手を当て、こくりと頷く。

「俺は出席できます」

「っ！　本当か!?」

「ええ、俺が一緒に出れば丸く収まるんですよね？　なら行きましょう」

フェル様には大変お世話になったし、少しでも恩返しができるなら喜んで出席する。卒業祝いもできるなら、一石二鳥だ。

話がいい感じでまとまりそうなのに、ライア様は困ったように眉尻を下げる。

「ジル、無理はしてないか？　公の場はあまり得意じゃないだろう？」

「そう、ですね……」

不安そうに瞳を揺らすライア様に俺はふっと笑いかける。

「でも嫌になるほど無理になったら、ちゃんとライア様に言います。それにライア様も一緒なら、大丈夫な気がします」

「……そうか？」

「はい。だって、愛しい夫が近くにいるんですから」

前までなら恥ずかしくて言えなかった本音や甘い言葉を、照れながらも口に出す。

でもやっぱり慣れなくて、赤くなっているであろう頬を隠すように俯いた。

瞬間、温かな人の体に包まれる。

「はぁ……可愛いを超えて尊いな」

「と、尊い……？」

「やはり行くのはなしにするか。尊いジルを、誰にも見せたくない」

「えっ!?　で、でもそれじゃ資材が打ち切られちゃいます!!」

慌てる俺を放っておいて、ライア様はぎゅうぎゅうと俺を抱きしめる。

一方俺も俺で、『誰にも見せたくない』という独占欲の塊に、怖さどころか嬉しさを感じてしまい、自分自身で呆れる。

でも、それでいいのだとも思う。俺とライア様、二人が幸せならほかになにを望もうか。

三日後のフェル様の卒業祝いパーティーはすぐにやってきた。

場所はフェル様のご実家であるメネシア家で行われるらしい。本宅ではなく王都にある別宅でやるそうだが、それでもかなり広いという噂だ。

俺は久しぶりに大勢の人前に出るのもあって、入念にナティさんと打ち合わせをしていた。

「今日は香水もつけますか?」

「あ、いいですね!」

自室の鏡台越しに、ナティさんが満足そうに頷く。

思えばナティさんは、俺を着飾ってるときが一番表情豊かかも……そうは言っても、普段が無表情なので、世間でいうちょっと大人しめの人ぐらいだ。

でも長い月日をともに過ごして、俺もだいぶナティさんの感情の起伏がわかるようになってきた。

今の頷きようはかなり楽しんでいると思う。

「これはハーブを元にした自然の香り、こちらは生花を使った甘い香りですね」

俺は鏡から目を離し、ナティさんが持ってきてくれたガラスの瓶を見比べる。

ほかにも柑橘系の爽やかなものや深い森を連想するような匂いもあって大変迷ってしまう。

しかし俺は、一目で気になっていた瓶を指差した。

「これ、どうですかね？」

「この、赤い瓶ですか？」

「はい」

ライア様の甘い瞳に似ている、赤い輝きの瓶。

ナティさんが鏡台に置いたときからずっと気になっていたのだ。

自分に合う匂いかわからないまま見た目で選んでしまったが、軽く宙にふりかけてもらうと、きりっとした香辛料の香りのあとに草原の中にいるような爽やかさが抜けてすぐにこれだと心に決めた。

「じゃあ、立ってもらえますか？」

「はい」

言われるがまま立ち上がり、上から芳醇な香りを吹きかけられる。

ちょうどそのとき、扉がノックされた。

「ジル、入ってもいいか？」

「あ、はい。どうぞ」

ちらっと壁にかけられた時計を見るとかなりいい時刻になっていた。

俺は最後に鏡台で身なりを確認し、部屋に入ってきたライア様へ顔を向けると……

「ナティ……だからやりすぎるなと言っただろう」

眉間に深い深い溝をつくったライア様がこちらを睨んでいた。

「申し訳ございません」

しれっと頭を下げるナティさんに、「いや、ナティさんは悪くなく……！」と訴えるが「もちろんわかっている」とライア様は不機嫌そうなまま返す。

「はぁ……ナティ、たしかにジルは素材がいいから着飾るのは楽しいと思うが、にしてももう少し大人しめにできないのか？」

「申し訳ございません。しかしジル様が『ライア様の伴侶として浮かない格好を』とご所望でしたので、あまりに地味にされてしまうとかえって不自然かと……」

「まぁ、それはそうなんだが、にしてもなぁ……」

目と目の間をもむライア様と、謝罪しつつもまったく反省していないナティさんを交互に見やる。

今日のライア様の格好は式典よりは軽装で、私服よりは格式高く、全体的に黒でまとまった服装をしている。

俺も黒の上下で合わせているが、ライア様とは微妙に襟の形や装飾が異なり、さりげないお揃い風だ。

これ以上地味にしてしまったらダサいだろうし、色が落ち着いているから派手でもないし……俺はとってもちょうどいい塩梅《あんばい》だと思うのだけれど、ライア様はまだ不服そうだ。

「ジル、今日はなるべく、これを見せびらかすんだぞ」

「あっ、はい……」

ライア様が手に取ったのは、俺の左手。そこには銀の輝く指輪が薬指にはめられている。

「困ったことがあったり、めんどうくさいやつが現れたら、左手を耳にかけたり襟元を直したりしろ。あと肩を触られてたら……」

「ふふ、ライア様、心配してくださりありがとうございます。でも、大丈夫ですよ」

女房の妬《や》くほど亭主もてもせず……だっけ？　婚姻してからライア様は心配したり嫉妬したりする感情を隠さなくなったけれど、正直ライア様の思い込みも強すぎるだろう。

ご両親を幼いころに亡くして心配性になる気持ちもわかるが、俺はそんなにもてないしほかの人から好意を寄せられるほど魅力的じゃない。

だから安心してください、的な意味で言ったのだけれど、ライア様どころかナティさんまでじと目でこちらを見つめていた。

「ジル様、失礼ですがちゃんとお鏡を見られたことありますか？」

「ナティ、もっと言ってやってくれ。いくら私が言っても聞かないんだ」

「え、ええ!?　ナ、ナティさんまで!?」

そ、そんなぁ！　と衝撃を受けている間にライア様が俺の左手に顔を寄せ、薬指にキスを落とす。

「っ!?」

「……今日は香水もつけているだろう？　匂いは特に人の欲望を駆り立てる。ちゃんと自分の美貌を自覚して、今日の会に望んでくれ」

じゃないと夫として心配だ、と色欲をはらんだ目で射抜かれ、ぶわっと顔が熱を持つ。

わなわなと震えて動けなくなっていると、ナティさんが手を叩いた。

「はいはい、もうそろそろお時間ですよ」

「そうか。では行こう」

しれっと手を繋いだまま、ナティさんが開けてくれた扉へライア様が歩みを進める。

……うわ、これ会場までに顔の赤み引くかな……

俺はわずかに俯きながら、どうにか心臓の鼓動が鳴り止みますように……と強く願った。

馬車に乗ること数十分。

遠くにまだうっすら赤みの残る空を見ていると、メネシア家別宅に辿り着いた。

大きさもさることながら、王都ではあまり見ない柱の形やアーチの門に、異国に来たかのような錯覚に陥る。

「大陸の建築様式を取り入れているからな。自分たちは東の大国と繋がりがあるという権力の誇示だ」

「へぇ……」

ライア様はもうここに来るのが嫌なのか、馬車の中で皮肉交じりな言い方をする。けれど表情は普通の顔で、すでに公爵様の仮面を被っているようだった。

俺も、もう公爵家の一員なんだ。ライア様ほどではなくとも公の顔を作らねば。

深く息を吸い、お腹の奥に力を込める。

余計なことは言わないように。うまくやろうとは思わずに。

鏡で練習した笑顔を意識して、最低限粗相のないように振る舞おう。

「ダルトン公爵様、お待ちしておりました」

メネシア家の使用人により馬車の扉が開けられ、先にライア様が降りる。

俺もライア様の差し出す左手を握り、慎重に地面に降り立った。

「ジル、では行こうか」

「はい」

声が家にいるときより少し冷たい。

冷酷公爵様の鎧を身につけたライア様の左腕に、俺は伴侶として腕を通した。

使用人に案内され、パーティーが行われている広間まで歩く。廊下に置かれた調度品も輸入物が多く、どれも目新しい。

きょろきょろしているうちに、賑やかな声と楽器の奏でる明るい音楽が聞こえてきた。

扉は開けっぱなしになっており、俺とライア様は促されるまま室内に足を踏み入れた。

「あら、ライア様、ジル様。ようこそいらっしゃいました」

入った瞬間、一気に大勢の視線を感じ、おお……となる。

その中でも一番目を惹く女神様のようなフェル様が、最初に声をかけてくれた。

駆け足まではいかない早歩きで、たったったっとこちらに近寄ってくるフェル様は、今日も水色を基調とした寒色系の正装に身を包んでいる。ご卒業されて少し大人の装いなのか細い肩を出していて、なんとも色香がある格好だった。

「呼ばれたから来ただけだ。にしてもすごい人だな」

「ええ、皆様私の卒業をお祝いしに来てくださったんですよ」

「それだけじゃないだろ。半分以上は私とジルを見にきた野次馬だ」

するとフェル様が「はぁ……」とため息を吐いて、唐突に声をひそめた。

「……ライア様、ジル様を独り占めしたいのはわかりますが、ご結婚されて一か月も社交会でご紹介がないのは、無駄な反感を買いますわよ？　今回私がご招待したのも、むしろ感謝していただきたいですわ」

「ふんっ、そんなの頼んでいない。かえってこちらが感謝されたいぐらいだ。私とジルを餌にして人脈が増えてよかったな」

「あら、なんのことでしょうか？」

ホホホ、と返すフェル様にライア様は鋭く睨み返す。

周囲に聞こえない範囲でやり合う二人に、俺は苦笑いをした。

もう二人の会話方法には慣れた。素直じゃないだけで、根っこの部分は二人とも似ている。似ているというより、家を大きくしたいという行動理念が同じだから、お互いの考えが理解できるのかもしれない。

「まあまあ、お二人ともそれぐらいで……」

俺は一応口を挟んで、

「フェル様、このたびはお気遣いありがとうございます。また、遅くなりましたが、ご卒業おめでとうございます」

　そつなく会話を切り替えた。

「ありがとうございます。ジル様。社交の場はお得意ではないのに、わざわざ来ていただいて……」

「いいえ、フェル様には大変お世話になりましたから、俺でよければいつでも」

「ふふ、ありがとうございます」

　フェル様はふわりと笑ったあと、「あ」となにかを思い出したように軽く手を合わせる。

「そういえば、今日はミーネさんもお呼びしたんですよ」

「えっ、ミーネさんを？」

　ライア様も知らなかったのか、隣で「は？」と声を漏らす。

「はい。私、短期で大学に行くことになり、せっかくですからお知り合いになりたいと思いまして。それに、ジル様も久しぶりの社交の場……一人でも知人が多いほうが安心ではないかと」

「フェル様……」

　一手、二手先を読むフェル様の配慮に脱帽する。

　俺は「ありがとうございます」と感謝して頭を下げた。

　ミーネさんは課題が忙しく、今日は来るのが遅くなるそうだが、それでも断らず来てくれるらしい。あとで久しぶりに会えるのか……とわくわくしていると、隣から「おい」と少し険の乗った声が届く。

「なんでジルにはそういった気遣いができて、私にはできないんだ」

「あら、私の気遣いに感謝もされないくせに」

「フェルのは気遣いではなく、策略だ」

また始まってしまった二人の口喧嘩に「まあまあ……」と言いかけたところで、知らない男性が「公爵様、お久しゅうございます」と割って入ってきた。

「このたびはご結婚されたということで、誠におめでとうございます。それでぜひ、配偶者様をご紹介していただきたく……」

ちらっとこちらを見る目には好奇の色が強く、俺ははっと周りに意識を向ける。今まで二人の会話に気を取られて入ってこなかったが、こちらを窺う囁きが耳に入った。

「本当に元シャルマン子爵家の次男とご結婚されるとは……」

「使用人の子を後継にするらしいわよ」

「それって、ねぇ……」

ひゅっとお腹の奥が寒くなり、思わずライア様の腕を掴む力が強くなる。

わかっていたことじゃないか。外の世界に赴くということは、思いやりのない言葉をぶつけられる可能性があるって。

ただフェル様との会話で少し気が緩んでいたのもあり、思いのほか深く心に刺さってしまった。

そんな俺の些細な機微を配偶者は見逃さない。

「……すでに書面でご存じかと思うが、彼は夫のジル・ダルトンだ。大変頭がよくて、今では領地運営の半分は彼が担っている。その上非常に心優しくてな……いつも人に冷たく接してしまう私は、頭が上がらない。私にはもったいないほど器量のいい夫だ」

声をかけてきた男性にではなく俺を見て、俺の組んでいる右腕に自分の手を重ね、ライア様は甘く告げる。

真正面から受けた俺も、それを見ている周りも、恥ずかしさで顔が赤くなるような声音に、一瞬で場が固まった。

「そうなんですよ。あのライア様が一か月も隠したがるほど溺愛されてて……もしよかったら、ジル様にいろいろと領地運営について聞かれてみては？　私も大変勉強になりましたわ」

フェル様が沈黙を破り、言葉を失っていた男性は、「あ、そ、そうですね」と返事を絞り出す。

「では、ライア様はあちらで私の父にご挨拶を……」

「な、フェル！　私はジルと……」

「ジル様はお一人でも大丈夫かと、ライア様が認められた方ですもの」

フェル様は目を細めると、俺の耳元へ少しだけ顔を寄せる。

「ジル様、まだ貴族界ではライア様のご結婚は受け入れられておりません」

「えっ」

「だから、あとはジル様の頑張り次第かと」

「おい、フェル、ジルになにを言った」

ぐいっと引っ張られライア様のほうへ少しだけよろける。

が、俺は「な、なんでもないですよ」と返し、フェル様の囁いた内容を頭の中で必死に整理した。

今フェル様は、『ライア様の結婚が受け入れられていない』と俺に告げた。

言われてみれば、さっき周囲が囁いていた内容も、どこか馬鹿にした感じだった。『使用人の子を後継にするなんて』って……それってもしかして、ライア様が後継を新たに認められたことも、俺との婚約を決めたのも、貴族社会では揚げ足を取る要因になったのだろうか？　最悪、醜聞になる可能性もあるってこと？

ライア様は噂など気にしないだろうけれど——皆がライア様を貶めようとしてる。

改めて社交界の恐ろしさを実感するとともに、フェル様の差し出してくれた示唆を懸命に考えた。

じゃあ、皆の思惑を止めるにはどうしたらいい？　俺と婚約し、新たに後継者を認めた夫の決断を、誰なら貴族たちに納得させられる？

——それって、俺しかいないんじゃないのか？

フェル様の『ジル様の頑張り次第かと』と言う言葉を反芻し、確信した。

学園でライア様のひどい噂が流れたとき、フェル様は俺に『最優秀奨学生《モナークスカラー》になっていただきます』と言った。ライア様が本当は心優しく、慈悲深い人だと認めさせるには、俺が素晴らしい功績を残して貴族たちに認められる必要があると。

今だって同じなんじゃないのか？

『ライア様が選んだ伴侶は、文句のつけようがないぐらい公爵家にふさわしい人だった』

『新たな後継を認めるのも納得するぐらい、優秀な夫だった』

俺が周りにそう思わせれば、ライア様の選択が悪く言われることもなくなるわけで——

生涯の相手として俺を選んでくれたライア様に、後悔はさせたくない。

恥も、絶対にかかせたくない。

――なら、ライア様に頼りきりではだめですよ？

フェル様と目が合い、無言のメッセージを受け取る。俺は強く頷き返した。

「……ライア様、俺は大丈夫です。フェル様、俺もメネシア侯爵様にご挨拶を差し上げたいのですが、後ほどのほうがよろしいでしょうか？」

「ふふっ、そうですね、父は一人一人会うのが好きですので」

「わかりました」

するっと組んでいた腕を引き抜き、不安で瞳を揺らすライア様に微笑みかける。

「ライア様、ここは俺を信じてご挨拶へ」

「ジル……」

ライア様の声音はまだ揺れていたが、『信じて』と言う言葉を聞いてなにかが吹っ切れたようだ。

普段の意志の強い瞳に戻り「わかった。また後で会おう」と歩き出す。

その背中を視界の端でとらえながら、俺は左手を軽く握るようにして薬指にはめられた金属の固い感触を親指で感じる。

指輪のおかげで、ライア様が俺から離れないと信じられるようになった。本音を言うのも怖くなくなって、何度もお守りのように握りしめた。

だから今度は俺がこの指輪を守る番。

捧げてくれたライア様の愛を、恥ずかしいものにはさせない。

「改めまして、ジル・ダルトンと申します」

話に入ってきた男性と向き合い、俺は練習してきた笑みをつくった。

それから代わるがわる、老若男女関係なく貴族が俺のところにやってきて、「領地運営を半分やってるというのは本当ですかな？」とか「ライア様とのご結婚生活はいかがですか？」とか聞かれたが、全部うまい具合に流した。

領地運営は実際に半分やっているし、大体どんな質問にも答えられる。

なかには、公爵家の内情に探りを入れてくる意地悪な問いかけもあったけれど、「どうですかね……」微妙に濁して返した。

ありがたかったのは、ほとんどの話が領地やライア様との生活についてだったこと。

領地運営に関しては実務をしているから応答に問題ないし、ライア様との生活は下手に嘘をつく必要がない。

俺から声をかけなくても向こうからいっぱい尋ねてくるので、会話に困らなくて安心した。

こうして、出されたワインを飲む暇もないまま適度に談笑していると、遠くのほうから、「すみません、すみません……と、通してください……！」と高い声が聞こえてきた。

――あ、もしかしてこの声は……！

「ジルさん……！　お久しぶりです！」

「ミーネさん！　お久しぶりです！」

俺は社交会用の外面を外し、満面の笑みでミーネさんに向かい合う。

ミーネさんは大学から急いで来たみたいで、少し息を切らしている。今日は淡いピンクのドレスに身を包んでおり、ふりふりの裾のレースが揺れていた。

「今日はわざわざ来てくださり、ありがとうございます……！」

「いえいえ、ジルさんもいらっしゃると聞いたので……でも、あの、すみません。今日まだなにも食べてなくて……」

「あ、あっちに果物や焼き菓子がありましたよ。俺もお腹すいちゃったんで、一緒に行きましょ」

「ほんとですか！　よかった……」

お腹をさするミーネさんと一緒に軽食を受け取ったあと、窓際に移動する。

サイネン家のご令嬢を前に話しかけようとする豪胆な貴族もおらず、俺は親しい人だけの空間にほっと息をついた。

大勢の他人を相手にしているときは緊張して気づかなかったけど、無理な笑顔を作りすぎて頬がこわばって痛い。

窓枠に軽食とワインを置き、両手で顔を軽く揉んだ。

「にしてもびっくりしちゃいました！　会場入ったらジルさんが大勢の人の中心で話されていて……すごいですね！」

クッキーをすごい勢いで食べるミーネさんに、俺は頭をかきながら苦笑する。

「はは……いや、そうでも……公爵家の評判が少しでもよくなったらなって……」

「公爵家の評判？」

「あ、はい。ライア様の印象をよくしたい的な……でも口下手なんで、ぼろが出ないか内心はひやひやでした」

うまく言語化できずにもごもごしてしまったが、ミーネさんはさして気にならなかったようだ。

ぶんぶんと首を振り、お菓子の粉がついた口で「ぼろなんてとんでもない！」と強く否定する。

「すれ違った人が『優しい公爵様がいるみたいだ』って言ってましたよ。ライア様と同じぐらい、領地運営に詳しいって」

「本当ですか？」

ならよかった。公爵家の仕事をするようになっていろいろな人と連絡を取るようになったから、少しは会話能力が上がったのかもしれない。

それに月一回は新港の視察に行って、たくさんの人と話すし。

他人と話すことの障害がだいぶ下がった気もする。

やっぱり対人関係は場数が大事だよな……と思っていると、前を通り過ぎる同い年ぐらいの若い男性二人組が会釈をした。

俺も軽く返すと、

「はぁ……公爵様が羨ましいよ、まったく」

「俺の妻は服とか宝飾品を買うことにしか興味がないんだぜ？　少しは見習ってほしいよな」

「俺のところもそう。節制してくれって言っても聞きやしない」

「ジル様ぐらい話のわかる人なら、困んないんだけどな」

聞こえてきた二人の囁きに、目を見開く。

『羨ましい』と言ってもらえた。あまりうまく話せた気はしなかったけれど、フェル様のくれた助言を少しは達成できたということだろうか？

じゃあ、俺の行動ひとつでライア様への評価も変わるわけで……俺が人として優秀であればあるほど、自然とライア様の選択もいいものと思ってもらえるはず。

反対に、俺が怠ければライア様も道連れになってしまうだろう。完璧に作り上げた冷酷公爵様の鎧も脆くなってしまう。

なら俺は、俺を選んでくれたライア様のためにも、もっと自分の価値を高めないといけないいんじゃないのか？

「……じゃあ、俺なんかって思うのも、違うのかな……」

「ん？　どうされたんですか？」

ぽろっと出たつぶやきに、ミーネさんが口をもぐもぐさせながら応える。

俺は「あ、いや……」と口を閉ざしかけたが、出かけた話は取り消せなかった。

「その、よく俺は『自分なんかがライア様とお付き合いなんて恐れ多い』と思ってたんですけど、でも、それって俺を選んでくれたライア様に失礼かなって……」

ライア様が俺を選んでくれた事実を俺が卑下してしまったら、それは遠回しにライア様の選択を馬鹿にしているのではないだろうか。

今まで気づかなかったけれど、俺はライア様に選ばれたことを誇るべきで、恐れ多いと感じるのは間違っている気がする。

でもずっと、自分を認めるのは難しかった。周りが頭がいいと褒めてくれても、容姿に自信を持てと言われても、どこかで〝自分なんかが〟が先行して、人の賞賛を素直に受け取れなかった。

それはきっと誰からも必要とされず、出来損ないと揶揄された期間が長すぎたからだろう。

けれど今初めて、自分が価値あるものなのかもしれないと、わずかに信じられた。

ライア様が好きだと言ってくれる自分。生涯を誓え合えた自分。

愛しい人が大切にしてくれるなら、俺はその人にとって価値ある存在であり続けたい。

「……そうですよ。もっと自分を誇ってください。ジルさんは、ジルさんが思ってるよりもすごいんですよ？」

「ミーネさん……」

前までは、『そんなわけないですよ～』と軽く流していたけど、今日は少しだけまっすぐに彼女の言葉を受け入れられる。

だからだろうか。俺はやっと、最近感じていた違和感を口に出せた。

「あの……大変驕《おご》った質問をしていいですか？」

「え？　あ、はい、大丈夫ですけど……」

驕《おご》った、とは？　とミーネさんの顔にはありありと書いてある。

俺も変だと理解した上で、真剣な口調で問うた。

「なんか、最近他人に話しかけられる頻度が少なくて。さっきだって会釈されただけで終わりましたし、肩とか背中を触ってくる人もまったくいなくて……」

普段だったら目が合っただけで話しかけられる。ライア様と一緒に行った去年の新年度祭《ノイエス・ヤール》や建国記念祭も、ライア様がいなくなった途端「君、うちに来ないかね？」とか「公爵家より優遇するよ」と肩を撫でられ、引き攣った笑みで応えていた。

あと、大学も特に多かった。カフェテリアでも教室でも、一人でいると「あなた、何学部なの？」と知らない人たちに何回も聞かれた。

そのたびに俺は人手が足りないのかなーとか、友達ほしいのかなーとか考えていたんだけど……

「思えばついこの間論文資料を見に大学に行ったときも、あまり話しかけられなかったんです。あれーなんでかなーと思ってはいたんですけど……」

「そ、それって……」

「で、違いはなにかなって考えたときに、これしか思いつかなくて……」

左手を持ち上げ、薬指の輝きを見つめる。

本当に困っていたら、この指輪のあるなしに関係なく話しかけてくるだろう。友達がほしいとか、授業で聞きたいことがあるときも、婚約しているかどうかなんて重要じゃないはずだ。

じゃあ、指輪をしていたら話しかけて来ない理由は？　婚約していてまずい邪《よこしま》な思惑があるからなのでは？

「……もしかして俺って、それなりに言い寄られてたり……？」

ひどい勘違いだろうけど、と付け足そうとして「い、今さらですか……！」ミーネさんの大きな声に、周りにいた数人が振り返った。

ライアの喜び

「たくっ、あの人はいつも話が長すぎる……！」

「まあまあ、そこまで怒らずともいいじゃないですか」

隣でフェルが飄々と言うが、私の苛立ちは治まらない。

フェルと血が繋がっているとは思えないほど、メネシア侯爵は人当たりのいい優しい人だ。両親が亡くなり後継人として世話になったときも、まるで実の親のように可愛がってくれた。

しかし、いかんせん話が長すぎる。

『ちゃんと結婚相手を大事にしてるか？　いじめてはだめだぞ？』

『ライアは人を人だと思っていない節があるからなぁ……また使用人を虐げていないか？』

などなど……

あの人の中で私はいつまでも子供なのだろう。いまだに身内だけのときは私を呼び捨てにするし、何度も幼いときの話をしたがる。

まあ、過去に迷惑をかけたのもあり、心配になる気持ちも理解できた。本音で言えば、ありがたいとも思う。

けれど今日はジルを置いてきている。根も葉もない噂を栄養にし、人の揚げ足を取るのに命をかけているような猛獣の巣に、たった一人で、だ。

「おい、あのときジルになにを言ったんだ？」

「あら、それはあとでご本人に聞けばよろしいじゃないですか」

それはそうだが今知りたい。

メネシア侯爵の執務室から広間に向かう廊下を歩きながら隣を睨む。

しかし案の定フェルは気づかないふりをした。

「でも、ライア様が心配なさるようなことはないと思いますけどね」

「お前になにがわかる」

「だって、ジル様は『俺を信じて』とおっしゃってたじゃないですか」

どきりとするほど核心をついた返事に、足が止まりそうになった。

……そうだった。ジルが信じてくれと言ったから、あの場を離れたのだ。

ジルはもうなにもできない子供ではない。

私の隣に立ち、公爵家の仕事を半分担い、領主の印章も押せる。

けれど社交の場は慣れておらず、腹の探り合いをするような会話は得意ではない。

――なにか、傷つくようなことを言われていないだろうか。

右腕をさすり、会場を出る前に掴まれた感触を思い出す。

私は悪意に満ちたでまかせの噂には慣れている。使用人の子を後継にした事実をなじられようと、出来損ないと評されていた男と結婚したと言われようと、痛くも痒くもない。それで痛む可愛い心はとうに捨てた。

でも、ジルはどうだろう。

自責の念が強く、なんでも自分のせいにしてしまう。悪いのは噂をする貴族なのに、噂を立たせた自分がいけないと考えてしまいそうだ。

もし、それで取り返しのつかない傷をジルが負ったら、相手を一生許せそうにない。

ジルが大丈夫と言ったのだから、信じたい気持ちは十分ある。新港建設で離ればなれになったのを機に、強くそう決意したはずだ。

なのに大事なものを失う辛さを痛いほど知っているせいで、ひどい心配性と束縛が抜け出せない。一度息を吹き返した怖さは婚約とともに薄くはなりつつも、消えてなくなりはしなかった。

「……ライア様、もう会場に着きます。さすがにそのお顔で入っては、恐ろしすぎてお客様が震えてしまいますわ」

「……わかった」

弦楽器の穏やかな音楽が聞こえてくる。歩みを緩め、息を整えた。

「…………なんだ?」

中に入ると一気に視線を浴びる。

が、ひそひそと毒気を含んだ囁きは耳に入らず、ただただ見られるだけ。不躾な視線は苛立つが、馬鹿にするふうでもなく粗探しをするわけでもなく、かえって変な気分になる。

ずいぶん、最初にここに来たときと空気が違う。

もっと張り詰めた緊張感が漂い、私の婚約をどう面白おかしく話してやろうか、意気込んでいる魂胆が丸見えだったのに。

今では大人しいというか、猛獣のような荒々しさが形をひそめているというか……圧倒的強者にひれ伏す、小動物のような静けさになっていた。

「あら、急にみなさん大人しくなられて……」

小声でフェルがおかしそうに笑う。

彼女だけはなにが起こったのか予想できているのか、とても楽しそうだ。

「おい、なにか知って……」

「あ、あそこにジル様とミーネさんがいらっしゃいますわ」

私の問いには答えず、すたすたとフェルは歩いていく。

仕方なく、後ろをついていった。

ジルとミーネは話に熱中していたのか、私たちが近づいてもまったく気づかない。二人の会話が少しだけ、音楽に乗って漂う。

「いや、だってどう考えても俺は普通じゃないですか。ライア様じゃあるまいし……」

「それは美の基準が上がりすぎなんです！」

なんの話をしているんだ？　と聞く前に「あ、フェル様、ライア様も！」とジルが気づいて会話が終わる。

私はジルの表情にどこか違和感がないか注意深く観察したけれど、無理して笑っているようにも、暗い影を帯びているようにも見えない。正真正銘の無邪気な笑顔を浮かべていて、本当になにもジルが傷つくような事件がなかったのだと察した。

……どういうことだ？

恐れていた予想が杞憂に終わり、喜ばしいのはわかった上で訝《いぶか》しんでしまう。

会場を出るときは、誰もが公爵家を貶めようと舌舐めずりをしていた。皆が獲物としてジルを狙っているような状況だったはず。

「ジル様、困ったことはありませんでした？　お一人で心寂しかったかと……」

動揺してなにも言えないでいる間に、フェルが先に尋ねた。

自分が一番に気にかけるべきだったのに、フェルに先を越されて悔やしい。

けれどジルはなにを気にするわけでもなく、柔らかな瞳を返した。

「俺は大丈夫でした。領地運営の話とライア様との結婚生活の話をして、なんとかなったかと」

「さようですか、さすがジル様。うまく立ち回られたんですね」

「いやぁ……そうだといいんですけど……」

フェルとジルが私にはわからないやり取りをして笑い合う。

私は思わず「どういうことだ？」と鋭い言葉が出た。

「ジル、本当になにもなかったのか？　意地悪なこととか、変な噂とか……」

「いや、そういうのはなかったですよ？　『ライア様の元では大変でしょう？』とか『領地運営なんて難しくてできたもんじゃないですよね？』とか、そんなことを聞かれたので、正直に毎日楽しいですって答えて……」

「ふふ、よかったですわね、ライア様。ジル様の鈍感さには散々悩まれていましたが、今回はいい方向に動いたみたいで」

「ええっ、俺、鈍感なんですか⁉」

どうしよう、間違えた受け答えしちゃったかも！　と慌てるジルに、私は拍子抜けする。

人の好意にも悪意にも気づかないのと同じように、貴族たちの皮肉や遠回しに毒の入った言い方もジルには効かない。

『ライア様の元では大変でしょう？』は、『冷酷な公爵の元で可哀想』と見下しているし、『領地運営なんて難しくて……』は、『子爵の次男にできるわけない』という蔑みが入っている。

けれどジルには良くも悪くもはっきり言わないと伝わらないのだ。学園で私があんなに甘く接してもピンと来ていなかったのだから、当たり前といえばそうだろう。

一方で貴族たちも馬鹿ではない。わかりやすく暴言を吐くこともできず、ただただジルの有能さが窺える領地運営の話と私との楽しい結婚生活の惚気《のろけ》を聞くはめになり、さぞ肩透かしを食らっただろう。

その様は間近で見たかったと思いつつ、ジルが無事でほっと安堵した。

「そうか、よかった……」

「え、ラ、ライア様？　どうされたんですか？」

額に手を当てうめくと、ジルが焦ったように顔を覗き込んでくる。拍子にふわっと嗅ぎ慣れない草花の匂いが立ち上り、深く息を吸った。

自分に向けられる感情には鈍くとも、私の顔色には敏感に気づいて……それだけジルの中で私が大事で優先度が高いのだろう。気づいた事実が、甘く心を満たしていく。

「ラ、ライア様……？」

私の名を呼ぶ綺麗な唇に今すぐキスをしたい。

いつもなら抑えられる愛しさがぴりっとした刺激のある香りのせいで、我慢ができなかった。

「ジル……」

思わず、きめの細かい肌に手を伸ばそうとして——

「あ、ああ!!　そ、そういえばジルさん、メネシア侯爵にご挨拶するんじゃなかったですっけ!?」

ずっと黙っていたミーネが強引に間に入ってきた。

咄嗟の出来事とサイネン家の腕力のせいで、ジルとの間に距離ができる。

内心で舌打ちをしつつも、止めが入らなかったらジルが恥ずかしがって怒っていただろうなと想像し、ミーネを咎《とが》めたい気持ちを宥《なだ》めた。

「はぁ、もうライア様ったら。ミーネさんがいなかったらどうなっていたか……ではジル様、父のところへ行きましょうか」

「あっ、は、はい！」

手の甲で赤い顔を隠すジルに、申し訳なさと情欲を感じて反省する。

あまりにも堪え性のない自分にため息を吐いて、二人を見送りつつ窓枠に寄りかかった。

「あ、えっと……ライア様、なにか飲まれますか？」

沈黙に気まずさを感じる性格なのだろう。ミーネが所在なさげに横に来る。

「いや、いい。それよりミーネが来るころにはこんな雰囲気だったのか？」

ジルもフェルも行ってしまった。詳細を聞けるのは彼女しかいない。

腕を組んで尋ねたら、「そ、そうですね？」と曖昧な返事が返ってきた。

「私が来る前はどんな感じだったのかわからないですが……普通の社交会的な感じでしたよ？　あ、でもジルさんが珍しく大勢の人と話されていましたね」

「大勢の人？」

「はい。たしか公爵家の評判を上げたくて……的なことを言っていたような？　どうも、ライア様が悪く言われるのが我慢ならなかったみたいで」

「私が、悪く言われる……」

ふと、一度だけジルに怒られた記憶が蘇る。

学園にいたころ、私の悪い噂が広まり『自分のことはどうでもいい』と発言したとき。

ジルはひどく憤慨していた。滅多に怒らない彼が、周りも気にせず声を荒らげていた。

きっとあのころからジルは私を好いていてくれて、だからこそ好きな相手を悪く言われるのが許せなくて……

思えば、今日も似たような状況だ。

私は他人になんと評価されようと傷ひとつつかない。

けれどジルは許せなくてどうにかしたいと考えて、一人貴族社会で奮闘していたなら……

そのとき、ミーネと私の前を、厚化粧をした派手なドレスの女性が二人通る。

「こんにちは、公爵様」と微笑むので、「ああ」と軽く手を上げて返した。

思考の邪魔をされた。すっと視線を二人から外すと、去り際の囁きが耳に届く。

「今の見た？　私たちに挨拶を返すなんて。絶対にジル様の影響よ」

「ええ、そうね。ジル様みたいに優秀で品のいい夫を迎えたら、心に余裕もできるわ」

「あの方ならライア様が結婚に踏み切るのもわかるわよね……ああ、私もジル様みたいなお話上手で、一途に愛してくれる夫がほしいわ」

「なにを聞いても結婚生活の愚痴がひとつも出てこなかったものね」

「本当にそうよ。付け入る隙がまったくないもの」

ねーと言いながら歩く背中を、凝視する。

……この短い間に私への評価が反転している。

ジルと結婚を羨ましがられ、憧れの対象になるとは。ちくちくと嫌味や皮肉の針山に晒されると予想していたのに、あまりの変わりように開いた口が塞がらない。

振り返れば、戻ってきて最初にじろじろと見られた視線の正体……あれは羨望だったのでは？

値踏みするような目やわずかな欠点を探そうとする嫌な目は慣れているが、羨まれるような経験は少ない。純粋な憧憬の的になるのは初めてで、周りの変化に気づくのが遅くなった。

……ジルのおかげで自分の評判が上がるとは。

自分の価値は自分で守り、自分の努力でしか変えられないと思っていた。だからこそ、一度冷酷公爵として名を広めてしまったからには、簡単には世間の目を変えられないと決めつけていた。それなら無駄な労力を割いて印象を変えるより、冷たい皮を被り続けたほうが楽だった。

諦めというより効率のよさを優先した振る舞いだ。無愛想な外面は公爵家を存続させるのに一番近い道で、簡単な方法には変わりない。

けれど、今公爵家を背負っているのは自分だけではなかった。

ジルも隣に立ち、半分責任を抱えてくれている。

「……ジルさん、人気者になっちゃいましたね」

ミーネは心配そうにこちらの顔色を窺う。ジルに好意が集まり、私が嫉妬で荒れないかびくびくしているようだ。

「そうだな。だが、もうジルは私の夫だ」

メネシア侯爵の中で私が出会ったころの子供のままのように、つい私もジルを公爵家に来たときのみすぼらしい姿のままおさめようとしてしまう。

しかし現実のジルは違う。私がジルのためになにかしてあげたくなるように、ジルも私のためを思っていつの間にか強くたくましく、立派に隣で支えられるように成長している。

——ああ、生涯を誓い合うというのはこういうことか。

常に人を疑い、裏切られる可能性があるなら、すべて一人で抱える道を選んできたが……

背負っていたものが半分になり、信頼する相手に背中を預けられる。婚姻を交わし、いなくならないと確信できるからこそ、手を取り合って生きていける未来が鮮明に見える。

ジルに出会う前の自分からは想像できない境地に、少しだけ目の奥が熱くなった。


夜もふけ、最後に踊りを挟み会は終了する。

ミーネとフェルは手紙のやり取りを約束し、今度はルイ様も入れて少人数でお茶会をしましょうと言って、話もまとまった。

ジルはメネシア侯爵からなにを聞いたのか、「本当に大丈夫か……？　でも婚約してるし……」と一人つぶやき少し上の空だったが、それも踊りが終わるときには吹っ切れたようで「ライア様、楽しいですね」と朗らかに笑っていて安心した。

私とジルはミーネが馬車に乗るのを見送り、フェルに挨拶をして馬車に乗る。

広い空間だとわかりにくかったが、狭い馬車の中ではジルのつけた香水の香りが強く漂い、思わずすんと息を吸って顔をしかめた。

「あ、すみません。汗臭かったですか？」

「いや、まったくその反対だ」

左隣に座るジルから目を逸らし、闇夜の景色を見つめる。

酒と踊りのせいで上がった体温がジルの本来持つ匂いと香水を混ぜ合わせ、嗅いだことのない深く甘い匂いが漂う。

自分もワインを飲んだせいで、理性の糸が限りなく細い。今すぐその繊細な線が切れないよう、長めの瞬きをした。

「今日は誰かに触られたりしなかったか？」

隣でジルが「ああ……」と囁く。

「これのおかげで大丈夫でした」

これとはなんだろうと思い、ジルのほうへ顔を向ける。

オレンジの街灯がジルのわずかにお酒で赤くなった頬に当たり、整った鼻筋の影が馬車の進みに合わせて伸びていく。

「そうか……」

落ちた視線の先は、左手の薬指に注がれていた。

「はい。本当に、助かりました」

抑止力になってよかった、と思う反面、あらぬ不安もふつふつと湧き起こる。

指輪はジルを守る側面もあるが、縛る枷の一面もある。

私とともに過ごすということは、これからも今日みたいな社交の場は避けられない。

「……ジル、私と結婚して、後悔はしてないか？」

「え？」

ぱっと上げられた瞳から目を逸らし、私は自分の指輪を触る。

「今日、思ったのだ。私はジルのおかげで、ずっと一人で背負っていた公爵家の仕事が半分になった。私の人生すべてを捧げても感謝しきれない。でも、ジルはどうだ？　私だけが楽をしているようで、ジルには重荷を背負わせてしまっている気がしてな……」

不安ができたら隠さず言うこと。それは婚約する際に自分で決めた約束だ。

けれど本音を曝《さら》け出せば出すほど、情けない姿を見せている気がしてならない。

ジルがいいと言っているなら、わざわざ聞く必要もないのだが……

でも気になってしまう。

愛しい人が無理をしてないか、自分だけがいいように相手を使っていないか。

冷酷公爵の自分なら気を遣わない部分に神経がいってしまうのは、好きな相手の前だと自信がなくなるからだろうか。

「ライア様……」

「まぁ、ジルがいいならいいんだ。気にしないでくれ」

今さら結婚を後悔していないかどうかを心配するなんて、女々しいと思われるかもしれない。

私はなかったことにしようとして顔を上げると、深い香りが一気に強くなり、首周りにジルの腕が巻きついた。

「!?」

「俺は、あなたに分けてもらった半分を、重荷だなんて思ったことはありません」

耳元にジルの熱い吐息がかかる。

「大事な部分を預けてくれて、俺だけが得られる信頼があって……だから俺は、分けてもらった半分を大事にしたい。あなたが俺を頼ってくれるたび、少しずつ心を開いてくれるたび、嬉しくて……」

ひと呼吸を置いたあと、ジルが腕の力をわずかに緩めた。

「だから……だから、大丈夫だよ………ライア」

優しく、包み込むように頭を撫でられ、ふっと意識が遠のきそうな衝撃を受ける。

心臓から全身に血が駆け巡り、固まって動けない。

――最後に敬称なしで名を呼ばれ、頭を撫でられたのはいつだろう。

遥か遠くの光景を思い浮かべ、懐かしい母と父の姿に熱いものが込み上げた。

「ははは……す、すみません。メネシア侯爵がそう呼んでたので、羨ましくなってしまい……嫌でしたよね」

ジルが身を引く気配を感じ、強く抱きしめ返す。

「嫌じゃない。ただ、あまりにもびっくりしてしまって」

体を離し、ジルの頬に手を添える。照れているのか恥ずかしいのか、指先に触れる熱が高い。

おかげで糸のように細い理性はあっという間に焼き切れた。

「んぅ……」

ふっくらした可愛い唇に顔を寄せる。しっとりとした質感を唇で感じ、我慢できずに舌で舐めた。

ジルの唇は開けるか開けまいか少しだけ迷って、わずかに開けてくれた隙間に私は舌を入れる。

このときが一番愛おしい。

ほかの誰にも触れられない場所。私にだけ開かれる熱い口内。貪るなというほうが難しい。

「んぅ、ふっ……」

鼻に抜けた声が色っぽく、下半身に血が集まる。

それを押し付けたい欲望を隠し、ジルの後頭部を掴んでより深くキスをした。

欲しい、もっと交わって、どろどろに甘やかしたい。

「ラ、ライア様……ま、待って……」

様付けに戻ってしまったのが悲しいような、もう少し率直な口調を聞きたいような。

どちらにせよ、そんな弱々しい抵抗では止まりそうもない。

胸を押されても気にせず舌を絡めていたら、支えていたジルの体からくたっと力が抜けた。

「ま、待ってって言ったのに……」

「……いったか？」

「す、少しだけ……」

ジルは日に日に刺激を拾うのがうまくなっている。特に結婚して寝室をともにしてからは、ほぼ毎日のように触っているせいで、どんどんと敏感になっているようだ。

でも触れるのをやめられない。それがわかっていたのもあって、恋仲のときは部屋を別々にしていた。

自分の欲の強さは自覚しているし、あまりにも求めたらジルを困らせる。一応配慮のつもりで分けていたのだが、意外にもジルはそういった欲が少なくないようで……今ではもっと早く部屋を一緒にしておけばよかったと後悔していた。

「ラ、ライア様、さすがにここじゃ……」

「ああ、そうだな。でも、もう少しだけジルを味わわせてくれ」

あっ、と声を出す前に唇を塞ぐ。

先ほどよりも浅く、けれどじっくりと捏《こ》ねるように。

……ああ、今すぐ喘がせたい。それと同じくらいに、ここですべてを終わらせるのはあまりにも惜しいと感じる。

ジルの体力を奪わないよう獰猛《どうもう》な本能を抑えながら、早く公爵邸に着いてくれと心の中で願った。


「ふっ……んっ……」

浴室にジルの淫らな声が響く。私は無防備に背中を見せるジルの赤いうなじに、舌を這わした。

びくっと震える華奢な体。双臀の間に埋めた三本の指がきつく締め付けられる。

「はぁ……もう、いいだろう」

公爵邸に着くとすぐに浴室へ向かい、お互い裸になった。

もみくちゃになりながら体を清め、もう限界が近い。

ジルがこくりと頷いたのを合図にお互い風邪を引かない程度に軽く拭いて、寝室のベッドに雪崩れ込んだ。

「ラ、ライア様っ……」

「ジル、今日は様をつけずに呼んでくれ」

息を吸う暇もないような荒いキスをし、ジルをベッドに寝かせる。

いつもなら前戯を楽しむ余裕があるのだけれど、今日はそうもいかない。

体を清めたせいで消えてしまったが、嗅ぎ慣れない香りのせいで理性はとうに消えた。

私はジルの膝の裏を掴んで持ち上げると、先ほどとかした後孔が丸見えになり、ごくりと唾を呑み込んだ。

「っ……そ、そんな見ないで……」

何度も恥ずかしい行為をしているのに、いつも初々しく手で顔を隠すのが、たまらなくそそる。

最初はあまりにも恥ずかしがるので嫌なのかと思っていたが……股の間で揺れる性器は、一度も嫌だと主張したことはない。むしろ毎回、期待に溢れんばかりに透明な蜜をこぼしている。

単に恥ずかしがり屋なのか、淫らな欲に溺れる自分が受け入れられないのか。

どちらにせよ体は快楽に正直で、声に出す言葉と相反するように晒された後孔はものほしそうにひくついている。いつものことながらその矛盾した反応に、目が眩《くら》むほど血が昂った。

「ジル、入れるぞ……」

「あっ、うっ……」

自分のものにしたいという内なる願望を宥《なだ》め、なるべく傷つけないように自身の屹立したものを押し込む。

だんだんと自分の形に広がっていく感覚がなんとも言えない支配欲を満たす。

つい熱い息が溢れると、中がうねり締め付けられた。

……動かしたい。奥を突きたい。自分自身を刻みつけたい。

無意識に腰が動く。ジルの体が敏感になったように、自分も欲に制限ができなくなっている。

きっと、婚約したいと言った日からだ。多少荒く欲をぶつけても、よがってくれると知ってしまってから、激しくすることを厭《いと》わなくなった。

「んっ、あっ、待って……」

しかし欲望のまま動かす前に、ジルが私の首に腕を回した。

そのままジルは上体を起こすと、座った私の上に膝を曲げてまたがる。

「こっちのほうが、俺も動けるから……」

汗をかいた額に前髪をくっつけ、ふにゃりと笑う。そして私に抱きつくようにして、緩く腰を動かし始めた。

「……はっ」

すべてが愛おしすぎて、ジルの胸元で息が漏れる。

夜の誘いは私しか興味がないと思っていた。体を重ねることも。ジルは性欲旺盛な印象がなく、どちらかというとうぶで大人しいほうだと思っていた。だから私が誘えば必ず寝てくれるのも、無理して合わせているんじゃないかと、わずかに心配だった。

けれどジルも同じように欲を抱え、こうして私を気持ちよくさせようと健気に動いてくれる。

……それだけで、果ててしまいそうだ。

しかもジルは回を重ねるごとに体力をつけたのか、最近は長く楽しめるのがいい。

私のほうが先に終わりを迎えないよう腹に力を入れつつも、目の前で揺れるふたつの蕾の片方に吸い付いた。

「あっ、はっ」

瞬間、ぐっと締まりがよくなりジルの動きが止まる。

なにかにすがらないと耐えられないのか、私の頭を軽く押さえつけた。

目線を落とすと性器がぴくぴくと震えている。すでに発散寸前のところを我慢しているのがわかって、むくっと嗜虐的な思考が脳を満たした。

——直接触らずに、乱れさせたい。

顔を上げ、左側の蕾を唇で挟む。「あっ、だめ」と聞こえたが止まらない。

吸って、引っ張り、舌で転がす。空いたほうも右手でつまんで可愛がる。

「あっ、ああっ……！　ラ、ライア様、い、いくっ……！」

上目遣いでジルを見上げると、首をのけぞらせ、喉仏を上下にごくっと動かした。わずかに垂れた唾液が艶《なまめ》かしい。ときを同じくして、絞り取るような収縮の動きに精を持っていかれそうになる。

「………っ」

ジルの声にならない声とともに、腹に温かい液体がかかった。

私も出してしまいそうなところをなんとか耐え、まだいった余韻に浸っているジルを下から押し上げる。

「あ、待って、ライア様、今は……！」

「ジル、様はつけないでくれって言っただろう？」

普段ならひどくジルを甘やかしたいのに、なぜ性的なことになると意地悪したくなるのだろう。

よくないとはわかっているのに、いったばかりの痙攣《けいれん》した体を激しく責め立てた。

「あっ、待って、だめっ……ライア……っ！」

「そうだ。今だけは、名前で私を呼んでくれっ」

もっと喘いだ声を聞きたくて、奥の弱い部分をいやらしく突き続ける。

濡れた瞳が見たい。私のもので乱れた顔を、視界に溢れさせたい。

天を仰ぐ顔に手を伸ばし、目を合わさせる。

気持ちいいことしか考えられないとろけた目。情欲をぶつけても快感に感じてくれる体。極め付けは、泣きそうに喘ぐ艶やかな声。

愛しい。すべてが愛しくて、自分のものにしたい。

傷つけたくないのに至るところに甘噛みをしてしまい、自分の矛盾した欲望が腰の動きを早める。

「……ジル、いくっ」

強く、強く抱きしめて、最後は自分の都合を優先した抽送を繰り返し、最奥の場所に熱を放った。

倒れ込むようにジルが全身を預けてくる。

中が痙攣《けいれん》したように震え、ジルも絶頂を迎えたことを悟る。

「はっ、あ……好き、好きだ。ジル。すまない」

身勝手に動かしてしまった後悔を抱えたまま、息を切らしているジルをベッドに寝かせる。許しを請うように上から覆い被さって顔中にキスをすると「ふふっ、俺も好きだよ……ライア」と掠れた声でジルが足を私の腰に巻きつけた。

「ああ……ごめん、俺まだ足りなくて……」

「もちろん、私もだ」

ジルを前にするとおかしいぐらいに熱と淫欲が膨らむ。それに付き合わせて申し訳ないと思う気持ちは、婚約とともになくなった。今はただ、休む間もない情事に二人で溺れられるのが、この上なく幸せだという感情だけで溢れている。

「ジル、愛してる」

何度伝えても伝えきれない愛の告白をしながら、私は再び、可愛らしい夫の体を求めた。


翌朝、眩しくなり目を覚ますと、ジルと目が合う。前まではあまりなかったのだが、最近はもっぱら、私の顔を覗き込むジルの破顔が目覚めの景色になっていた。

「ん……ジル、おはよう」

「あ、おはよう、ございます……」

わずかに声が掠れている。昨日の夜の出来事を思い出し、久しぶりに激しく求め合った多幸感で体が重い。

ジルも同じなのか、いつもなら先に起きて着替えているのに、今日は私の腕の中で大人しくしている。

「体、大丈夫か？」

「あ、はい……俺はなんとも……ライア様は大丈夫ですか？」

「ああ」

口調が普段のものに戻っていてわずかに寂しさが残る。

しかし、快楽に溺れたときに素の名で呼ばれたのもあって、敬称なしで呼ばれたらすぐに手を出してしまいそうだ。

しばらくはこのままでいいか……と気持ちのいいベッドの中で考えていたら、ジルが少しだけ身を寄せてきた。

「……ライア様、寝ながらでいいんですが……」

「ん？　なんだ？」

顎の下で手を合わせ、陽だまりの中でジルが目を細める。

「ライア様と結婚して、俺、いっぱい気づいたことがあるんです。たとえば、ライア様が意外と朝が弱いとか、寂しがりだとか。俺を信頼して、公爵家を預けてくれているとか。どれも俺にとっては幸せな出来事で、宝物のように大切なんです」

本当に大事なものを取り出すように、慎重に言葉を選びながらジルは私に語りかける。

「でも一番の幸せは、俺の宝物をライア様に見せられることなんです。なにが大事でどれが大切か……俺の思いを話しても、離れないって信じられる。その関係がすごく幸せで……」

ジルの細い指が私の頬に伸び、すっと髪を撫でた。

「だから、ありがとうございます。それと、これからもずっとそばにいます」

嬉しい感謝の言葉が、胸を熱く満たす。

ジルが公爵家を半分背負ってくれて、空いた部分に愛の誓いが染み込む。

……ああ、そうか……。

私の背負っていたものが半分になり、その分ジルの感じた幸せが私にも共有されるように。結婚とは苦労が半分になり、幸せは倍に変わるのだ。

「……ああ。私もだ。よかったら、ジルの宝物の話をしてくれないか？」

これからも、この先も。

増えていく幸せの未来を想像して頬が緩む。

「あ、えっとですね……！」

目の前で愛しい夫が嬉しそうに話すのを、私は穏やかな相槌を挟んで聞いたのだった。

この作品に対する皆様のご意見・ご感想をお待ちしております。
おハガキ・お手紙は以下の宛先にお送りください。

【宛先】
〒150-6019 東京都渋谷区恵比寿 4-20-3 恵比寿ｶﾞｰﾃﾞﾝﾌﾟﾚｲｽﾀﾜｰ 19F
（株）アルファポリス　書籍感想係

メールフォームでのご意見・ご感想は右のＱＲコードから、
あるいは以下のワードで検索をかけてください。

アルファポリス　書籍の感想　検索

ご感想はこちらから

本書は、「アルファポリス」（https://www.alphapolis.co.jp/）に掲載されていたものを、
改題、改稿、加筆のうえ、書籍化したものです。

出来損《できそこ》ないの次男《じなん》は冷酷公爵様《れいこくこうしゃくさま》に溺愛《できあい》される2

栄円ろく（えいえん ろく）

2024年 4月 20日初版発行

編集－桐田千帆・大木 瞳
編集長－倉持真理
発行者－梶本雄介
発行所－株式会社アルファポリス
〒150-6019 東京都渋谷区恵比寿4-20-3 恵比寿ｶﾞｰﾃﾞﾝﾌﾟﾚｲｽﾀﾜｰ19F
TEL 03-6277-1601（営業） 03-6277-1602（編集）
URL https://www.alphapolis.co.jp/
発売元－株式会社星雲社（共同出版社・流通責任出版社）
〒112-0005 東京都文京区水道1-3-30
TEL 03-3868-3275
装丁・本文イラスト－秋ら
装丁デザイン－しおざわりな（ムシカゴグラフィクス）
（レーベルフォーマットデザイン―円と球）
印刷－中央精版印刷株式会社

価格はカバーに表示されてあります。
落丁乱丁の場合はアルファポリスまでご連絡ください。
送料は小社負担でお取り替えします。

ISBN978-4-434-33739-0 C0093